suhrkamp taschenbuch 3171

In Berlin wird viel umgezogen. In Berlin begegnet man immer anderen Nachbarn, Menschen in einem Haus, mit denen man ein geheimes Alltagswissen teilt. Man kennt sich nicht und kennt sich doch genau – Nachbarn sind ideale Projektionsflächen für geheime Sehnsüchte und wirkliche Ängste: die alleinerziehende Mutter, ein unheimlicher Beobachter, ein Lebenskünstler, ein schwerer Alkoholiker, ein todtrauriger Professor, ein Waffenkenner. Die Ich-Erzählerin schildert ihre wirklichen oder imaginären Erlebnisse mit ihnen: Geschichten des glücklichen Miteinanders und des gleichgültigen Nebeneinanders; Liebesgeschichten, Geschichten von Abneigungen. Sie beschreibt ihre Rauschzustände und die Pausen dazwischen, erzählt das Leben einer Frau, das aus stürmischen Höhepunkten und Tiefgängen besteht. Dabei erweisen sich die Begegnungen als Schlüssel für Vergangenes, denn auch Familienmitglieder sind Nachbarn, die Nächsten. Gleichzeitig ist *Unter Nachbarn* auch eine Reise durch das Berlin der letzten zwanzig Jahre.

Unda Hörner, geboren 1961, lebt seit 1982 in Berlin. Sie schrieb Biographien über *Die realen Frauen der Surrealisten* (st 2816), Louis Aragon und Elsa Triolet, Humphrey Bogart und Lauren Bacall und ist Herausgeberin der biographischen Essays *Im Dreieck* (st 2951). *Unter Nachbarn* ist ihr erster Roman.

Unda Hörner
Unter Nachbarn

Roman

Suhrkamp

Umschlagfoto: Corinna Rosteck

suhrkamp taschenbuch 3171
Erste Auflage 2000
Originalausgabe

Suhrkamp Taschenbuch Verlag

Druck: Ebner Ulm
Printed in Germany

1 2 3 4 5 6 – 05 04 03 02 01 00

I'll be seeing you in all the old
familiar places
that this heart of mine embraces,
all day through.
In the small café,
the park across the way,
the children's carrousel,
the chestnut tree,
the wishing well.

Billie Holiday

Schwanensee

Nach Berlin ging die Reise. Lehrer impften uns vor der Klassenfahrt mit Verhaltensmaßregeln. Das hieß vor allen Dingen: Maul halten auf der Transitstrecke. Ängstliche Eltern hatten gewarnt. Gerade hatte man von Christiane F. lesen können. Jetzt stand zu befürchten, die liefe uns gleich nach der Ankunft über den Weg, und schon hinge die ganze Klasse an der Nadel. Frankfurt am Main Hauptbahnhof – Berlin Zoologischer Garten, damals eine Tagesreise in rußigen Zügen. Zwischen zwei Kontrollen blieb der Blick im Innern des Abteils. Es roch nach Apfelsinen, Fetzen von Papiertaschentüchern blieben an klebrigen Fingern hängen. Wir durchquerten kartenspielend, fantatrinkend ein unheimliches, ein unsichtbares Deutschland. Der Zug bremste nach endloser Fahrt ab. Mit der Bahn in Berlin einzufahren glich einer Ankunft per Schiff in einem Hafen; das Urbane näherte sich so gemächlich wie eine Kaimauer. Berliner Ouvertüre: Zuerst kam die lange Strecke zwischen Wannsee und Charlottenburg, entlang der Avus, dann tauchten schmucke Grunewaldvillen auf und der Funkturm, kleiner Bruder des Eiffelturms auf dem Messegelände, dunkler wurde es zwischen Mietskasernen, die Trasse zerschnitt graue Blöcke, der Zug überquerte die Seitenstraßen des Kurfürstendamms, damals noch namenlos für mich. Er verlangsamte die Fahrt erneut und kam zwischen blinden Glasscheiben zum Stehen. Auf dem Bahnsteig warteten dreißig Schüler auf Anweisungen überforderter Lehrer. Ich sah zwar nichts außer Menschen, aber ich atmete tief ein, einen strengen Geruch, der zum Bahnhof nicht passen wollte, Tiergeruch, Ausdünstungen von feuchtem Fell. Berlin, Bahnhof Zoo: Dromedargehege neben den Gleisen.

In der Gruppe verliert man Zeit, muß warten, läßt sich führen, bleibt blind. Der Pulk hakt ab und vergißt. Die ganze Schulklasse drückte sich ziellos auf dem Kurfürstendamm herum, und an einem der Nachmittage stand ein Ausflug nach Ostberlin auf dem Programm. Für eine Mark fünf kauften wir Cola, und dann stopften wir uns im heißen Staub des Alexanderplatzes mit Cremetörtchen voll. Am Ende des Nachmittags hatte jeder von uns aber immer noch einen Betrag von fünf Mark siebzehn in der Tasche, mit denen keiner so recht etwas anzufangen wußte. Wir kauften uns noch mehr Cremetörtchen. Am Abend war allen schlecht.

Bestimmt sah ich glücklicher aus, als ich mich still und heimlich alleine aufmachte, vom Kurfürstendamm weg, hineingezogen in die Nebenstraßen. Bis in den alten Westen waren die Bomben nicht gekommen: Opulente Jugendstilhäuser säumten breite Bürgersteige mit Kopfsteinpflaster, Gaslaternen und Baumreihen garnierten geschlossene Straßenzüge, über die sich wunderte, wer von Berlin nichts anderes kannte als Aufnahmen einer Ruinenlandschaft mit Fassaden ohne ein Dahinter, Hohlwege zwischen aufgeschütteten Trümmerwällen.

Dann kam ich an diesen See. Am Ufer standen weiße Sonnenschirme, Klappstühle aus Holz und eine bescheidene Bude mit einer gestreiften Markise über der Getränkeausgabe. Es war Juli, und die Leute saßen hinter farbenfrohen Sommergetränken, die sie durch Strohhalme nuckelten, schwarzbraunen Eiskaffee, blutroten Campari, grasgrüne Berliner Weiße. Mich zog es auf die grüne Wiese neben dem Café, ich blieb dort sitzen, ungefähr zwei Stunden, schaute auf das blaue Wasser, auf die vorbeischwimmenden Schwäne und die Enten, die von Zeit zu Zeit kopfüber abkippten, nach kurzer Zeit wieder auftauchten und dann wieder im dichten Schilf verschwanden, ich sah auf schaukelnde Trauerweiden. Die Ruhe war in ständiger Bewegung. Um mich herum auf der Wiese saßen noch mehr Leute, in regelmäßigen Abständen darauf hingetupft, Leute, die schrieben oder lasen, so wie ich, und ein blonder Mann mit Sonnenbrille und weißem Papier auf den Knien, der hin und wieder etwas notierte und dabei rauchte, fiel mir ganz besonders auf. So wie dieser Mann wollte ich auch noch öfter sitzen.

Ich hatte die Zeit ganz vergessen an diesem See. Es dämmerte schon, und ich raffte mich auf, widerwillig. Als ich an jenem Abend in die Jugendherberge zurückkam, saß die ganze Klasse schon vollzählig versammelt um den Tisch herum, auf dem ein frugales Abendessen aufgetragen wurde. Die Lehrer waren schon beunruhigt gewesen, als sie die Schüler durchgezählt hatten. Jemand fehlte, aber wer? Mehrmals war uns eingeschärft worden, uns nicht alleine auf den Weg zu machen, denn was konnte da nicht alles passieren? Ich ließ ein Strafgericht über mich ergehen. War aus der Reihe getanzt, wohl das erste Mal in meinem Leben. Und es war tatsächlich etwas passiert, aber das wußte niemand außer mir. Der Lehrer sprach mit strenger Stimme, aber das machte mir nichts aus, denn ich dachte dabei: Berlin wird es sein. Hier gehst du hin.

Blanke Axt

Was nicht Altbau war, das wurde gar nicht erst angeschaut, denn in einem Neubau wollte eigentlich keiner wohnen. Da hätte man ja gleich irgendwo hinten in Spandau oder draußen in Lübars einziehen können. In Berlin wohnen heißt: in einem Altbau wohnen. Es heißt: entlang vom Neunzehner Nachtbus wohnen. Es heißt: in einen Hinterhof schauen.

Auf Wohnungssuche lernt man eine Stadt erst richtig kennen, inwendig, das tonnenschwere Inventar von Leuten mit Couchgarnituren, nirgends eine freie Stelle, die tödliche Leere lückenlos ausgefüllt mit Häkeldeckchen und Zinntellern, mit Hobbykünsten von Heimwerkern, Holzeinbauten, die mitgemietet werden, um sie unverzüglich herauszureißen, genauso wie die Rigipsplatten unter der Decke. Hinter der Stickigkeit des Sparsamen kommen dann Stuck und die Großzügigkeit von Berliner Altbauten zum Vorschein, an die man ursprünglich gedacht hatte. Die Leute schaffen sich enorme Gewichte in ihre Wohnungen; man sollte die deutschen Wohnzimmermöbel bloß einmal in Kilotonnen umrechnen, das, was täglich an Bedrückendem aus den Einrichtungssilos am Rande der Stadt in die Stadt und in die Wohnungen hineingekarrt wird. Für dunkelbraun gekachelte Badezimmer und noch dunkelbraunere, aufgequollene Teppichböden zahlte ein jeder horrende Abstände, nur um endlich aus der Warteschleife herauszukommen am Bahnhof Zoo, wo es die druckfeuchte Sonntagszeitung mit den Immobilienanzeigen schon am Samstagabend gab.

Eva und ich wollten zusammenziehen. Wenn zwei gute Freundinnen vorstellig werden, kommen sie bei Vermietern aber nicht durch, denn die wollen verheiratete Paare, am besten beide berufstätig und wie gar nicht vorhanden. Unsere Namen tauchten inzwischen auf den Wartelisten sämtlicher Berliner Wohnbaugesellschaften auf. Dabei sehnten wir uns danach, statt dessen endlich gemeinsam auf einem Klingelschild zu stehen.

Wenn wir dann schließlich einmal vorsprechen durften, priesen grobschlächtige Hausbesitzer dunkle, feuchte Löcher wie Luxussuiten an, sie verlangten von uns Gehaltsbescheinigungen mit fünfstelligen Summen darauf. Wir beantworteten viele Anzeigen unter der Rubrik *Wohnungen, biete*, sahen uns etliche Wohnungen an. Ein junges Paar, das demnächst Nachwuchs erwartete, somit aus einer Zweizimmerwohnung in der Oranienstraße herauswuchs, suchte dringend Nachmieter. Das Los entschied, und wir hatten kein Glück. Wir versuchten es über einen Makler. Der Mann trug flache, weiße Schurkenschuhe mit langen Zungen. Eva erwog, notfalls mit ihm zu schlafen, damit die Suche endlich ein Ende fände. Ich riet ihr von diesem zweckgemäßen Abenteuer entschieden ab, aber nicht aus moralischen Gründen. Ich wollte nicht jeden Abend eine Kette vor die Tür legen müssen wie eine alte, ängstliche Frau. Eine Wohnung im Wedding hätten wir vielleicht bekommen, aber Eva weigerte sich, sie überhaupt zu besichtigen, weil überall aus den Fenstern dicke, fette Kinder heraushingen.

»Ich will nicht in ein Haus einziehen, wo mir die Nachbarn nicht passen. Das kann unangenehm werden«, sagte sie.

Dabei blieb es. Eine renovierungsbedürftige Ruine hätten wir sofort bekommen, aber diesmal war ich nicht bereit, den Vertrag zu unterzeichnen. Ich hasse Renovierungsarbeiten, sie würden kaum über das Abkratzen von bunten Prilblumen hinausgehen, die an den Küchenkacheln pappten und deren Kleber jedem Lösungsmittel trotzte. Was man aber nicht sofort entfernt, das bleibt dann für immer, bis zum Jüngsten Tag – die vergilbten Türrahmen und der Mief des Vormieters hinter den Fußleisten.

Dann besichtigten wir eine Wohnung am Erkelenzdamm, ganz hinten in Kreuzberg. Der Grund, sie nicht zu nehmen, waren diesmal weder Holzeinbauten, die uns auf den Kopf fielen, noch dicke, fette Kinder, sondern der Ausblick auf den Todesstreifen, die Aussicht auf eine taghelle Nacht im Flutlicht geschweifter Bogenlampen.

Heute ärgert man sich schon darüber, nicht mehr im Besitz eines alten Berlin-Stadtplans zu sein, auf dem die rote Grenze zwischen Ost und West eingetragen ist.

Am Ende waren wir so angestrengt vom vielen Schlangestehen und vom vielen Besichtigen fremder Wohnungen, daß wir uns überhaupt nicht mehr vorstellen konnten, auch noch die größte, hellste und günstigste von ihnen wirklich haben zu wollen. Diese Besichtigungstermine bekamen etwas Beliebiges. Sonntag um zehn, Schöneberg, vierter Stock Vorderhaus. Donnerstag sechzehn Uhr, Moabit, Hinterhaus Parterre. Wer von uns geht hin? Geh du. Uns ging die Puste aus.

Eva fand in der Zwischenzeit den Mann ihres Lebens und zog in eine andere Stadt.

Alleine war es entschieden einfacher. Plötzlich ging alles ganz schnell. Ich fand eine Zweizimmerwohnung, allerdings ganz unten in Neukölln und ohne Bad, aber mit Innenklo. In der Küche stand eine Pumpdusche, die sogar funktionierte. Die Wohnung lag ganz oben im vierten Stock, keine Schritte über mir, der Blick frei, ich sah hinaus auf die tote Trasse des S-Bahn-Rings; dahinter breitete sich ein Industriegebiet aus, eine Schokoladenfabrik gab es da offenbar auch, man konnte es riechen, wenn der Wind aus südlicher Richtung wehte, süßlich vor Weihnachten und vor Ostern, wenn Hasen zu Nikoläusen und Nikoläuse wieder zu Hasen umgeschmolzen wurden. Ich nahm die Wohnung, ohne darauf zu achten, wer meine Nachbarn sein würden. Wer hier der Vormieter gewesen war, ließ sich nur an den Mustertapeten erahnen. Ich kaufte weiße Dispersionsfarbe. In die Diele hängte ich den Stadtplan.

Es war eines von den Häusern, in die ich nicht hineingehörte, aber das wußte ich noch nicht, als ich meine Kisten auspackte. Mein Freund Frieder kam mit seiner Bohrmaschine, um Haken in die Wand zu dübeln. Steckdosen waren rar, ein Verlängerungskabel mußte her. Ich klingelte nebenan, da war aber keiner. Ich stieg eine Treppe tiefer, durch den Spion sah ich Licht in der Wohnung direkt unter mir, am Türschild stand der Name Herbert Brandt. Ich klingelte, wartete, nichts rührte sich. Als ich schon wieder gehen und es an der nächsten Tür versuchen wollte, waren schließlich Schritte zu hören. Die Tür wurde einen Spalt weit geöffnet, drinnen war es duster, ich sah nur die Lichtreflexe in den beiden Gläsern einer Brille. Ich stellte mich vor und fragte nach dem Kabel. Der Mensch verschwand ohne ein Wort, kam nach einer Weile zurück, eine große, weiße Hand schob sich durch den Türspalt und reichte mir das Kabel heraus. Dann schloß die Tür sich wieder.

Solange ich hier wohnte, sah ich nie jemanden zur Gänze, immer nur Körperteile: aus Türspalten zurückzuckende Hände, aus dunklen Dielen herausgeschobene Köpfe, huschende Gestalten von hinten, die lautlos hinter Ecken verschwanden. Wenn ich die Tür meiner Wohnung öffnete, hörte ich, wie eine andere Tür irgendwo im Treppenhaus wieder geschlossen wurde; da wartete jemand so lange drinnen, bis die Luft draußen rein war. Nur kein Wort wechseln müssen. Ging ich durchs Treppenhaus, spürte ich, wie mich tausend Augen hinter den Spionen beobachteten. Das charakteristische Geräusch dieses sprachlosen Hauses waren das atemlose Hecheln und das Pfotenscharren der beiden Schäferhunde des Nachbarn von gegenüber, die ungeduldig die Treppe hinunterstürzten, wenn sie morgens und abends ausgeführt wurden. Das Hecheln der ungeduldigen Hunde war die innere Uhr des Hauses. Das Herrchen, das zu diesen Hunden gehörte, hatte ich noch nie gesehen.

Von Herbert Brandt kannte ich bislang nur diese weiße Hand, die sich zum zweiten Mal schlängelnd aus dem Türspalt herausbewegte, als ich das Kabel wieder zurückbrachte. Wieder sprach er kein Wort. Die Wohnung neben ihm gehörte offenbar seiner Mutter, ich hatte einmal gesehen, wie sie mit Topflappen einen Suppentopf in seine Wohnung hinübergetragen hatte, und an ihrer Tür stand der Name Maria Brandt. Sie war vermutlich die einzige Frau in Herberts Leben.

Der sprachlose Unsichtbare von unten war dann, nach Monaten, in denen ich mit Einleben beschäftigt war, doch zu hören. Ein Länderspiel wurde übertragen, live aus Istanbul, Deutschland gegen die Türkei. Brandt machte seinem Unmut lautstark Luft, die Gastgeber hatten gewonnen, da hatte ihm leider auch das Lauterdrehen beim Absingen der deutschen Nationalhymne nichts genutzt.

Herbert Brandt hatte Laute von sich gegeben, aber er blieb weiterhin unsichtbar, monatelang, bis zu jenem Tag, an dem ich etwas zu feiern hatte und dies auch ankündigte auf einem Zettel unten an der Eingangstür des Hauses.

Spät klingelte es noch einmal. Es war Herbert Brandt. Seine Brillengläser glitzerten wieder. Nein, beschweren wollte er sich nicht. Er wollte mitfeiern. »Darf ich?« stieß er fragend hervor, aber da stand er schon mit einem Fuß in meiner Wohnung.

»Du kennst mich doch als ganz netten Mann«, sagte er, und obwohl ich ihn überhaupt nicht kannte, und schon gar nicht als ganz netten Mann, sondern als jemanden, der die

Deutschlandhymne mitsang, sonst den Mund nicht aufkriegte und mich jetzt gleich duzte, ließ ich ihn artig hereinkommen.

Ich dachte, immerhin hat er mir damals das Kabel geborgt. Raunte den Freunden Erklärendes zu. Herbert Brandt bahnte sich den Weg in die Küche und griff zur Weinflasche. Ich schob ihm eine Schale mit Kartoffelchips hin. Er wohnte seit zwanzig Jahren hier und sprach, als sei er der Hausbesitzer. Ob ich denn meine Miete bezahlen könne? Sie betrug keine zweihundert Mark.

»Ich hol mir schnell noch ein Glas zu trinken«, sagte ich zu ihm.

Dachte dabei, dann komm' ich nie mehr wieder. Der merkt doch bald, daß er hier fehl am Platz ist. Aber dann saß er da, saß auf einem Küchenstuhl, und er guckte, guckte überall herum. Bald wurde es laut in der Küche. Jedem einzelnen meiner Gäste war es zwar gelungen, Herbert Brandt wieder abzuwimmeln, aber nun hatte er es mit seiner Jahrmarktsstimme geschafft, daß ihm alle Anwesenden zuhören mußten. Er war raufgekommen, um einmal so richtig seine Meinung zu sagen. Dazu hatte er sich Mut angetrunken, und das wahrscheinlich über Jahre.

»Seid ihr alles Studenten?« fragte er herausfordernd.

Ja: Studenten, für ihn war das die Revolution. Er hob zu einer Rede an. Ich fragte ihn, ob er nicht lieber wieder gehen wolle.

»Momentchen noch«, sagte er.

Dann ließ er sich über meine Kleidung aus, darüber, daß ich keine Gardinen an den Fenstern hätte und immer spät noch Licht.

Ich war noch nie darauf gekommen, daß es einen Fremden stören könnte, wie die Hosen geschnitten waren, die ich trug. Gardinen hielt ich für Staubfänger, und sie schluckten das Licht. Solange es mich selber nicht störte, von den Nachbarn gesehen zu werden, ging das doch keinen etwas an. Ich zahlte meine Miete und schloß immer unten ab. Ein Glas weiter stellte er mir die Frage, wieviel ich eigentlich so verlangen würde. Zuerst dachte ich noch, wenn es jetzt ums Geld geht, will er wieder irgendwas wegen der Miete von mir wissen. Aber das war es nicht.

Damals schockierte mich das noch. Als ich ein paar Jahre später in einem teuren Hotel in Paris dieselbe Frage von einem Araber zu hören bekam, mit dem ich zufällig in einem Fahrstuhl stand, konnte ich weltgewandter darauf reagieren. Ich nannte einfach einen siebenstelligen Betrag, in Dollars.

Seit diesem Auftritt stand Herbert Brandt regelmäßig vor meiner Tür, am liebsten, wenn es dunkel war. Ich bekam Angst vor ihm, und das konnte er riechen. Endlich war er wirklich einmal der Herr im Haus. Statt meiner eigenen Musik lauschte ich den Geräuschen, die unter mir und vor meiner Wohnungstür zu hören waren, und ich registrierte noch das leiseste Hüsteln. Wenn ich nach Hause kam, ganz gleich ob morgens, mittags oder abends, stahl ich mich so lautlos wie möglich die Treppenstufen hoch. Ich benahm mich schon genauso wie die anderen Mieter des Hauses, wie ein Dieb in der Nacht, und noch durch die eigene Wohnung schlich ich leise, auf Socken und auf Zehenspitzen. Am Ende des ohnehin schon gespenstischen Weges von der U-Bahn nach Hause, entlang am dunklen Bahndamm, einem Spalier aus Büschen und den geparkten Anhängern einer Speditionsfirma, wartete kein sicherer Heimathafen, sondern unsicheres Terrain. Herbert Brandt brüllte herum und stieß mit etwas an die Decke, ich wagte nicht mehr, mich zu bewegen. Noch am Nachmittag hatte ich gesehen, wie er im Hinterhof Holz gehackt hatte, mit einer blanken Axt. Ich stellte mir vor, daß er jetzt gleich vor meiner Tür stand, axtschwingend, mit zuckenden Gesichtszügen und irrem Blick hinter den Brillengläsern, und daß er jeden Augenblick die gelblichen Glasscheiben zertrümmern würde, durch die ich ihn schemenhaft erkennen konnte, das dünne Holz der Tür, die man wahrscheinlich auch ganz einfach ohne großen Kraftaufwand eintreten konnte. Aber nichts dergleichen geschah.

Es randalierte noch ein paar Minuten, dann polterte es die Treppe wieder hinunter, und es rumorte unten in seiner Wohnung weiter. Nur durch ein wenig Mörtel von mir getrennt, wälzte er sich in seinem Bettmief herum, und ich schlief nicht ein, horchte weiterhin angestrengt auf die Geräusche aus dem Treppenhaus, Türen, die geöffnet wurden, Schritte, die sich näherten. Ich meinte sogar, ihn ein paar Meter unter mir atmen hören zu können, schwer atmen. Das Treppengeländer berührte ich nicht mehr, hinauf, hinab ein Spießrutenlauf, und die Klinke unten an der Haustür faßte ich nur noch mit spitzen Fingern an. Ich fror. Dann heizte ich auch nicht mehr, weil ich nicht mehr in den Keller hinunterging, wo ich ihm hätte begegnen können, im dunklen Keller, wo die Briketts lagerten, und ich bekam eine dicke Erkältung. Herbert Brandt hackte weiter Holz mit einer blanken Axt.

»Das ist doch kein Zustand, du bekommst hier noch die Schwindsucht«, sagte Frieder.

Er hatte sich in den Kopf gesetzt, mich zu erlösen. Ein vernünftiges Gespräch mit diesem Unhold, so von Mann zu Mann, davon war er fest überzeugt, würde dem anhaltenden Nachbarschaftsterror ein Ende bereiten. Ich schüttelte den Kopf.

»Mit solchen Menschen kann man nicht vernünftig sprechen«, sagte ich. »Mit solchen Menschen kann man überhaupt nicht sprechen.«

Aber Frieder ließ sich nicht beirren: »Das nächste Mal, wenn ich bei dir bin, gehen wir da runter.«

Dieses nächste Mal war Herbert Brandt gerade am Fernsehen, irrsinnig laut. Dort unten schien ein Riese vor einer gigantischen Leinwand zu sitzen, der beim Fernsehen Salzstangen aß, mit der Größe von Zaunlatten, und mit Pranken, in Chipstüten versinkend, mit dem Fassungsvermögen von Laubsäcken.

Ich sagte, geh allein, Frieder sagte nein, wenn du nicht mitkommst, kriegt er erst recht mit, daß du Angst vor ihm hast, ich bettelte, nein, und Frieder sagte doch.

Herbert Brandt öffnete mit seiner so weißen Hand. Die Brillengläser glitzerten wieder.

»Wir möchten mal mit ihnen reden«, brachte Frieder sein Anliegen vor, das er zu dem unseren machte.

Daß wir unverzüglich hineingebeten wurden, damit hatte ich überhaupt nicht gerechnet, ja, ich hatte inständig gehofft, daß der heftig fernsehende Herbert Brandt unser Klingeln erst gar nicht hören würde. Wir traten über die Demarkationslinie. Solche Wohnungen mit solchen Kerlen darin kannte ich nur aus Sketchen oder als Karikatur. Daß jemand wirklich so lebte, entzog sich meinem Vorstellungsvermögen. Im Flur stand jede Menge Altglas, es glitzerte wie die Brillengläser, und seine Leber stand Herbert Brandt ins Gesicht geschrieben. Wir folgten ihm in sein Wohnzimmer. Auf einem Couchtisch herrschte die Unordnung des organisierten Alkoholikers, eine Batterie Zigarettenschachteln, daneben ein Turm aus Streichholzpäckchen. Herbert Brandt setzte sich breitbeinig auf sein Sofa, die Glotze lief lautstark weiter. Mit leutseliger Geste wies er auf zwei Polstersessel. Frieder setzte sich, ich blieb stehen. Vor Herbert Brandt stand ein Pils, lag griffbereit die Fernbedienung. Mein Nachbar war offenkundig ein entschiedener Anhänger der Vorratshaltung. Bloß nicht aus dem Haus müssen, weil die Kippen alle waren oder das Bier. Auf einem beiseite geschobenen Teller Senfspuren und Wurstzipfel. Dieser Mensch nahm nichts zu sich, was man extra zubereiten mußte. Er machte sich hin und wieder etwas heiß. Er trank nicht, er schluckte. Und er sprach wieder nichts. Starrte uns nur an. Frieder erhob die Stimme. Sagte Wörter wie Toleranz und Sozialstruktur. Herbert Brandt sagte flachlegen und fieses Flittchen.

Da hatten die beiden Männer ihr Thema gefunden. Sie redeten zwar geradewegs aneinander vorbei, aber sie sprachen beide über mich. Herbert Brandt hatte Frieder die Zigarettenpackung entgegengestreckt, und jetzt rauchten sie beide. Ich stand daneben und hatte plötzlich das Gefühl, nicht mehr zu existieren. Der Fernseher lief ohne Ton, Frieder dröhnte, Herbert Brandt dröhnte auch. Sie fanden Gefallen am hoffnungslosen Aufeinandereinreden, alle beide. Mein Retter war naiv, vielleicht noch naiver als ich. Auf dem Bildschirm demonstrierte gerade eine Menschenrechtsorganisation für mehr Humanität. Es war die Tagesschau. Dann kam die Werbung mit einem weißen Sandstrand und mit einem blauen Meer, und ich dachte, da will ich jetzt hin.

»Der ist doch vollkommen harmlos«, sagte Frieder, als wir wieder im Treppenhaus standen. »Ein armer Quartalssäufer. Der muß sich hin und wieder vor dir aufspielen, aber der kriegt doch nicht einmal seine Axt hoch.«

»Ja«, entgegnete ich, »das sagen diese freundlichen Hundebesitzer, die einem auf der Straße entgegenkommen, auch immer: Der tut nichts. Als würde es nicht genügen, daß ich mich schon zu Tode erschrecke, wenn so ein Köter kläffend auf mich zurennt. Nennst du das harmlos?«

Das also hatte Eva mit den Nachbarn gemeint. Jetzt legte ich doch die Kette vor. Soviel stand fest: Ich mußte umziehen, da half nichts. Leute wie Herbert Brandt ziehen nicht um. Es war ein Haus mit Leuten, die die Trostlosigkeit ihres Alltags nur durch Abstumpfung ertrugen. Ich hielt diese Leute für genauso verrückt wie die mich, aber ich ließ sie wenigstens in Ruhe, diese Leute, deren Leben so abgeschlossen war wie ihre Türen. Für Herbert Brandt hatte ich keine Worte, weil mir solche Leute noch nie zuvor begegnet waren. Die Bombe war nicht entschärft worden, meine Angst vor dem netten Mann tickte laut und brachte mich um den Schlaf.

Ich hatte zu Hause beigebracht bekommen, daß den Menschen eigentlich ja nur Gutes zuzutrauen sei – eigentlich. Dabei erstickten meine Großeltern fast an ihrem großen Herz, gaben nach, verzichteten, wenn sie für ihr gutes Recht den Mund aufmachen mußten, und sie aßen brav auf, auch das, was ihnen nicht schmeckte. Angst und Unsicherheit kleideten sich in Diskretion und Rücksichtnahme. Eine verwunschene Mischung aus Elitebewußtsein und Minderwertigkeitskomplexen bestimmte ihr Verhalten, und einmal täglich fiel der Satz: »Was sollen denn die Nachbarn von uns denken!«

Nur keine Umstände, stets zu Diensten, und in welche Lage hatten sie mich damit einmal gebracht! Wir verbrachten den Sommerurlaub in Südtirol. Ich war vielleicht fünf oder sechs. Da war dieser dicke Mann mit dem rheinländischen Singsang, der jeden Tag in Badehose auf der Terrasse der Pension in den Bergen lag und in der Sonne schmorte und der den Wunsch äußerte, die Kleine möge ihm bitte den Rücken mit Sonnenmilch einreiben – und ohne zu sehen, sehen zu wollen, wie ich mich wand und ekelte, hieß man mich, freundlich zu sein und dem netten Herrn doch den Gefallen zu tun. Und da stand ich dann hinter ihm, drückte umständlich die zähe, weiße Flüssigkeit aus der Plastikflasche und verschmierte sie auf dem breiten, schwitzenden Rücken des Fremden, einem Kreuz voller Unebenheiten und Mitesser, die Sonnenmilch verteilte sich nur schlecht, und als ich endlich fertig war, war ich immer noch zu schüchtern, irgendwo hinzugehen, um mir die Hände zu waschen. Ich blieb stumm auf der Terrasse sitzen und ekelte mich vor meinen Händen. Ein paar Tage später war der Rheinländer abgereist, aber auf die Terrasse mochte ich nicht mehr gehen. Diese Geschichte wurde zu einer Urlaubsanekdote, die ich immer wieder über mich ergehen lassen mußte – »Erinnerst du dich an den netten Mann aus Köln?« – ja, und wie ich mich erinnerte!

Immer wieder einmal, wenn so ein Fall vorkommt, daß ein Nachbar bei brennender Lampe jahrelang in seiner Wohnung vor sich hin modert, kann man empörte Schlagzeilen lesen über die abgestumpften Nachbarn, Vorwurfsarien werden angestimmt und ein neuerliches Klagelied auf die Anonymität der Großstadt. Das Neuköllner Haus war so eins, in dem mich jedenfalls erst Verwesungsgeruch alarmiert hätte. Aber wer fände mich in meiner Wohnung? Dieses Haus war eine Isolierstation. Die Erziehung zur Menschlichkeit fiel bei mir auf dürren Boden. Solche Begebenheiten brachten mir bei, daß Freundlichkeit um jeden Preis mich zerstören konnte. Zum Teufel damit.

Es hatte sich nichts geändert, außer daß zwischen Frieder und mir eine Zeitlang eine gereizte Stimmung herrschte. Herbert Brandt hatte eine neue Beschäftigung. Jemand beschäftigte sich mit Herbert Brandt. Vielleicht brauchte er einfach auch nur mehr Raum.

Erst seit Herbert Brandt spielte ich nächtliche Heimwege insgeheim durch, bevor ich irgendwo einzog. Erst seit Herbert Brandt fragte ich mich, welche Existenzen hinter den Namen auf den Klingelschildern stecken mochten. In der Sonntagszeitung mit den Immobilienangeboten sah ich auch unter der Rubrik *Wohngemeinschaften* nach. In den meisten Offerten verlangten die mit dem freien Zimmer ein Glaubensbekenntnis. Einen einzigen Vorstoß machte ich und wählte eine Nummer. Ich sollte also Nichtraucherin sein, eine Forderung, der ich fast noch nachkommen konnte, aber dann auch noch Vegetarierin und auf dem Esoteriktrip. Ich sah mich schon, wie ich verstohlen am geöffneten Fenster rauchte, wenn keiner da war, wie ich schon wieder auf nahende Schritte lauschte, wie ich auf dem Heimweg noch schnell einen Kebab in mich hineinstopfte, in der Gemeinschaftsküche Karotten knabberte und mir um des lieben Friedens und der guten Stimmung willen aus indischen Gebetbüchern vorlesen ließ. Ich bin keine Kettenraucherin und keine blutrünstige Fleischesserin. Aber wenn ich keine Zigaretten rauchen und kein Fleisch essen darf, dann tue ich es ganz besonders gern. Dann erst recht.

Ich wollte auch nicht bloß irgendwo einziehen, an einem beliebigen Ort, bei jemandem, von dem ich gar nicht wissen wollte, wie oft er Anrufe bekam und von wem und wie häufig oder wie selten er seine Handtücher wechselte, wollte kein intimes Wissen besitzen über einen Menschen, das sich mir jedesmal beim Gang ins Badezimmer aufdrängen würde.

Lästiges Wohnungssuchen blieb mir dieses Mal erspart: Da gab es eine freie Wohnung in einem Haus in Kreuzberg. Dort gab es keine Diätvorschriften und auch keinen Kostümzwang. Ich brauchte nur noch zuzusagen.

Als ich mit Freunden Kisten und Möbelstücke die Treppe hinuntertrug, konnten die Mieter dieses stillen Hauses einen Vormittag lang ihre Wohnungen nicht verlassen.

Märchenfeen

Bei einem Umzug werden Dinge plötzlich zu Gewichten, ihre Namen zu Ziffern. Meine gesamte Habe, eingerollt und zusammengeklappt, zerlegt und eingesackt, paßte auf die Ladefläche eines einzigen Pritschenwagens – ein beruhigender Gedanke. Meine Umzüge waren stets schnell erledigt. Mit dem Geld, das ich in den Reisebüros, Buchhandlungen und Cafés der Stadt ließ, hätte ich mir nach und nach eine Designhölle einrichten können, aber Anschaffungen widerstreben mir. Ich kaufe massenweise Bücher und Schallplatten, dabei sind doch gerade Bücher ein fragiles Gut, am ehesten von Brandkatastrophen und Wasserschäden bedroht. Beim Kauf von Büchern denke ich jedoch nicht an bedrucktes Papier, sondern an hörbare Sätze, an etwas Luftiges, Unantastbares, an etwas Immaterielles. Ich mißtraue den fürs Leben gedachten Anschaffungen, vielleicht, weil meine Großmutter mit rollendem R und immer mit einer gewissen Verachtung von jenen Mitflüchtlingen sprach, die vollkommen blauäugig so ordinäre Dinge wie Goldschmuck oder Silberbesteck mit auf den Weg nach Westen genommen hatten, blinkende Wertsachen, die ihnen unterwegs sowieso gleich abgenommen wurden. Sie indessen hatte an Dokumente, Photos und Federbetten gedacht.

Bei meinen Umzügen, wenn das Inventar nackt und bloß auf der Straße steht, wird sichtbar, daß ich ohnehin gar keine richtigen Möbel besitze. Moderne Möbel sind so konzipiert und konstruiert, daß sie aussehen, als sollten sie überhaupt nicht an einem Ort stehenbleiben, sondern von einem Ort zum anderen pausenlos hin- und herbewegt werden, federleichte Pappmöbel, Regale, die sich flugs in ein Bündel Bretter und Stangen, in Numeriertes verwandeln lassen, Lampen ohne Lampenschirme, Aufblasbares und Zusammenklappbares, dazwischen eine gutgewachsene Grünpflanze in einem großen Tontopf, fast schon das schwerste Möbelstück. Für die neue Wohnung wollte ich dann ein Sofa haben. Vier Wochen nach dem Kauf wurden fünf Kartons und zwei Plastiksäcke angeliefert, und dann stand ich da zwischen den Einzelteilen, in den Händen eine undurchsichtige Bastelanleitung und einen Schraubenschlüssel, zumindest wurde der mitgeliefert. Möbel werden heutzutage für die Transporteure gemacht, nicht für die Seßhaften, dachte ich, als ich schließlich, nach Stunden, in denen ich mein Sofa aus lauter Trümmern mit einem Hammer zusammengeschmiedet, mir das Sitzen sozusagen erarbeitet hatte, daß die Funken stoben, erschöpft und schweißgebadet in die neuen Polsterkissen fiel.

Die Kreuzberger Wohnung, die ich Mitte der achtziger Jahre bezog, hatte einmal einem Baghwanjünger gehört. Ich ging über helles Holz, und die Wände der Zimmer erstrahlten in den Farben der Erleuchteten. Das allein hätte noch nicht auf etwas Spirituelles hingewiesen, aber daß in einem der Zimmer ein Holzpodest eingebaut war, über dem ein orangefarbener Papierballon hing, war das sichere Indiz dafür, daß sich die in Liebe vereinten Jünger hier zu sinnlichem Gebete versammelt hatten. Ich stellte mein Bett auf der knarrenden Liebesbühne auf und hoffte auf erotische Träume. In einer Kleiderkammer hing noch immer ein Bild des Meisters. Beim Auszug hatten seine Leute es dort vergessen. Ich ließ es hängen und glaubte an nichts. Unten im Haus befand sich ein Optikerladen und gleich darüber, im ersten Stockwerk, eine Augenarztpraxis. Da war ich ja bestens versorgt. Vor den Sprechzeiten scharten sich die Augenkranken mit beschlagenen Brillen auf den Nasen und mit Blindenbinden an den Oberarmen auf dem Treppenabsatz vor der Praxis, und bei meinem Einzug mußten wir uns mit Kisten und Kästen an ihnen vorbeiquetschen. Die Patienten rückten keine Handbreit zur Seite, aber vermutlich sahen sie ja auch nichts.

Diese undurchsichtigen Berliner Mietverhältnisse: Gegenüber wohnte zuerst ein Christian allein, dann wohnte dort Christians Bruder mit seiner Freundin, der Bruder war eines Tages nicht mehr zu sehen, dafür die Freundin des Bruders mit einem anderen Mann, dann wohnte dieser Christian plötzlich wieder dort, zusammen mit seinem Bruder, und schließlich wieder Christian allein, der indes Dauerbesuch von seiner neuen Freundin bekam. Jetzt wohnte gegenüber gar kein Mann mehr, sondern wieder eine andere Frau, zusammen mit ihrer kleinen Tochter und einer Katze, aber diese Frau bekam häufig Besuch von einem Mann. Sie mochte etwa vierzig sein, das lange, blonde Haar ließ sie allerdings jünger erscheinen, zumindest von weitem. Sie war ziemlich groß, und was besonders auffiel an ihr, das war ihre aufrechte Haltung, durch die sie noch größer wirkte, als sie ohnehin schon war. Ihre Tochter war noch recht klein, aber immerhin schon so alt, daß sie ihr Eis ganz alleine halten konnte, vielleicht war sie fünf oder sechs. Wenn ich die Wohnungstür gegenüber morgens ins Schloß fallen hörte, postierte ich mich im Erker und wartete so lange, bis Mutter und Kind unten auf der Straße auftauchten, Hand in Hand, beide mit langen, hellblonden Haaren, die über den Rücken hingen und beim Gehen hin und her schwangen, die Frau sagte etwas zu dem Mädchen, wozu sie ihren Kopf leicht nach unten neigte. Ich sah ihnen jeden Morgen hinterher, wie sie sich langsam, Schritt für Schritt und Hand in Hand, entfernten und im Gewusel des Hermannplatzes untertauchten, zwischen Grüppchen von Grundschülern, wie mit Leuchtfarbe hingekleckst, zwischen Marktbuden und gelben Bussen, wo noch viele andere Menschen in Morgeneile dem Einschlupfloch der U-

Bahn entgegenstrebten und darin verschwanden. Das Erkerfenster zur Straße war das Auge der Wohnung. Das Zimmer zum Hof war ihr Ohr: Während ich am Schreibtisch saß, schnurrten die Jalousien der Augenarztpraxis unter mir in einem fort hinauf und hinunter. Da kniff wieder jemand mit einem Sehfehler angestrengt die Augen zusammen und versuchte, Buchstaben zu erkennen.

Constanze, so hieß die blonde Frau von gegenüber, setzte immer ein recht mürrisches Gesicht auf, und Emily, die Kleine, wirkte schüchtern, aber schon sehr erwachsen. Ich wunderte mich, daß ich niemals Kinderlärm von drüben hörte. Hatte das Kind denn keine Freundinnen, die zum Spielen kamen? Und Constanze mit ihren bunten Strümpfen und diesen oft zu einer hin und her schwingenden Garbe ganz oben am Kopf zusammengebundenen langen Haaren, die wie ein munteres Versprechen aussahen, das sie nicht einlöste, kriegte die Zähne nicht auseinander, wenn wir uns im Treppenhaus begegneten, wir, zwei Frauen mit vollen Händen, beladen mit schweren Wasserkästen, atemlos mit scheppernden Kohleneimern oder bei späten, übermüdeten Heimkünften, wenn sowieso keine von uns beiden mehr Lust zum Sprechen hatte und nur noch ans warme Federbett dachte. Wir begannen keinen nachbarschaftlichen Plausch in diesem Treppenhaus. Der herzlichste, stetigste Kontakt, den ich nach drüben hatte, war der zur Katze, die durchs Treppenhaus schlich und der ich regelmäßig ein paar Leckerbissen verabreichte. Wenn ich sie streichelte, wurde sie unter meinen Händen flach wie ausgewalkter Teig.

Oft, wenn ich erst sehr spät nach Hause kam, fand ich den Lichtschalter im Treppenflur nicht gleich und bahnte mir tastend ein Stück Weg durch die Dunkelheit. Einmal trat ich dabei auf eine nachgiebige Masse, etwas Weiches, zog den Fuß zurück, dachte, eine Ratte. Ich steuerte den leuchtenden Knopf auf dem nächsten Treppenabsatz an, machte Licht und drehte mich um, auf alles gefaßt. Es war bloß eine plattgetretene Bananenschale. Die Ratte wartete vor meiner Tür, ein dampfender, haariger Kadaver, aus dem die Eingeweide quollen, sie sahen blutrot und körnig aus wie das Fruchtfleisch eines Granatapfels. Die verspielte, aber pappsatte Nachbarskatze hatte sie mir auf die Fußmatte gelegt, als Liebesgabe.

Einmal war mein Telefon kaputt. Die Leitung war tot, denn das Kabel war an irgendeiner Stelle gebrochen, weil ich den Apparat an seiner langen Leine unentwegt von einem Zimmer ins andere schleppte. Der Kontakt zur Außenwelt mußte schnellstens wiederhergestellt werden. Eine Gegensprechanlage gab es nicht, wer abends nach acht Uhr noch Einlaß begehrte, der mußte vorher anrufen, damit man unten aufschloß. Da stand ich zum allerersten Mal in der Nachbarwohnung und sagte, ich bräuchte mal die Störungsstelle.

»Von mir aus«, sagte Constanze und setzte sich wieder an ihren Küchentisch, auf dem in einem Aschenbecher eine Zigarette qualmte, um mit der Beschäftigung fortzufahren, bei der ich sie gerade unterbrochen hatte; sie machte sich die Nägel, und es roch wie in einem Chemielabor.

»Das Telefon steht da drüben.«

Es war mir unangenehm. Zum Glück wurde ich sofort durchgestellt. Ich erledigte meinen kleinen Anruf und fragte Constanze der Ordnung halber, ob ich ihr etwas schulde.

»Sonst noch was? Ist gratis hier.«

Inzwischen waren die Fingernägel einer Hand mit pinkfarbenem Lack bestrichen. Sie wedelte mit der Hand in der Luft herum, und ich hatte den Eindruck, sie wolle mich hinauswedeln. Ich sagte brav danke und ging, aber ich fühlte mich gekränkt, denn diese Frau interessierte mich.

Wo aber stand geschrieben, daß Nachbarinnen auch gleich Freundinnen werden müssen?

An einem Nachmittag, vielleicht ein paar Wochen später, als ich mich mit Einkaufstüten unserem Haus näherte, sah ich von weitem, wie jemand aus der Eingangstür getragen wurde. Unter einem weißen Tuch lag ein Mensch. Jetzt hat es ihn erwischt, dachte ich, den Alten aus dem zweiten Stock, der allein in der Vierzimmerwohnung unter mir vor sich hin gelebt und sich nie über laute Musik beschwert hatte, sondern, wie er einmal gesagt hatte, immer von einem Zimmer ins andere umgezogen war, wenn ihn der Lärm gestört hatte, treuergeben den Lebensäußerungen der Nachbarschaft. Es war Mai, und Statistiken besagen, alte Menschen sterben besonders häufig im Frühjahr. Im Treppenflur kam mir der Alte entgegen. Er trug eine leere Einkaufstasche und eine volle Mülltüte, und er grüßte mich so freundlich wie immer. Ich sah ihn an, als sei er ein Gespenst.

Etwa seit diesem Nachmittag lächelte Constanze. Auf dem Treppenabsatz kam es, wenn wir uns über den Weg liefen, fortan zu gemeinsamen Aufenthalten und ein paar Sätzen.

Alleine wohnen ist manchmal einfach ein Eßproblem. Alleine essen macht keinen Spaß. Der Salat im Gemüsefach welkt, das Brot beginnt zu schimmeln. Salat und Brot wandern in den Müll, Plastikpackungen mit Fleischsalat und viel Konservierungsmittel werden aufgerissen und im Stehen verzehrt. Beim unlustigen Blick in den Kühlschrank sah ich wieder einmal einem lieblosen Abend entgegen, Auge in Auge mit einer Nacht, die so sein würde, wie die letzte und die vorletzte und viele davor und wohl auch die nächste, denn statt mich an Stätten zu begeben, wo sexuelles Säbelrasseln einen zumindest kurzfristigen Sieg des Geschlechtstriebs versprochen hätte, auch, wenn ich mir dieses Abendprogramm immer wieder vornahm, blieb ich an meinem Schreibtisch sitzen oder lud Freunde ein. Ein geplanter Vorstoß in die Samstagnacht, in eine der angesagten Discotheken, war einmal daran gescheitert, daß ich gegen zehn Uhr abends auf dem Bett eingeschlafen war, mit Gesichtsmaske. An dieser zweifelhaften Einsatzbereitschaft hatte sich bei mir nichts geändert. Zuweilen überflog ich die Kontaktanzeigen, kreuzte dann aber nichts an, sondern legte die Zeitung beiseite und nahm ein Buch zur Hand. Mit anderen Worten: Ich unternahm alles, um allein zu bleiben und weiterhin mit einer Sehnsucht zu leben, die sich in meinen vier Wänden eingenistet hatte, als wohlige Wehmut, als produktives Prinzip. Und statt gemeinsam mit anderen in einem Fitneßstudio zu schwitzen, setzte ich mein Einzeltraining im Schwimmbad fort, auf schnurgeraden Bahnen zwischen anderen Schwimmern, die einander außerhalb des Beckens, wenn sie ihren wasserdichten Mummenschanz abgelegt hatten, nicht mehr wiedererkannten. Den anschließenden Kaffee trank ich nicht in einer der laufstegflankierenden Lokalitäten, wo sehen und gesehen werden galten, sondern setzte mich nach dem Schwimmen mit dem Pappbecher in der Hand auf die menschenleere Tribüne hoch oben über dem Becken des Schwimmstadions, schaute hinunter auf die Gestalten im Wasser, bewunderte die Unerschrockenheit der Turmspringer auf dem Zehnmeterbrett, tauchte den Blick in einen Himmel voller Krähen, in einen Himmel, in dem hin und wieder Flugzeuge grummelnd niedergingen und grummelnd aufstiegen und in dem das Heizkraftwerk im Norden der Stadt dramatische Wolkengebirge auftürmte. Immer, wenn ich da oben saß und meine Haare vom Wind trocknen ließ, bedauerte ich nichts und war vollkommen zufrieden.

Die Liebe zersplitterte in lauter einzelne Liebesgeschichten. Jeder dachte an das Bessere, was vielleicht noch irgendwo auf ihn wartete, und er ließ das fallen, was er hatte. Die Sehnsüchte reimten sich nicht auf das Leben. Die glücklichsten Paare in meinem Freundeskreis waren überhaupt keine Paare. Sah ich mich nur einmal um, dann entdeckte ich lauter alleinstehende Frauen mit ihren homosexuellen Freunden, die ihren Spaß miteinander hatten und einander huldigten. In der Werbung sah ich Paare, die einander anlockten mit Schokoriegeln und die diese Riegel genau dann, wenn der andere die Hand danach ausstreckte, wieder wegzogen und sie grinsend selber aufaßen. Nur die Wirtschaft, die Fertignahrungsmittelindustrie oder die Mediamärkte, profitierten von den Alleinlebenden, ihrem Erlebnishunger, den sie in den eigenen vier Wänden zu stillen versuchten, obwohl sie doch in einer Stadt voller Liebesangebote und winkender Sexabenteuer lebten. Wer wirklich ernsthaft Kontaktanzeigen studierte, der konnte jeden Abend neue Begleitung haben, konnte eine der Sexvermittlungen in dieser Stadt anrufen, in einer Fabriketage Tanzen lernen und sich im Tangorhythmus an einem anderen Körper schubbern oder sich eine Tantramassage verpassen lassen. Wer dann jemanden gefunden hatte, konnte sich vertrauensvoll an eine Seitensprungagentur wenden, die sich in der Stadt bestens etabliert hatte, um der drohenden Beziehungslangeweile wieder zu entkommen. Die Wonnen des Singledaseins wurden turnusmäßig von den Stadtmagazinen und Tageszeitungen gepriesen, vor allem in den Sommermonaten, wenn den Schreibern sonst nichts einfiel, und weil man einsamer nie sein konnte als im August, wenn Redakteure und Redakteurinnen, die vermutlich in funktionierenden Zweierbeziehungen lebten, einem weismachen wollten, wie toll das Leben allein in einer Einzimmerwohnung doch sei. Ich war gern alleine, in der Tat, aber wenn ich mir vorstellte, ganz alleine alt und grau zu werden, bekam ich trotzdem eine Gänsehaut. Und Constanze von nebenan, die hatte sicher wieder Besuch von diesem Mann. Er besaß sogar, wie ich längst spitzgekriegt hatte, ihren Wohnungsschlüssel.

Ich suchte im Kühlschrank nach Abenteuern. In der Tür stand eine verkorkte Champagnerflasche, eine jener kostbaren Flaschen, die auf einen ganz besonderen Anlaß warten. Was eigentlich mußte erst passieren, damit ich sie endlich öffnete? Was war den Inhalt der Schampuspulle wert? Die nächste Liaison? Ein bestandenes Examen? Ein Mann war nicht in Sicht. Ein Examen auch noch nicht. Sollte denn Essig werden aus dem Champagner? Ich griff in die Kühlschranktür, riß die silberne Folie vom Flaschenhals und ließ den Korken knallen. Der Schampus schäumte auf im Kelch, und der erste Schluck schmeckte vorzüglich.

Dann klingelte es an der Tür. Ich öffnete, das gefüllte Glas mit der perlenden Flüssigkeit in der Hand. Vor mir stand Constanze. Der pinkfarbene Nagellack leuchtete grell und schien gerade wieder ganz frisch aufgetragen worden zu sein.

»Darf ich reinkommen?« fragte sie.

Ich öffnete die Tür weit.

»Wo ist Emily?« fragte ich.

»Die ist längst im Bett.«

Ich nahm ein zweites Glas aus dem Küchenregal.

»Ich wäre ja schon viel eher mal rübergekommen«, sagte Constanze, »aber ich hatte soviel um die Ohren und hätte doch nur Hilfe gebraucht.«

Hilfsbedürftig wirkte diese Frau nun gerade nicht. Aber sie erzählte, wie sie in einer der letzten Nächte in ihrer dunklen, stillen Wohnung herumgegangen war, es hatte ihr die Brust zugeschnürt, am liebsten hätte sie auf der Stelle losgebrüllt, laut geschrien oder sich etwas von der Seele gesungen, aber das konnte sie nicht, weil sie ihr schlafendes Kind nicht wecken wollte. Am Abend war Armin nämlich mal wieder bei ihr gewesen, der Vater von Emily, aha, das also war der Mann, den ich immer wieder kommen und immer wieder fortgehen sah, ein drahtiger, sportlicher Typ mit schwarzen Haaren. Constanze war es nicht besonders gutgegangen an jenem Abend, bohrende Kopfschmerzen hatte sie gehabt, und trotzdem war Armin zu seiner Freundin aufgebrochen und hatte Constanze kurzerhand und schonungslos vorgeschlagen, wenn sich ihr Zustand nicht bessern würde, sollte sie doch einfach rüber zu irgendwelchen Nachbarn gehen oder bei einer Freundin anrufen. Dann war er gegangen, wie so oft, seit fast zwei Jahren ging das nun schon so. Hier Constanze, da die Geliebte, immer wieder diese verheerenden Begegnungen von zwei rivalisierenden Frauen auf Armins Geburtstagsfeiern, wo zwei Frauen mit Blumensträußen einem Mann gratulierten, der sich darin gefiel, daß zwei Frauen um ihn buhlten, zwei Frauen, die darauf hofften, daß die Blumen ein für allemal das Richtige sprechen mochten. Armin durfte mit seiner Geliebten wegfahren, pflichtschuldigst hatte er Constanze um Erlaubnis darum gebeten, und die hatte ihr Jawort gegeben, was hätte sie auch sonst tun sollen, er fuhr mit der anderen zum Zelten an die Ostsee, und Constanze wünschte sich von ganzem Herzen, daß sich die beiden so richtig auf die Nerven gingen, in einem verregneten Urlaub, in einem durchweichten Zelt auf einem überfüllten Campingplatz voller quengelnder Kinder und unablässig kläffender Hunde. Nichts dergleichen war geschehen, offenbar hatten die unliebsamen Liebenden sich prächtig verstanden, Armin kam braungebrannt zurück, ließ die Surfermuskeln spielen und schwärmte von den viel zu kurzen Tagen am Meer.

In jener Nacht, in der Constanze von Kopfschmerzen gequält wurde, hatte sie das ganze Elend halbherziger Kompromisse noch einmal an sich vorbeiziehen lassen, hatte an vergangene Zeit gedacht wie an verlorene Zeit. Bis zum

Anbruch der Morgendämmerung hatte sie es mit ihren langsam versteinernden Gefühlen ausgehalten, nein, erkannt, daß ihre Gefühle längst versteinert waren, sie aber festhielt an dem Wunsch nach Zweisamkeit mit einem Mann, den sie, wenn sie es recht bedachte, gar nicht mehr liebte. Am Morgen wurde Emily von einer Freundin abgeholt, und Constanze hatte den Arzt gerufen, weil ihr das Herz bis zum Halse schlug und ihr der Atem stockte. Sie wurde kurzfristig ins Krankenhaus gebracht. An diesem Tag hatte sie eine Entscheidung getroffen, innerlich abgeschlossen mit der alten Geschichte und mit der Hoffnung, die Beziehung retten zu können, schon wegen Emily. Das Mädchen teilte ein Schicksal mit etlichen Berliner Kindern, die zwischen Mama und Papa hin- und hergondeln müssen.

»Ich glaube, das ist das einzige, was Armin und mich noch verbindet, Absprachen von Treffpunkten und Uhrzeiten«, sagte Constanze. »Kinder wie Emily sind stundenlang in Bussen und Bahnen unterwegs. Werden von einem Ort zum anderen geschickt. Bekommen dabei vermutlich das Gefühl, immer wieder von einem Ort weggeschickt zu werden, statt an einem Ort anzukommen, mit Schulranzen und Monatskarte. Ich habe ein ziemlich schlechtes Gewissen deswegen.«

Irgendwann fing Emily dann auch zu maulen an, wenn sie an den Wochenenden zu ihrem Vater sollte. Da miaute keine Katze, und ausgerechnet die Puppe, mit der sie gerade spielen wollte, hatte sie nicht mitgenommen. Natürlich war die Freundin bald bei Armin eingezogen, kaum daß dieser, der Freiheit zunächst eine Hymne singend, sich eine eigene Wohnung gesucht hatte; dann war die neue Freundin flugs schwanger geworden, und Emily weigerte sich fortan gänzlich, an den Wochenenden bis ans andere Ende der Stadt umzuziehen. Der Vater wurde zum abwesenden Mann in Emilys Alltag. Auf Constanzes Frage, ob

Mama denn wieder heiraten solle, seufzte Emily und sagte: »Ja.«

»Wen denn nur?« fragte Constanze weiter.

»Na, Papa!«

Aber ausgerechnet diesen Wunsch konnte sie ihrer kleinen Tochter nicht erfüllen.

Als dann die Kinder für den Unterricht einen Stammbaum zeichnen und die Photos ihrer nächsten Verwandten hineinkleben sollten, schnitt Emily aus einem Magazin kurzerhand das Bild eines muskelbepackten, blonden Sonnyboys aus und erzählte jedem, der es hören wollte, dieser Mann sei ihr Papa. Auch das gab Constanze zu denken.

Ich erzählte meiner aufgetauten Nachbarin, daß ich hin und wieder mit Privatunterricht Geld verdiente, zur Zeit bei einer koreanischen Familie, Deutsch für Anfänger. Der Koreanervater blieb der große Unsichtbare, den ich nur durch die Unterschriften auf den Schecks kannte, die die Mutter der beiden Kinder mir regelmäßig am Monatsende in die Hand drückte. Seine geheimnisvolle Existenz manifestierte sich außer durch die Unterschrift auf den Zahlungsanweisungen durch Herrenpantoffeln, die auf der Matte vor der Wohnungstür standen. Einmal gab es irgend etwas wegen meines Honorars zu besprechen, und ich fragte die Koreanerin, wann ihr Mann denn für gewöhnlich von der Arbeit käme.

»Er arbeitet von sieben bis dreiundzwanzig Uhr.«

Zuerst glaubte ich, mich verhört zu haben, aber die Zahlwörter beherrschte das zierliche Persönchen aus Seoul schon perfekt.

Mir kamen die Geschichten meiner Großmutter wieder in den Sinn. Wenn sie zu erzählen begann, ein weiteres Mal von neuem, von der Flucht aus dem Osten, von der Zeit nach dem Krieg in einem Dorf namens Calau, dann schien dieser Name eines Marktfleckens auf dem Weg nach Westen von einem großen, unwiederbringlichen Glück zu künden. Wo ihr Mann, mein Großvater, war, das wußte sie damals noch nicht, sie wußte nicht einmal, ob er noch am Leben war, sie war allein mit den zwei Töchtern, und sie schlug sich als Lehrerin durch. Calau wurde für sie zum Inbegriff einer tätigen Zeit in ihrem Leben, obwohl ausgerechnet Calau hieß: das Geld knapp, die Liebe im ungewissen, Unsicherheit auf ganzer Linie und obwohl Calau nur eine Durchgangsstation gewesen war, von wo aus der Weg noch weiterführen sollte, in Richtung Westen. Wenn ich sie dann aber einmal fragte, wo dieses Calau eigentlich liege, war sie um eine Antwort verlegen.

Das erzählte ich Constanze und auch, daß ich selber keinen Vater in meinem Kinderalltag gehabt hätte, so wie Emily, allerdings einen Großvater, der doch mit heiler Haut aus dem Krieg gekommen war und der mich nicht aus den Augen gelassen und immer eine Geschichte auf Lager gehabt hatte, die er bei mir loswerden konnte. Meine Mutter hatte meinen Vater auf einer Party kennengelernt, in den frühen Sechzigern, ich sah sie vor mir, in einem großgeblümten, taillierten Cocktailkleid, das immer enger wurde.

»Dann wurde sie weggeschickt von zu Hause, wegen der Nachbarn, die offenbar immer dann herhalten müssen, wenn jemand nicht begründen kann, wofür er sich schämt. In einem Heim für alleinstehende Mütter ist sie dann gelandet, wo in jedem Zimmer ein Kreuz über dem Bett hing und die jungen Frauen Buße tun mußten für ihre angebliche Verfehlung. Ich habe mir oft vorgestellt, wie meine Mutter in einer quälenden, schlaflosen Nacht ihren Koffer gepackt und sich klammheimlich wieder davongemacht hatte. Wahrscheinlich wäre sie gern weniger mutig gewesen, als sie es damals hatte sein müssen.«

»Und deinen Vater, kennst du den denn gar nicht?« wollte Constanze wissen.

»Nein. So gut wie überhaupt nicht. Er erschien nur gelegentlich auf der Bildfläche, wenn es um Geldangelegenheiten ging. Wenn er dann erzieherische Maßnahmen ergreifen wollte, habe ich irgendwas Freches zu ihm gesagt und mich abgewandt. Aber meine Schulfreundinnen habe ich früher trotzdem immer beneidet, allein darum, weil sie von einem Papa sprechen konnten und ich nicht.«

»Wer weiß, welche Scheusale sich hinter diesen Papas verborgen haben«, sagte Constanze nüchtern.

»Für mich waren sie jedenfalls alle tolle Kerle, alle Beschützer«, gab ich zu. »Aber seltsame Männer kommen schon dabei heraus, wenn man sich einen Vater nur vorstellt. Sie werden zu regelrechten Erlösergestalten, Traummänner zimmert man sich da zurecht – und wenn die Männer dann auftauchen, kann es nur eine Katastrophe geben.«

»Na ja«, widersprach Constanze, »das muß nicht gleich sein. Ich glaube ja immer noch, daß es für jeden irgendwo auf der Welt einen Menschen gibt, der zum richtigen Zeitpunkt auftaucht. Man muß nur Geduld haben.«

Dann erwähnte sie ihren Vater, einen Mann, der zwar immer dagewesen sei, aber immer stumm geblieben war. Eigentlich kannte sie ihn auch nicht, weil er nie gesprochen hatte. Viel hätte sie nicht von ihm gehabt. Diese schweigende Ehe ihrer Eltern hätte auch nicht gerade dazu getaugt, den Glauben an das Glück zu zweit zu stärken.

»Seltsame Frauen kommen dabei heraus«, sinnierte sie. »Frauen, die wie aus Versehen emanzipiert sind, weil sie sich nicht auf einen Mann einlassen und sich am liebsten auf sich selber verlassen. Aber wie oft in meinem Leben bin ich schon auf ein Dach gestiegen, um mich runterfallen zu lassen, und dann war es doch wieder gut, halt eine Enttäuschung mehr. Irgendwann kennt man das dann schon. Ich gehöre nicht zu den Frauen, wie viele meiner Freundinnen, die von einer gescheiterten Beziehung gleich in die nächste geraten, ich wüßte auch gar nicht, wie das gehen sollte. Ich glaube, da bin ich viel zu wählerisch oder halte eine Beziehung eben doch nicht für so wichtig, daß ich mich dem Erstbesten an den Hals werfen würde, nur um nicht alleine zu sein.«

Mit der Sehnsucht leben nannte sie das, und ich vermutete, diese Sehnsucht würde ihr auch eine glückliche Liebesbeziehung nicht nehmen können. Ich glaube, Constanze sprach von einer unerreichbaren Heimat, denn zum Schluß sagte sie: »Heimat ist wie die Liebe, ist wie die Männer – fast unerreichbar.« »Vielleicht haben wir uns ja auch nicht grundlos, nicht zufällig gerade in dieser Stadt zusammengefunden, weil diese Stadt so eine Rumpelkammer für Leute ist, für die es die Hauptsache ist, wegzukommen von dort, wo sie herkommen, irgend etwas Neues anzufangen in diesem Berlin, das so weit fort ist von allen Orten aus Westdeutschland, aus denen wir so kommen. Selbst nach Braunschweig, da komme ich her, ist es ja noch eine Odyssee, weil es meistens so langsam vorangeht zwischen den Grenzen.«

Constanze verabschiedete sich erst weit nach Mitternacht: »Bis morgen. Das können wir ja öfter so machen. Dann bringe ich was zu trinken mit. Du magst bestimmt auch Rotwein. Ich klingele einfach wieder bei dir oder du bei mir, und dann sehen wir ja, ob es paßt.«

Wie Constanze so vor mir stand im Türrahmen, den Schlüssel in der Hand, fiel mir überraschend auf, daß sie gar nicht so hoch von Wuchs war, wie ich immer gedacht hatte; sie war höchstens zwei Zentimeter größer als ich. Es war wohl ihre gute Haltung, die sie so groß machte.

Seit jenem Abend welkte kein Salat, schimmelte kein Brot mehr. Die kleine Emily wurde zutraulich, manchmal kam sie jetzt auch alleine zu mir herüber und brachte ein dickes

Buch mit, aus dem ich vorlesen sollte, und ich tat es gern; es handelte sich um eine Sammlung von mit Aquarellen illustrierten Kunstmärchen. In der Geschichte, die Emily immer und immer wieder vorgelesen bekommen wollte, ging es um ein kleines Mädchen, das beharrlich von einer bösen Frau heimgesucht wurde, die aber nie in menschlicher Gestalt erschien, sondern sich nur durch ihre Hexerei bemerkbar machte und an der Geborgenheit der Kindheit sägte. Wenn das kleine Mädchen im Herbst ausgelassen in den am Wegesrand zusammengekehrten Laubhaufen wühlte, um sich das Schönste und Bunteste herauszufischen, blieben die Blätter mir nichts dir nichts mit den Stengeln an ihren Fingerspitzen kleben und ließen sich nicht mehr entfernen. Ein andermal riß sich ein beißwütiger Hund von der Kette los und verfolgte das weinende Mädchen mit lautem Gebell. Dann wieder stand das Mädchen vor verschlossener Haustür, zu der keiner der Schlüssel paßte, die es an einem großen Ring in der kleinen Hand hielt. Es war eine verfahrene Situation. Gerettet wurde das Mädchen aber immer wieder von einer guten Hexe, einer wundertätigen Alten. Sie fand ein Elixier, das die Blätter wieder von den Fingern löste, auf ein Zauberwort kuschte im letzten Moment der zähnefletschende Hund, drehte sich der Schlüssel im Schloß. So vergingen die Jahre. Aus dem Mädchen wurde eine junge, hübsche Frau, und als sie schließlich ein heiratsfähiges Alter erreicht hatte, begegnete sie denn auch einem ebenso schönen wie reichen Mann, der um ihre Hand anhielt, mit Erfolg. So herrschte eitel Sonnenschein in den Herzen, doch hinter der rollenden Hochzeitskutsche ballte sich am heiteren Himmel plötzlich eine große, schwarze Wolke zusammen. Die böse Frau hatte sich in ein Unwetter verwandelt, das gleich als giftiger Regen auf das glückliche, frischgetraute Hochzeitspaar niedergehen würde. Beherzt griff der wachsame Bräutigam zu seiner Flinte, legte an, kniff ein Auge zusammen, zielte und schoß mitten in die Wolke, bevor sie im blauen Himmel über der Kutsche angekommen war. Das Übel hatte damit ein für allemal ein Ende.

Emily kannte diese Geschichte zwar längst in- und auswendig, manchmal gab sie einzelne Sätze aus dem Buch wortgetreu wieder, noch bevor ich sie ablesen konnte, aber das änderte nichts an der Spannung und an dem weinerlichen Gesicht, das sie aufsetzte, sooft das Unheil wieder drohte. Ich las dann jedesmal ganz automatisch schneller, um beide Mädchen, das erfundene auf den Buchseiten und das wirkliche, das auf dem Boden in meinem Zimmer hockte, von den Schrecken zu erlösen.

»Ja«, sagte ich, »in solchen Situationen rettet im allgemeinen die Liebe, und manchmal kommt auch ein furchtloser Freund des Wegs.«

Ich selbst gehöre noch zu der Generation, die Kinderbücher besitzt, in denen der Flug zum Mond als utopische Geschichte beschrieben wird, datiert auf das Jahr 2000, das in diesen Geschichten in genauso unerreichbar weiter Ferne liegt wie der Mond selbst. Das Bilderbuchereignis war schon, als ich dann selber lesen konnte, Schnee von gestern. Der gute alte Mond mit allen seinen Meeren war inzwischen vollständig abgeklappert und das Jahr 2000 ein längst überschrittenes Verfallsdatum auf Tetrapacks. Ein Bilderbuch wie *Peterchens Mondfahrt* indessen, in dem ein kleiner Junge sich in eine rollende Wiege setzt und weit über das Firmament hinaus zu den Sternen gondelt, ist indessen immer noch hochaktuell. Ich las, und Emily war hellauf begeistert.

Constanze war an diesem Abend zu einer Freundin gegangen, von der sie sich ein Kleid schneidern ließ. Jetzt war sie schon viel länger fort, als sie angekündigt hatte. Emily hatte die ganze Zeit über aufmerksam zugehört, aber jetzt wurde sie unruhig und fragte ängstlich nach ihrer Mutter.

»Deine Mama kommt aber doch wieder«, sagte ich.

Mehr konnte ich jetzt nicht mehr tun. Die Telefonnummer der schneidernden Freundin hatte Constanze mir unglücklicherweise nicht hinterlassen.

»Aber sie kommt nie mehr wieder«, jammerte das Kind.

Ich hatte nichts Tröstendes mehr vorzulesen. Nur Erwachsene machten sich keine Sorgen und glaubten fest an ein Wiedersehen. Das Kind kannte nur die Gegenwart, jemand war da oder nicht.

Ich versuchte es noch einmal mit dem märchenhaften Griff nach den Sternen, bemühte den Mann im Mond und zeitgenössischere Außerirdische, aber an jenem Abend wollte der Zauber nicht wirken. Am Ende machte ich eine genauso dämliche Figur wie einer dieser Zauberer, der früher in die Grundschule kam und versuchte, die Schüler in Bann zu schlagen, und den ich albern fand mit seinen bemühten Kunststückchen. Der Zauberer war nur ein echter Zauberer, wenn er sich nicht als Zauberer zu erkennen gab und wenn seine Zauberkunststückchen sich nicht vorher durch viel Brimborium ankündigten. Daß es ein Zauber war, der sich da vollzog, merkte man erst, wenn man schon mittendrin in diesem Zauber war, und manchmal auch erst, wenn er längst wieder verflogen war. Aber was dieser verkleidete Herr mit seinem Zylinder da auf dem Schulhof zum besten gab, wenn die weißen Tauben unter seinem Hut spurlos verschwunden waren und statt dessen langohrige Kaninchen zum Vorschein kamen, war mir doch äußerst dürftig erschienen. Er rollte seine Augäpfel, ganz so, als wolle er den Kindern dadurch suggerieren, wie toll das alles war, was er da an Handwerklichem veranstaltete. Im Zirkus war es genau dasselbe. Die Tiere, die zu Pirouetten auf buntbemalten Podesten gezwungen wurden, taten mir leid, und die Clowns, die ganz entsetzt und fürchterlich erschrocken taten, wenn Wasser aus einer Blume spritzte, in die sie gerade ihre Tomatennase hineingesteckt hatten, waren nur langweilig. Ich haßte die Clowns, weil sie so taten, als sei die Welt ansonsten ganz normal und bierernst, und als seien einzig und allein sie und ihre albernen Späßchen verrückt und daneben. Nichts aber hätte ich aufregender gefunden als einen ausbrechenden, fauchenden Tiger oder einen dramatischen Absturz während der Trapeznummer.

Ich hatte das Buch längst zugeschlagen. Emily begann jetzt sogar zu weinen. Ich strich ihr über die Haare und hoffte, sie würde sich beruhigen, aber sie weinte weiter, ich bot ihr einen Vanillepudding an, doch das Kind war zu müde, um zu essen, aber auch zu hungrig, um zu schlafen, und es hatte diesen Kummer. Zaubern kann offenbar immer nur der, dem man dem Zauber verleiht, und die Mama wollte einfach nicht zurückkommen. Ich nahm Emily auf den Arm und stellte mich mit ihr in den Erker, um die vorbeifahrenden Busse zu zählen.

»Wollen wir doch mal sehen, ob Constanze dabei ist«, sagte ich.

Immer wieder kam ein Bus an, immer wieder stiegen Leute an der Haltestelle aus, aber die Richtige war nicht darunter. Wie wir so standen, wußte ich mit einem Mal, warum es mich gekränkt hatte, daß Constanze mir gegenüber so lange Zeit so unnahbar geblieben war. Sie zählte zu meiner eigenen Geschichte. Sie erinnerte mich in ihrer einsamen Größe an meine Mutter, und da hatte ich es als eine Ungerechtigkeit empfunden, daß Constanze nicht sogleich mit offenen Armen auf mich zugekommen war. War es denn ein Wunder, daß ich jeden Morgen aufs neue im Erker stehenblieb, so lange, bis die beiden blonden Gestalten, die da unten so innig Hand in Hand zusammen losmarschierten, in der Menschenmenge verschwanden? Ich dachte mit einer gewissen Wehmut an meine Mutter und an das Kind, das ich selbst gewesen war. So viele Menschen, die wie ungerufen eine Rolle für mich spielten, schienen Wiedergänger meines bereits gelebten Lebens zu sein.

Schließlich, es war sehr spät geworden und für das Kind, das nur sah, wie da draußen schon stockfinstere Nacht herrschte, noch später, klingelte es an der Tür. Constanze entschuldigte sich tausendmal. Sie hatte sich mit der Schneiderinnenfreundin verplaudert, die die letzten Stiche noch unbedingt an jenem Abend machen wollte. Sie hatten anprobiert und abgesteckt, zwischendurch Wein getrunken und sich Pizza kommen lassen. Jetzt war das Kleid aber auch wirklich fertig.

»Wollt ihr mal sehen?« fragte Constanze und ließ ihren Mantel von den Schultern gleiten.

Darunter trug sie das neue, lange Kleid aus leuchtendrotem Samt, die Stoffmassen fielen schwer nach unten, Constanze wirkte respekteinflößend und würdevoll, und Emily flüsterte: »Mama, du siehst ja aus wie eine Königin!«

Pioniere

Welcher Mensch hatte in den frühen Achtzigern denn schon einen Computer bei sich zu Hause stehen? Dieser Wolfgang aus dem Parterre besaß ein solches Gerät. Da saß er, käsig, bärtig und vor Eifer bebend davor, in seiner dunklen Wohnung, die ziemlich verwahrlost und wie unbewohnt aussah, bis auf die Ecke, in der ein Monitor leuchtete und ein Rechner geräuschvoll brummte, umgeben von Kaffeetassenrändern und großen, lappigen Disketten. Dieses Bild bot sich mir fast immer, wenn ich noch am späten Abend den Hof durchquerte und an seinen Fenstern vorbeikam. Schon gleich beim ersten Mal, als ich in Wolfgangs Wohnung war, versuchte er, mir etwas an diesem Computer zu erklären, und sagte lauter Wörter, die ich nicht verstand, aber er gab nicht auf. Ich scheute die Anschaffung dieses sperrigen, elektronischen Möbels, das den ganzen Raum beherrschte, und schrieb meine Seminararbeiten weiterhin auf einer klappernden Schreibmaschine, deren Tasten wie ausgetretene Kirchenstufen aussahen, fabrizierte Seiten, die man nicht mehr falten konnte, weil sie starrten und krachten vor Tipp-Ex und dreimal überklebten Stellen.

Noch in der Schule, kurz vor dem Abitur und bei Anbruch des neuen Jahrzehnts, waren wir von den Lehrern gefragt worden, welche Berufspläne wir denn so ins Auge fassen würden. Eine Mitschülerin hatte selbstbewußt »Informatikerin« gesagt, und alle hatten sie mit großen, fragenden Augen angesehen. Was, um Himmels willen, hatte eine Informatikerin zu tun?

Nun, diese Frage wurde mir jetzt beantwortet, wenngleich ich nie so recht begriff, was Wolfgang da Schlaues faselte. Er führte mir wortreich aus, daß er mal wieder eine besonders elegante Lösung für ein verzwicktes Programmierproblem gefunden hatte, und bestand jedesmal darauf, mir den interessanten Fall vorzuführen. Bernsteinfarbene Zeichen ratterten am schwarzen Bildschirm herunter, und der Rechner ackerte. Ich langweilte mich, aber ich tat interessiert. Irgend etwas zog mich an ihm an, vielleicht war es nur seine große Nase. Er war so ein Guter, der Wolfgang. Eines Tages kapitulierte ich dann doch vor den atemberaubenden Möglichkeiten seines Textverarbeitungsprogramms und schrieb schließlich einen Text auf seinem Computer, er druckte ihn aus, und ich war berauscht von den Seiten, die ich da in der Hand hielt. Die Schlüsse, zu denen ich im Laufe langwieriger Erkenntnisprozesse gekommen war, präsentierten sich fast schon wie ein Buch, sie kamen mit aller Autorität daher, so als hätte nicht ich, sondern ein anderer sie sich ausgedacht. Beim Lesen der Schrift staunte ich hier und dort über meine geradezu genialischen Einfälle.

Wolfgang belächelte meine trotz allem hartnäckige Weigerung, mir endlich auch so ein Gerät zuzulegen.

»Es ist eine unglaubliche Arbeitserleichterung, ja eine Beschleunigung der Zeit«, führte er aus, und dann nannte er ein paar Namen von Geschäften, wo wir zusammen hingehen könnten, damit ich mich sachkundig machen könnte.

»Ich habe gar kein Geld dafür«, behauptete ich, aber daran lag es nicht, denn meine Mutter zeigte sich stets großzügig, und erst recht, wenn es um Anschaffungen ging, die dem Fortgang meines Studium dienlich sein konnten.

»Wie lange willst du eigentlich noch so herumhacken?« fragte er mich jedesmal, wenn er das Klappern meiner Schreibmaschine wieder gehört hatte. »Das ist vorsintflutlich.«

»So lange, bis ich wieder Geld habe«, sagte ich beharrlich.

Der wahre Grund für diese Weigerung war wohl mein störrisches Festhalten an alten Zuständen. Mit dieser Vorliebe für das Überkommene war ich ja in Berlin bestens aufgehoben, denn Berlin hinkte dem Fortschritt hinterher, auf das angenehmste. Straßenbahnschienen endeten eingesunken im Asphalt, hier, da kam nichts mehr durch außer den Grasbüscheln, die in Mauernähe zwischen Betonplatten hervorsprossen, da kümmerte sich keiner. Ausgerechnet die zerstörteste aller deutschen Städte präsentierte sich als diejenige, die am besten erhalten war, weil der Modernisierungswahn nicht Besitz von ihr ergriffen hatte. Berlin wurde von der Bundesrepublik nur ausgehalten, Berlin war ein von seltenen Pflanzen zugewuchertes Abstellgleis. Hier wurde der Feind so schön sichtbar. Berlin wurde gehütet, nicht als Stadt, sondern als Symbol.

In Berlin hatte ich Untergegangenes wieder vorgefunden, Dinge, die nur noch als Erinnerungsbilder aus der Kindheit vorhanden oder bestenfalls in alten deutschen Spielfilmen zu besichtigen waren. Was andernorts längst abgeschafft worden war, hier war es wieder: schwere Kochmaschinen, muffelnde Außenklos, finstere Kohlenkeller.

Ich war fünf, als wir aus einer Alt- in eine Neubauwohnung mit Zentralheizung umzogen. In Berlin schleppte ich selber Kohlen, so wie früher meine alte Großmutter. Ich selber hantierte nun mit scheppernden Zinkeimern und rußigen Schürhaken. Das ganze Teufelswerkzeug wurde im Spätherbst aus dem Keller hochgeholt, wenn sich das erste Heizen nicht mehr länger hinauszögern ließ, weil die Finger blau anliefen beim Tippen und die Füße eiskalt wurden unterm Schreibtisch. War das Feuer aber erst einmal in Gang gekommen, bedauerte ich die notwendigen, überkommenen Verrichtungen schon nicht mehr; dann kauerte ich vor der offenen Ofenklappe, und die Hitze schlug wie etwas Reinigendes gegen meine Stirn. Einmal kam eine fröstelnde Freundin, eine Amerikanerin aus den Südstaaten, zu Besuch, die etwas am Kachelofen suchte und nicht fand.

»Wo ist denn hier der Schalter?«

Sie suchte: einen Thermostat, einen Stecker, einen Knopf,

etwas, woran man drehen konnte, damit es warm wurde. Ich zeigte auf den Kohleneimer.

Ein anderer Nachbar, mit dem ich es zu tun bekam, hieß Bernhard. Bei ihm klingelten ausschließlich Männer mit martialischen Accessoires auf engen, schwarzen Nietenhosen. Motorradfreaks, dachte ich, aber wo sind die heißen Öfen, wo bleiben die Bräute? Mit Anfang Zwanzig und als blutige Anfängerin in dieser Stadt hatte ich noch nicht den rechten Blick für die Vorlieben mancher Männer.

Als ich zum ersten Mal in Bernhards Wohnung kam und mich neugierig bei ihm umschaute, entdeckte ich an der Wand ein Poster mit zwei spärlich bekleideten Kerlen und dachte, ein nackter Mann, das wäre ja noch nichts Außergewöhnliches, aber gleich zwei nackte Männer zusammen auf einem Bild, das war ein eindeutiger Beweis.

Wir freundeten uns an, Bernhard und ich, und er berichtete mir stolz, daß er damals, in seiner wilden Zeit in New York, als der Christopher Street Day noch als subversive Aktion von lauter wagemutigen Vorreitern begangen wurde, die öffentliche Moral und geltende Gesetze herausforderten, eine Affäre mit Freddy Mercury gehabt hätte. Ich wußte nicht recht, was dieser Bernhard so interessant fand an mir. Auszusetzen hatte er nämlich an vielem etwas, zum Beispiel an meiner Art, mich zu kleiden.

»Ihr Frauen seht alle aus wie wandelnde Dreiecke«, sagte er. »Oben die Schultern mit Schaumgummi ausgestopft und unten die Beine in diesen engen Jeans. Zieh doch mal was Weibliches an. Nicht immer diese Jacketts und dann auch noch mit Fliege um den Hals.«

Am schlimmsten von allem fand er die neueste Frauenmode, sich alte Herrenpyjamas in Second Hand Shops zu kaufen und damit auf offener Straße herumzulaufen.

»Aber das trägt man jetzt so«, verteidigte ich meinen Aufzug.

Ich schwärmte für Blixa Bargeld und noch mehr für David Bowie. Die Neue Deutsche Welle und die Disco-Idole, für die ich mich begeisterte, interessierten Bernhard auch nicht besonders. Aber Marlene Dietrich und Georgette Dee liebte er, die legte er auf und sang meistens mit. Bald kannte ich die Texte, und da sang dann auch ich.

Bernhard bestellte mich eines Abends in eine Schöneberger Kneipe, so gegen neun. Ich stand davor, hinter den Scheiben gedämpftes Licht, dann öffnete ich die Tür, zerteilte den Vorhang im Windfang und ging hinein. Da saßen ausschließlich Männer an den Tischen. In bestimmten Männerkneipen ist der Auftritt einer Frau ja eine Sensation, Anlaß für abschätzige Sprüche und noch eine Runde Bier. Hier blieb ich Luft, und das war fast genauso befremdlich. Das dumme war, Bernhard war noch nicht da. Es ist mir immer besonders unerträglich, alle Leute mit dem Blick überfliegen zu müssen, um festzustellen, daß keiner der Gäste der ist, den ich suche. Zum Glück fand ich einen freien Tisch, setzte mich dran und bestellte einen trockenen Weißwein. Nach einer Weile kam Bernhard. Ich glaube, er grüßte so ziemlich jeden der Anwesenden.

»Das hätte ich mir ja gleich denken können. Anderes Ufer, oder wie der Puff hier heißt«, sagte ich.

»Ist es dir etwa unangenehm?« fragte Bernhard.

»Ja, irgendwie schon«, gab ich zu.

»Und warum? Du wirst doch von keinem hier blöd angemacht als Frau. Oder stört dich gerade das?« fragte er augenzwinkernd.

Ich überlegte eine Weile. »Weder noch. Es ist nur eine vollkommen fremde Welt für mich.«

Solange sie mir als Einzelwesen begegneten, diese Männer, die ihresgleichen liebten und dies auch demonstrativ bekundeten, solange fühlte ich mich bei ihnen sogar sehr gut aufgehoben. Aber sobald mir diese Männer als anonyme Masse entgegentraten, fühlte ich mich verunsichert. In der Universität gab es ein bestens besuchtes schwules Café, wo auch ich zwischen den Seminaren faul herumhing und wo die ringleintragenden Bekenner am mit bunter, glänzender Lackfolie bespannten Tresen einen Preisnachlaß auf ihren Pappbecherkaffee bekamen. Die Schwulen zeigten sich tolerant: An den ebenfalls lackfoliebespannten, pinkfarbenen Tischen ihrer Domäne durften sich auch heterosexuelle Paare aufhalten und sogar heftig miteinander herumknutschen. Da wehte bei den eingeschriebenen, eingefleischten Lesben aber ein ganz anderer, ein rauherer Wind: Männer wurden ausnahmslos rausgeschmissen aus ihrem Café, und als ich mich einmal dort einfand und mir tatsächlich herausnahm, ein Büchlein von Ernest Hemingway zu lesen, mußte ich mich von einer literarisch versierten Doppelaxtträgerin darüber aufklären lassen, was ich da gerade für einen Machoschrott las.

»Ich glaube, was mich so ankotzt, ist diese Ausschließlichkeit, hier wie dort«, schloß ich.

Vor der Eingangshalle der Universität stand immer wieder eine Frau und verteilte Fragebögen. Die vorbeigehenden Männer ignorierte sie. Aber jeder der Frauen, also auch mir, drückte sie einen Fragebogen in die Hand. Ich schaute sie skeptisch an.

»Worum geht es?« fragte ich sie.

»Ob du dich von den Profs hier an der Uni sexuell belästigt fühlst.«

Belästigt? Mit diesem Thema, dachte ich, hätte ich durch meinen Umzug schon aufgeräumt, aber die Diskussion war anscheinend öffentlich geworden. Mir schien das eine Suggestivfrage zu sein, aber hin und wieder füllte ich ganz gern mal einen Fragebogen aus, nur so zum Zeitvertreib, und darum behielt ich den Fragebogen. Ich setzte mich sogar in die Cafeteria damit, nahm einen Kugelschreiber zur Hand und begann ernsthaft zu überlegen.

Da gab es den Französisch-Professor, einen Bonvivant, wie mir schien, der niemals männliche Assistenten hatte, immer schwirrten nur Frauen um ihn herum, und die sahen eher so aus, als seien sie zu einem Model-Shooting angetreten als zu einer wissenschaftlichen Laufbahn. Womöglich war das kein Zufall. Sollte man den öffentlichen Ausschreibungen wissenschaftlicher Hilfskraftstellen in Zukunft also besser mißtrauen?

Dann gab es den Linguistik-Dozenten mit den buschigen Augenbrauen. Wenn ich es recht bedachte, dann starrte der mir in seinen Seminaren immer auf den Busen. Durfte der das denn? Ich fand ihn ganz attraktiv mit seinen schwarzen Locken, gestört hatten mich die Blicke eigentlich nie. War ich denn so naiv?

Dann gab es den schnoddrigen Hausmeister der Universität in seinem blauen Kittel, der immer etwas eindeutig Zweideutiges auf Lager hatte, wenn eine Frau an seiner Loge vorbeikam. Aber das war ja der Hausmeister, da erwartete ich überhaupt nichts anderes.

Schließlich war da Sören, der Mittelhochdeutsch-Dozent. Der war zum Abschluß des Semesters, in der letzten Stunde, in einem weißen Schaffell erschienen. An seinen nackten Füßen trug er lederne Schnürsandalen, und unter dem Schaffell vermutlich nichts, jedenfalls ließ sich kein Saum eines T-Shirts oder einer Hose entdecken, der darunter hervorlugte. Eine Laute hatte er mitgebracht, und dann intonierte er mittelalterliche Weisen, er verwandelte sich in einen Minnesänger, schlug die Beine übereinander und sang mit ganz hoher Stimme. Da hätte die Frau mit den Fragebögen mal die männlichen Studenten fragen sollen, ob sie sich von den Dozenten belästigt fühlten.

Ich kreuzte immer wieder ›nein‹ an, denn belästigt hatte ich mich eigentlich noch nie gefühlt.

War diese engagierte Jagd auf die Männer bloß neu für mich allein, oder war es ein vollkommen neuer Trend? War es der neue Zeitgeist oder eine alte Berliner Sitte? Vielleicht war ja nur ich an ein paar von ihrer Mission beseelte Hitzköpfe geraten, die die Welt zwischen Frau und Mann aus den Angeln heben wollten.

Als ich einmal bei dem Linguistik-Professor in der Sprechstunde saß, fragte er mich nach meinem Namen. Na schön, auf meinem Busen hatte der schließlich nicht draufgestanden. Ich erinnerte ihn also daran, wie ich hieß. Da zog er die buschigen Augenbrauen in die Höhe und sprach meinen Vornamen irgendwie verzerrt aus.

»Noch nie gehört«, sagte er. »So einen Namen gibt es ja eigentlich gar nicht.« Und noch einmal sprach er meinen Namen auf eine näselnde Art und Weise aus, die ich wohl lustig finden sollte.

Da machte sich ein Mensch lustig über den Namen, den es seiner Ansicht nach eigentlich nicht geben konnte, aber mit dem ich durchs Leben ging. Plötzlich fühlte ich mich doch belästigt, und als ich die Frau mit den Fragebögen das nächste Mal wieder vor der Eingangstür der Uni sah, bat ich sie noch einmal um einen Bogen.

Mein Versuch, die Nachbarn Wolfgang und Bernhard, die ich beide gern mochte, zusammenzuführen, scheiterte kläglich. In meiner Küche trafen sie eines Tages aufeinander. Sie saßen sich gegenüber und tranken Tee, aber sie hatten einander überhaupt nichts zu sagen. Um die Situation etwas aufzulockern, erzählte Bernhard einen Tuntenwitz, in dem zwei Mokkatäßchen vorkamen. Wolfgang lächelte verlegen, nahm sich noch ein Stück Schokoladenkuchen und kaute schweigend. Bernhard erzählte noch einen Witz, bat mich um das Rezept für den Schokoladenkuchen, aß aber nichts, er sei gerade auf Diät.

»Wie der schon angezogen ist«, mokierte sich Bernhard, als ich ihm das nächste Mal begegnete.

»Der hat ja keine Ahnung«, stöhnte Wolfgang bei der nächsten Gelegenheit, und ich war mir nicht sicher, was er damit meinte, Frauen oder Computer.

Parfümfläschchen im Badezimmer, Designer-Geschirr in der Küche, Bernhards ganzes Geld ging für Couture und Interieur drauf, und weil er ständig jobben mußte, dehnte sich sein Studium endlos in die Länge. Wolfgang war oft schlecht rasiert, roch nach kaltem Schweiß, und die Kaffeemaschine war fast das einzige Küchenutensil, aber er schien ein Überflieger zu sein, dem eine Karriere winkte. Der Verdacht, daß ein Mann, der sich pflegte, automatisch ein Schwuler sein müsse, kam damals auf. Zum Glück wurde ich da später eines Besseren belehrt.

Wolfgang und Bernhard kamen nicht nur von zwei durch einen unüberwindlichen Fluß getrennten Ufern, sie kamen auch von zwei ganz unterschiedlichen Sternen.

Dann hatte ich eine Zeitlang einen Freund, er kam ein paarmal zu mir nach Hause, und da waren sich die beiden Nachbarjungs plötzlich vollkommen einig: Sie mochten ihn nicht. Ich hatte eine Weile keine Zeit mehr für sie, weder für Bernhards Diseusen noch für Wolfgangs eifrige Ausführungen. Ein wortgewandtes Erstsemester nahm mich für sich ein, seit ich von ihm auf seiner weichen Schaumgummimatratze mit Süßigkeiten vom türkischen Imbiß unten im Haus gefüttert worden war. Die Semesterferien gingen ins Land, und dann hatte er plötzlich eine Neue. Tagelang hatte er sich damals nicht mehr bei mir gemeldet, und des Wartens leid geworden, war ich schließlich hingefahren zu ihm. Durch die Wohnungstür, die er mir nach einer langen Weile mit nackter Brust und in Unterhosen zögernd öffnete, konnte ich erkennen, wie da eine andere saß auf der Matratze und türkischen Honig aß.

Schlingernden Schrittes trat ich den Rückzug an, stand wie betäubt am U-Bahnhof Grenzallee und dachte, die ganze Welt müßte sich mit einem Schlag verändern, aber das tat sie nicht. Die ganze Palette der Tageszeitungen lag am Kiosk wie am nächsten Tag wieder, und die U-Bahnen fuhren alle nach Plan.

Als ich wieder in meinem Haus stand, zögerte ich im Treppenflur und konnte nicht gleich in meine Wohnung gehen, so verlassen fühlte ich mich. Mein Weg führte mich schnurstracks zu Bernhard, ich rauchte mir die Kehle bitter, heulte hemmungslos und trug mein wundes Herz auf der Zunge, schüttete es ihm aus, Bernhard nahm mich in den Arm, legte Marlene auf, passenderweise war es »Allein in einer großen Stadt«, wir sangen mit, und er sagte: »Du mußt deinen Schmerz jetzt darin ertränken.«

Ich heulte noch mehr, dann ließ er mir eine Wanne ein, und ich ertränkte, während er mir den Rücken zärtlich schrubbte.

»Na ja, so sind sie halt, die Männer«, sagte Bernhard mit dem Waschlappen in der Hand, und ich weiß nicht, ob er Männer wie sich selbst darin einschloß.

Ich spazierte tags darauf zu Wolfgang und kündete, weil ich in meinem Schmerz nicht anders konnte, noch einmal aus vollem Herzen von meinem Leid, und da sagte er: »Warum bist du nicht gleich zu mir gekommen?« legte seinen Arm um mich und versuchte mich zu küssen mit seinem Kratzekinn, ich entwand mich seines Trostes und beeilte mich zu gehen.

Zum Teufel mit den Männern, wo sind sie bloß, dachte ich, und ich glaube, ich schloß auch Männer wie den treusorgenden Bernhard in meinen Gedanken mit ein.

»Was glaubst du, was für eine Freiheit uns die Möglichkeiten des Computers noch bescheren werden!« begeisterte sich Wolfgang.

»Was glaubst du, was wir Schwulen hier, in solchen Städten wie Berlin, haben erreichen können für die Bewegung«, so Bernhard.

Ich dachte an meinen Widerwillen gegen das Starren auf den Monitor, wie beschränkt ich mir vorkam, wenn ich alles nur per Knopfdruck oder Mausklick erledigte, ich dachte an das muntere Fest, das jedes Jahr im Juni hier stattfand, wenn knallig maskierte Männer sich auf dem Kudamm austobten, und gleich hinter den aufgekratzten Mannen folgte der grüne Wagen der städtischen Reinigungsbetriebe, der die Spuren des Spaßes sofort wieder tilgte. Ich dachte, wie absurd es doch war, daß ausgerechnet in einer Stadt, die ummauert war, jeder von den Freiheiten sprach, die ihm hier zuteil wurden. Es stimmte ja auch: die Achtziger mit ihrer klaren Geometrie, klare Linien und spitze Winkel, das paßte in ein eingemauertes, abgezirkeltes Berlin. Als die Mauer abgetragen wurde, war auch ein Abschnitt des eigenen Lebens abgeschlossen, unweigerlich. Daß ein unhaltbarer Zustand beendet worden war, kein Zweifel, das war zu begrüßen. Aber je älter ich wurde, um so mehr kam das Gefühl auf, daß das Berlin jener Jahre eine umfriedete Stadt gewesen war, kein bedrohtes Eiland, sondern ein Schutzraum, ein geschlossenes Ganzes. Hier kam uns keiner ins Gehege. Mich beschlich das Gefühl, daß ich ewig jung geblieben wäre, wäre die Berliner Mauer stehen geblieben. Einige Jahre später, ohne die Mauer, fühlte ich mich ein bißchen wie Dorian Gray, rapide alternd. Weil die Mauer fortgerissen war, hatte der Virus des Alterns Besitz von uns ergreifen können. Das war natürlich Quatsch. Aber das, was der Ernst des Lebens genannt wurde, trat an uns heran – vielleicht, weil wir ein gewisses Alter erreicht hatten, vielleicht, weil sich diese Stadt rasant veränderte. Wir wurden ins Exil geschickt, hinein in veränderte Lebensumstände, obwohl wir doch gar keine Grenze überschritten hatten.

Eines schönen Tages war er wirklich da, der Russe, und zwar mitten im Freundeskreis, und er hatte einen Namen. Nachdem er mich einmal besucht hatte, mußte er noch lange und mit großer Ehrfurcht darüber sprechen, daß die Briketts hierzulande alle ein und dieselbe Form und Größe aufwiesen.

Ich zog um, weil ich mal wieder eine bessere Wohnung gefunden hatte. Wolfgang verlor ich aus den Augen, und Bernhard und ich, wir sahen uns nicht mehr so oft. Im November 1991 starb Freddy Mercury. Ein Jahr später starb Bernhards Freund. Bernhard selbst starb nicht viel später.

Auf dem Berliner Friedhof, wo Bernhard beigesetzt wurde, versammelte sich am Grab eine kuriose Trauergesellschaft aus bayerischem Urgestein und schnauzbärtigen Mannsbildern in schwarzem Leder, die sich mit Tränen in den Augen in die Arme fielen.

In der Mitte der achtziger Jahre, in der Lehrter Straße, da konnte man Bruno Ganz noch in einer flauschigen, karierten Teppichjacke herumgehen sehen, vor laufenden Kameras. Er stand da an der buntbemalten Mauer herum, einer Mauer allerdings, die extra für *Der Himmel über Berlin* auf einer öden Freifläche am Nordhafen hochgezogen worden war, dort, wo sie niemals gestanden hatte, und die gleich nach Abschluß der Dreharbeiten wieder abgerissen wurde. Dieser Abriß war, von allem, was wir drei Tage lang vor unserer Tür verfolgen konnten, das Filmreifste am ganzen Film, der da langsam im Entstehen war.

Der Gott der Stadt

»Er ist ein sturer, alter Bock und läßt sich gehen«, sagte Julian, ließ ein zischendes Putenschnitzel aus einer Bratpfanne auf einen dunkelgrünen Steingutteller gleiten und klatschte einen Löffel Pfannipüree daneben.

Vorbei waren die Zeiten, da dem Professor statt eines bleichen Putenschnitzels aus der Styroporschale noch gut abgehangene Kalbsmedaillons aus der Feinschmeckerabteilung des KaDeWe serviert wurden, umgeben von ausdrucksvoll angeordneten, handverlesenen Cocktailtomaten, vorbei die Zeiten, in denen Julian noch eine Handvoll Brunnenkresse über das zarte Fleisch gestreut und Kartoffeln geschält hatte für das Püree. Der Olymp des Professors war in die niederen Ebenen von Julians Seelenlandschaften abgesunken, infolge eines allmählichen Erdrutsches in seiner Hochachtung vor den Göttern der Literaturwissenschaften. Julian, der einst so treuergebene Sklave, diente Zeus meistens nur noch zähneknirschend. Er trug den Teller mit dem Putenschnitzel aus der Küche den langen Flur entlang, quer durch die ganze Wohnung, bis hinein in das Berliner Zimmer. Dort saß der wortkarg gewordene Hausherr in einem speckigen, braunen Morgenmantel in einem schweren Sessel und nahm mit einem kaum vernehmlichen Knurren sein Abendbrot entgegen. Professor Stepan mochte nicht mehr sprechen.

Julian war der Freund der ersten Jahre in Berlin. Ich begegnete ihm in einem der ersten Semester am Schwarzen Brett, wo er etliche von beschriebenen Zetteln durchkämmte, durch die ein Windstoß ging, jedesmal, wenn jemand die Tür des Ganges öffnete. Offenbar suchte er eine neue Wohnung, und die hatte er auch bald gefunden.

Professor Stepan war allein geblieben, drei Ehefrauen hatte er überlebt, und die letzte seiner Frauen war vor Jahren schon gestorben, recht jung noch, mehrere Kinder aus mehreren Ehen waren in alle vier Himmelsrichtungen verzogen, und nun, da der Professor immer gebrechlicher und widerborstiger wurde, wollte sich keiner so recht um ihn kümmern. Da war eine der Töchter auf die selbstlose Idee gekommen, einen jungen, begeisterungsfähigen und praktisch veranlagten Literaturstudenten als mietfreien Betreuer in die Wohnung des Vaters einziehen zu lassen, die ohnehin zu groß war für diesen allein. Die Wahl fiel auf Julian, der das Angebot unter der Rubrik ›Kost und Logis‹ am Schwarzen Brett in den Gängen der literaturwissenschaftlichen Fakultät entdeckte. Mit weichen Knien ging er zu dem vereinbarten Termin an einer vornehmen Adresse. Die Wohnung, in die er einziehen sollte, lag im vierten Stock eines hochherrschaftlichen Hauses am Ufer des Sees im Westen der Stadt; den Hauseingang verschloß ein schweres Eisengitter, und wer Einlaß begehrte, der mußte zuvor einem steinernen Spalier von Putten und Jugendstilsirenen seine Reverenz erweisen. Julian verneigte sich, mit Freuden. Die Professorentochter brauchte nicht lange, um sich für den hübschen, dynamischen und wortgewandten jungen Mann zu entscheiden, der da bei ihr vorstellig wurde. Auch Julian zögerte keine Sekunde: Professor Stepan blieb zwar unsichtbar, aber die gesamte Wohnung atmete den Geist der Literatur, den Julian in den Gängen und Hörsälen der Universität so schmerzlich vermißte. Das Zimmer, das für ihn vorgesehen war, erhob ihn in den Rang eines Thronfolgers, es schwebte in einem lichten Erker über dem See.

Solange ich mit Julian befreundet war, ging ich in der Professorenwohnung ein und aus. Mein schwärmerischer Freund hatte nicht zuviel versprochen: Überall an den Wänden hingen Regale, sie reichten bis unter die Decke, immer wieder war ein weiteres dazugedübelt worden, Regale verschiedenen Formats hatten neben- und übereinander an den Wänden Platz gefunden, wie eng angeordnete Weihnachtskekse auf einem Backblech. In den Zimmerfluchten des Professors stapelten sich die Bücher, und selbst aus Wäschekisten quoll noch das ein oder andere Konvolut.

Julian fühlte sich als ein von göttlicher Macht Ausersehener. Er lebte unter einem Dach mit dem Wortgewaltigen, über den die älteren Studenten mit Ehrfurcht sprachen, den Emeritus, den auch ich einmal noch erlebt hatte im großen Hörsaal in Dahlem, bei einer Gastvorlesung über expressionistische Dichtung. Schon eine halbe Stunde vor Beginn der Veranstaltung platzte das Auditorium aus allen Nähten. Freiwillig angetretene Saaldiener versperrten die Türen und ließen keinen der herbeiströmenden Wißbegierigen mehr durch. Ich saß eingequetscht zwischen zwei Kommilitonen auf einem Klappsitz. Es dauerte ein paar Minuten, es war Viertel nach, dann ging ein Raunen durch die Reihen: Da kam er, Moses mit seinen Gesetzestafeln, hinkend, mit grauen Fußlappen aus Filz, auf dem Kopf ein dunkelblaues Barett, und er ging mit einem Stock und auf den Arm eines Assistenten gestützt, im Gefolge ein hilfreiches Trippelmäuschen, das dicke, schwere Papierbündel schleppte. Das bereitgestellte Mikrophon schob der Professor verächtlich mit dem Handrücken beiseite. Dann legte er los.

Wortgewaltige wie ihn gibt es nicht mehr. Allmählich aussterbenden Rednern, Begeisterten wie dem alten Stepan war es zu verdanken, daß ich das Studium nicht abgebrochen hatte in diesem lauen Haufen, der sich Semester um Semester lustlos hinunter in den Flachbau nach Dahlem wälzte und sich zwischen den Seminaren auf dem mit lauter Brandlöchern perforierten Polyesterteppichboden vor der Cafeteria räkelte; eine Ausnahmeerscheinung war Stepan, dieser Mann der Wissenschaft aus altem Schrot und

Korn zwischen all den blutleeren, ihren Jargon zernuschelnden Dozenten, die nur mehr in ihren akademischen Vierteln vor einem Pappbecherkaffee auflebten und heilfroh zu sein schienen, wenn ihre Studenten ebenso anspruchslos und verschlafen auf ihren Stühlen herumsaßen wie sie selbst.

Doch wo steckte er jetzt, der wortgewaltige Orator aus dem überfüllten Hörsaal? Ich sah mich um. Am Garderobenständer hing sein Barett wie ein welkes Blatt, und in seinem Arbeitszimmer begrüßte den Gast nur ein Selbstporträt eines alten Meisters. Julians wiederholte und beherzte Versuche, den Professor zu einer Umrundung des nahen Sees zu bewegen, schlugen meistens fehl, denn er hatte sich zu einem Dasein im Liegen entschlossen. Hinter der Tür des Professorenschlafzimmers röchelte und schnaufte es, und hin und wieder wurden auch hemmungslose, weinerliche Schreie laut, die an mein Ohr drangen wie die Hilferufe eines Menschen, der sich bedroht fühlt. Die alten Möbel schienen miteinander zu sprechen, wenn es dunkel wurde. Stündlich schlug das eingewickelte Pendel der Standuhr dumpf, eine Schranktür antwortete mit einem leisen Knarren, und aus einer dunklen Ecke des Raumes stieg das Stöhnen einer unbekannten Wesenheit.

Doch es gab auch Ausnahmen: Das waren die seltenen Abende, an denen Gäste das Haus des greisen Literaturprofessors aufsuchten. Ehemalige Kollegen und Kolleginnen kamen den hin und wieder ausgesprochenen Einladungen nach, für die eine seiner Töchter hin und wieder sorgte, um mit vermeintlicher Gastfreundschaft den Beweis zu erbringen, daß ihr Vater noch am Leben war. Nur mißmutig ließ dieser die Betriebsamkeit über sich ergehen, die durch die Vorbereitungen in seiner Wohnung herrschte; nur widerwillig vertauschte er seine formlose Hauskluft aus braunem Frottee dann gegen ein weißes Hemd und einen richtigen Anzug, bevor sich nach und nach die Gäste einstellten, ehemalige Kollegen, getreue Schüler. Und Julian kniete geradezu nieder vor dem Professor, als dieser ihn bat, ihm die Krawatte zu binden.

Man versammelte sich um eine festlich gedeckte Tafel im Berliner Zimmer, das, als wäre es darin nicht schon dunkel genug gewesen, auch noch mit lichtschluckendem Tropenholz vertäfelt war. Da saßen sie dann um den gedeckten Tisch herum, eine kesse Frauenforscherin, die ihre dünnen Light-Zigaretten immer nur bis zur Hälfte rauchte und dann mit ihren rotlackierten Nägeln umständlich im Aschenbecher ausdrückte, ein schnauzbärtiger Nietzsche-Spezialist, der schon nach einer Stunde sturzbetrunken war und der halbherzig rauchenden Frauenforscherin mit herzhaften Zitaten seines Idols zu Leibe rückte, ein aufstrebender ehemaliger Schüler, der sich gerade mit jungen Berliner Autoren und Verständigungstexten befaßte, ein stämmiger Mediävist mit seiner Gattin, eine Studienrätin in einem altrosa Kostüm und mit einer Goethebrosche am Revers, die dem Professor nicht von der Seite wich und ihm im Laufe des Abends ein Bündel dichtbetipptes Papier andiente. Warum sie alle immer wieder kamen, war nicht genau zu sagen, da sie sich doch ganz offenkundig langweilten – sie rauchten, sie nippten an ihren Weingläsern, sie plapperten, sie stellten Fragen, um ihre Belesenheit zu bekunden, aber auf ihren Stirnen stand geschrieben, daß sie sich unwohl fühlten. Ihnen war unbehaglich zumute in dem düsteren Raum, in dem einer residierte, in dessen Schweigen sie doch eine gewisse Verachtung spüren mußten. Professor Stepan saß am Kopf der Tafel und aß mit gleichgültiger Miene. Immer wieder ließ er sich einen kräftigen Rotwein nachschenken. Julian hatte schnell herausgefunden, daß nur so die Zunge des Wortgewaltigen sich löste, und war er einmal in Fahrt, dann sprach er, dann genoß er das Essen, das man ihm auftischte, dann fand er kein Ende. Der Alte wußte, worüber und über wen er sein Lebtag doziert und geschrieben hatte: Die Schriftsteller, über die er sprach, hatten dereinst schon mit ihm an diesem Tisch gesessen. Daß Gäste anwesend waren, schien für ihn mit jedem Schluck und jedem Wort in Vergessenheit zu geraten. Julian und ich lauschten mit großen Augen. Wenn es um die moderne, schlimmer noch, die zeitgenössische Literatur ging, verdüsterte sich Stepans Stirn. Lange hielt er sich nicht auf mit Titeln von Büchern, die von der Leichtzigaretten rauchenden Literaturwissenschaftlerin ins Spiel gebracht wurden, Namen von Autoren, die der auf den neuen Roman spezialisierte Professorenkollege zu bedenken gab, scheuchte er mit einer einzigen Handbewegung aus dem Raum: »Lau ist sie, die ganze Literatur, die heute so geschrieben wird. Lau ist sie, denn ihr fehlen die beiden großen Themen, auf die es ankommt: Liebe und Tod.«

»Ich glaube, er ist doch kein sturer Bock«, sagte ich später, als wir im Bett lagen, zu Julian.

Solche Auftritte blieben jedoch die Ausnahme. In den Nächten stöhnte und ächzte es weiterhin hinter der Tür des Professorenschlafzimmers, es war nicht zu sagen, ob Liebe oder Tod ihn so quälten. Die Nachbarn beschwerten sich schon. Stepan war das vollkommen egal. Der Nietzsche-Spezialist erbat einen Beitrag zu einem Jubiläumsband. Stepan lehnte ab mit den Worten, zu Nietzsche fiele ihm nichts mehr ein. Die Mediävistengattin rief ein ums andere Mal an, in fiebriger Erwartung des professoralen Urteils über ihr Manuskript. Stepan ließ sich hartnäckig verleugnen, indem er Julian anwies, der guten Frau mitzuteilen, er sei nicht zu sprechen, Freund Hein hätte ihn schon abgeholt. Das fragliche Manuskript setzte in den folgenden Wochen und Monaten Staub an, es alterte zwischen vergilbten Tageszeitungen und anderen wissenschaftlichen Abhandlungen in großen, braunen Briefumschlägen, die dem Emeritus zahlreich zugeschickt wurden, mit der Bitte um sachkundige Antwort. Der Jubiläumsband erschien ohne Stepans Beitrag. Die Mediävistin gab es eines Tages auf und rief nicht mehr an. Die ohnehin seltenen Abende, an denen Leute ins Haus kamen, wurden noch seltener. Von irdischem Rechtfertigungszwang schien sich der Professor längst freigesprochen zu haben, aber Julian zeigte sich regelmäßig entsetzt darüber, wie der Altmeister der Literatur, mit seinem reichen Vorrat an Geschichten und Einsichten, an den Abenden nichts Sinnvolleres tat, als fernzusehen oder einfach in einem Sessel im düsteren Berliner Zimmer zu sitzen, bevor er sich in seine Matratzengruft zurückzog und sich in den Schlaf greinte. Was ihn zu diesen jammervollen Geräuschen trieb, die so gar nicht aus dem mächtigen Körper des alten Mannes zu kommen schienen, wagte ihn niemand zu fragen, und vielleicht war es genau dieses gespenstische Stillschweigen um ihn herum, das den Verzweiflungsschrei des greinenden Greises immer wieder aufs neue hervorbrachte.

An einem jener Ausnahmeabende war es, Julian und ich hatten den Eßtisch schon abgeräumt und standen draußen auf dem Balkon, es war schon dunkel. Drinnen, hinter unseren Rücken, knarrten die Dielen. Wir drehten uns um. Die Flüsterschritte gehörten zu Stepan, zu seinen Füßen in den grauen Filzlappen. Er trat zu uns heraus auf den Balkon und verschaffte sich einen Platz am Geländer, lehnte sich auf die schmiedeeiserne Balkonbrüstung und schaute ins Dunkel, so als gäbe es etwas Unerhörtes zu sehen dort unten. Man vernahm nur das Plätschern des Wassers, das ein leichter, warmer Wind ans Ufer drückte. Keiner von uns dreien sagte etwas, so lange, bis das Schweigen unangenehm wurde. Dann begann der Professor endlich zu sprechen.

Er erzählte von einem Schwan auf dem See vor seinem

Haus. In einem längst vergangenen Sommer, so sagte er, gab es einen Schwan auf dem See, der nicht mehr aufhören konnte zu schreien. Er flatterte mit seinen weißen Schwingen, reckte den Hals in die Luft und beklagte den Tod seines Schwanenweibchens, dem ein rücksichtsloser Bootsmann mit dem Ruder den Kopf abgeschlagen hatte. Als der Professor erzählte, mit einer leisen, erregten Stimme, plötzlich am ganzen Leib schlotternd, aber wohl nicht vor Kälte, denn es war eine ganz milde Nacht und er trug den molligen Morgenmantel, da überkam mich so eine Ahnung, daß diese Geschichte mit den Schwänen die Antwort auf die Verbitterung des Professors war. Er schlotterte am ganzen Leib, aber weder wegen der nächtlichen Kühle noch aus Trauer über den Tod der Schwanenfrau und auch nicht aus Trauer über den einsam zurückgebliebenen Schwan, der sich einfach nicht hatte beruhigen wollen und weiter allein und rastlos, lauthals klagend und flügelschlagend über den dunklen See zog, während die anderen Schwäne schon im Schilf am Ufer ruhten und ihre Köpfe ins Gefieder gesteckt hatten. Aus dieser Geschichte und der Erregung, die vom ganzen Körper des Professors Besitz ergriffen hatte, sprach eine noch viel tiefere Trauer als die über das Schicksal eines schwimmenden Vogels. Vielleicht war es die Trauer über einen Verlust, den Verlust eines geliebten Menschen, die verspätete Reue einem Menschen gegenüber, dem er einen großen Schmerz zugefügt hatte. Er selbst war der schreiende Schwan, er war der geköpfte Schwan oder der schlechte Ruderer, er war das Opfer oder der Täter, er war die irrende Seele, der nur der eigene Schwanengesang blieb.

Ein Spaziergang mit einem Freund, der sich für mein Leben interessierte, führte mich Jahre später an den kleinen See mitten in der großen Stadt Berlin, an dessen Ufer das Haus stand, in dem der Professor jahrzehntelang gewohnt hatte. Aber der alte Stepan lebte nicht mehr, und als wir ans Ufer kamen, war das große Haus nicht mehr zu sehen; es war vom Sockel bis zum Dachfirst in dunkelgrüne Gaze gehüllt, der rußige Putz wurde jetzt unter ohrenbetäubendem Lärm mit Hämmern und Hacken abgeklopft, darunter kam rosiger Backstein zum Vorschein, und in dem großen Innenhof des Hauses stand eine undurchdringliche Wolke aus Kalkstaub. Wir standen nebeneinander und reckten die Hälse. Das vierstöckige Gebäude wirkte in seinem flüchtigen Gewand noch höher als sonst. Die Putten waren unter der grünen Plane verborgen. Das Eisentor war fort, die Arbeiter hatten es ausgehängt, damit sie mit ihren breiten Baufahrzeugen in den Hof hineinfahren konnten. Ich führte den Freund in den Hof und ins Treppenhaus hinein. Eine Frau kam mit Einkaufstaschen hinter uns her und fragte uns Eindringlinge mit skeptischer Höflichkeit, ob sie uns weiterhelfen könne. Ich wies mit dem Kopf auf die Tafel im Eingang, auf der mit einer alten Tintenschrift der Name von Professor Stepan noch geschrieben stand, so, als hätte sich seit Jahrzehnten nichts verändert. Als ich ihn aussprach, wich das anfängliche Mißtrauen aus ihrem Gesicht. Sie begann zu plaudern. Wer da jetzt wohne?

»Die Tauben«, sagte sie und lachte mit einem Anflug von Hohn in der Stimme. Nein, die Wohnung von Professor Stepan sei seit seinem Ableben nicht weitervermietet worden. »Fahren Sie ruhig hoch, die Tür steht offen. Die Bauarbeiter halten sich in ihren Arbeitspausen meistens da oben auf.«

Bereitwillig schloß uns die Frau aus dem Erdgeschoß die Tür des Aufzugs auf, einen filigranen Gitterkasten, der sich, mit dem neugierig gewordenen Freund und mir auf einem roten Samtbänkchen, ruckelnd und stockend, aber zielsicher aufwärts bewegte. Die Tür zur Professorenwohnung stand tatsächlich offen. Wir übertraten die Schwelle, gingen durch das große Berliner Zimmer und den langen Flur entlang, durch den der Wind pfiff; wir warfen einen

Blick in jedes der Zimmer, deren Verbindungstüren schon vor langer Zeit zugemauert worden waren, als die Herrschaften schon kein Hauspersonal mehr anstellten, das unsichtbar blieb auf dem langen Flur, durch den wir jetzt gingen. Ganz hinten, am Ende des langen Flurs, lag die Küche. Kein Mensch war zu hören. Die Bauarbeiter hatten ihre Stullen schon verspeist. Draußen regierte die Spitzhacke. Der Dienstboteneingang stand sperrangelweit offen; und hier in der Küche hatten sich die Tauben eingenistet. Im Spülbecken hatten sie sich ein Nest gebaut, überall auf den Bodenfliesen hatten sie sich verewigt, und sie flatterten auf und durch die zerbrochenen Fenster nach draußen, als wir sie in ihrem Verlies überraschten. Mir fingen die Augen zu tränen an, doch das kam nicht durch den schneidenden Wind.

Der alte Stepan lebte nicht mehr, aber da stand er plötzlich mit seinem flatternden Morgenmantel im Durchzug des langen Flurs, in den der Lärm prasselnder Preßlufthämmer vordrang, aber der ihn nicht im geringsten zu stören schien. Da stand er, der Lehrmeister, stand massig und gebieterisch zwischen den leergeräumten Regalbrettern und den weißen, rechteckigen Andachtsbildern, welche die alten Meister auf der Tapete hinterlassen hatten. Er taufte die dumpf gurrenden Tauben in seiner Küche mit Kosenamen und sorgte dafür, daß kein anderer hier einzog und ihm seinen Rang streitig machte. Auf den Olymp, dahin gehörte ganz allein er, und mit einem Mal besaß er wieder die Würde, die er noch zu Lebzeiten dahin hatte fahren lassen.

»Über die Literatur darf man nicht schreiben«, hatte der alte, wortgewaltige Mann mit großem Pathos in der Stimme einmal zu uns gesagt, der Nestor, dessen Schriften längst als Standardwerke in jeder Bibliothek vertreten waren, und plötzlich war er wieder laut und deutlich zu vernehmen: »Nein, über die Literatur darf man nicht schreiben. Die Literatur will gelebt werden.«

Die Solistin

Vier Wochen lang kümmerte ich mich um den Hund von Bekannten, die verreist waren. So kam ich zu einem kurzfristigen Erholungsurlaub in einer Villa, unten in den südlichen Stadtgebieten, an der Endstation einer U-Bahn-Linie, die hauptsächlich von Wochenendausflüglern frequentiert wurde.

Die Alte aus der Villa nebenan, die ich hin und wieder im Garten entdeckte, hatte weiße, kurzgeschnittene Haare, und ein paar davon sprießten auch am Kinn. Sie trug eine dicke Hornbrille und hatte den wilden Blick der stark Weitsichtigen. Sie spielte Klavier. Ich konnte es jeden Tag um die gleiche Zeit hören, und ich hörte es gern; ihr Spiel durchzitterte das gesamte Haus und wurde vom Wind durch die Gärten getragen.

Sie kriegte ganz schnell spitz, daß sich da nicht nur ein offenes Ohr für ihr melodiöses Geklimper eingefunden hatte, sondern daß da im Nachbarhaus auch ein neues Ohr für ihre Geschichten wohnte, und sie lud mich zu sich ein. Ich lag im Garten im Liegestuhl, der Hund schnarchte neben mir, da stand sie hinter dem Maschendraht und starrte mich an durch ihre dicken Brillengläser, wer weiß, wie lange schon. Sie sagte etwas zu dem Hund, der nur kurz ein Auge öffnete, und dann sagte sie auch etwas zu mir. Zuerst dachte ich, das ist wieder so eine von diesen enttäuschten Alten, die sich und ihr fortgeschrittenes Alter nicht erträgt, aber dann dachte ich auch, vielleicht bin ich der einzige Mensch, mit dem sie heute spricht, und ich ließ mich auf eine Plauderei ein.

In dem Zimmer, in das sie mich eintreten ließ und das sie als ihr Büro bezeichnete, türmten sich Papierstapel, und überall standen ellenlange Stäbe herum wie anbetungswürdige Stelen, mit lauter gelben, grünen und roten Kreisen und mit blauen und schwarzen Dreiecken darauf. Zuerst dachte ich, sie sammle Kunst, doch dann erklärte sie mir, ungefragt, was es mit diesen langen, bunten Stäben auf sich hatte. Sie hatte, wie sie mir ausführlichst erklärte, ein neues, ja ein geradezu revolutionäres Aufschreibesystem für Töne und Tonleitern ersonnen, das angeblich einleuchtender sein sollte als herkömmliche Noten auf Notenlinien. Zur näheren Erläuterung fuchtelte sie mit einer der bepunkteten Stangen in der Luft herum, hielt sie quer und vertikal und ließ sie an meinem Kopf vorbeisausen – ich verstand leider nichts von Musik, aber bei dieser Vorstellung hier bezweifelte ich, daß mir die Stelenmethode endlich den ersehnten Zugang verschaffen könne. Eines schien mir jetzt jedoch als erwiesen: Meine vorübergehende Nachbarin gehörte nicht zu dieser Sorte resignierter, alter Frauen mit hartem Blick und herunterhängenden Mundwinkeln, Frauen, um die ich am liebsten einen großen Bogen machte, weil sie mich auf unangenehme Weise an ein verpfuschtes Leben und an das eigene Alter erinnerten. Sie hatte eine Mission.

»Spielen Sie ein Instrument?« fragte sie mich.

»Leider nein. Eine Zeitlang hatte ich Klavierunterricht, aber ich kann mich an nichts mehr erinnern, außer daß die Klavierlehrerin einen so riesigen Busen hatte, daß ihre Perlenkette horizontal auf dem Dekolleté lag.«

»Schade«, sagte sie. »Wohl keine Ausdauer gehabt, wie?«

»Das wird es wohl gewesen sein«, sagte ich.

Da hatte sie tatsächlich den Finger in eine Wunde gelegt. Ich beneidete Menschen, die ein Instrument spielen konnten, Menschen, die ihren ganzen Ärger, ihre Wut oder ihre Trauer aus sich herausspielen, ihrer Freude Ausdruck verleihen konnten. Weil es mir damals nicht schnell genug gehen konnte mit der Virtuosität, brach ich das Unternehmen Klavierunterricht schon nach einigen Wochen wieder ab. Ich stümperte herum auf der Klaviatur und unter den kritischen Blicken des Busenwunders und war mir selbst nicht gut genug, jedenfalls nicht schnell genug gut genug. Warum aber mußte ich mich auch gleich an den ganz Großen messen? Eine Clara Haskill, das wußte ich, würde aus mir bestimmt nicht werden, und schon gar nicht ein Vladimir Horowitz, von denen meine Mutter Schallplatten besaß. Da hatte ich die Flinte dann gleich ganz ins Korn geworfen.

Ich hatte plötzlich den Eindruck, in der Achtung meiner Gastgeberin gesunken zu sein. Vielleicht sprach sie nur mit Leuten, die Noten lesen konnten. Vielleicht war sie deshalb so oft allein.

»Und warum höre ich Sie kaum noch Klavier spielen?« fragte ich sie, um von meinem Ungenügen abzulenken.

»Keine Zeit, keine Zeit! Ich schreibe, ich schreibe, meine Liebe!«

Ach ja, da schrieb sie, obwohl sie doch etwas anderes so viel besser konnte. Die Flügel setzten Staub an, und sie besaß nicht nur einen Konzertflügel, wie ich es mir vorgestellt hatte, nein, es waren gleich drei. Zwei davon waren allerdings unbenutzbar, weil sich auf den Tastaturen weitere Papierstapel auftürmten, Notenblätter nebst wichtigen Werken zur Musiktheorie, die sie, wie sie sagte, alle noch umschreiben wollte.

Lotte Lindner, so hieß meine temporäre Nachbarin, war in einem der nördlichen Berliner Bezirke in ärmlichen Verhältnissen aufgewachsen und hatte sich schon als Kind immer ein Klavier gewünscht, aber diese Anschaffung konnten sich ihre Eltern beim besten Willen nicht leisten. Also bastelte ihr der findige Vater ein Klavier aus Pappe und malte die schwarzen und weißen Tasten auf. Auf diesem stummen Pappklavier hatte Lotte in ihrer Jugendzeit lautlose Hymnen auf die Musik komponiert. Lehrerin war sie geworden, Musiklehrerin, denn das war der einzig mögliche Weg für sie gewesen, aus der geliebten Musik doch noch eine Lebensaufgabe werden zu lassen. Dann hatte sie eine gute Partie gemacht, sie war zu dieser Villa und den drei Flügeln gekommen, hatte das Lehramt aufgegeben und sich fortan ganz der Musikkomposition gewidmet. Nun war sie seit geraumer Zeit Witwe und saß in ihrer alten Villa, umgeben von drei veritablen Flügeln, doch zum Komponieren kam sie nicht mehr. Sie hatte sich der Theorie verschrieben. Allein, wie ich es vermutet hatte, war sie bei weitem nicht: Zahllosen jungen Frauen, jobbenden Musikstudentinnen, die bei ihr aus und ein gingen, diktierte sie ihre Lehrsätze über die Musik. Fertig war sie noch lange nicht damit. Sie sah aus wie eine Hundertjährige, aber die Aufgabe, die sie sich da vorgenommen hatte, hielt sie am Leben.

Als ich Lotte Lindner zum zweiten Mal besuchte, zeigte sie mir mehrere Schwarz-Weiß-Photos mit weißen, zackeligen Rändern, sie mochten aus den sechziger Jahren sein, Photos, auf denen lauter kleine, brave Jungs mit kurzgeschnittenen Haaren zu sehen waren. In meinen Ohren ertönten unverzüglich glockenhelle Knabenstimmen. Lotte Lindner war Leiterin eines Schulchors gewesen.

»Dann kamen die Kinder in den Stimmbruch«, sagte sie betrübt, und das Wort Stimmbruch verwandelte sich in ihrem Mund zum Namen für eine unheilbare Krankheit. »Ein neuer Chor wurde aber nicht mehr gegründet. Die jungen Menschen hatten andere Interessen.«

Ich malte mir aus, wie entsetzt die Liebhaberin glockenheller Knabenstimmen gewesen war, als ihre einstigen Zöglinge plötzlich in Jesuslatschen und Indienblusen und mit Kassettenrecordern anschlurften, aus denen die Hymnen der Woodstock-Generation dröhnten. Lotte Lindner zeigte mir ein weiteres Photo, darauf der schwarzgekleidete Knabenchor und sie ganz vorn im hellen Kostüm, auf einer Strandpromenade. Im Hintergrund war viel Wasser zu erkennen, und überall standen Palmen.

»Das war am Lago Maggiore«, erklärte sie, »im Jahr neunzehnfünfundsechzig. Wir waren auf großer Tournee.«

Die alten Photos blieben griffbereit auf Lotte Lindners Schreibtisch liegen. Wahrscheinlich zeigte sie sie jedem, der sie sehen wollte.

Wir blieben in losem Kontakt, auch als ich mein Ferienhaus wieder verlassen hatte. Ich schaute immer wieder bei Lotte Lindner hinein, wenn ich die Freunde an der Rehwiese besuchte. Jedesmal stöhnte sie über die viele Arbeit, die ihr noch bevorstand, und die wenige Zeit, die ihr dafür noch bliebe.

Es ergab sich, daß Lotte Lindner mir erzählte, sie habe im Moment gerade keine Schreibkraft. Die Mädchen, die sie so anstellte, seien fast alle in den Semesterferien, und eine sei krank geworden. Ich fragte, was sie denn bezahle, und sie nannte eine ganz nette Summe. Da bot ich ihr meine Dienste an, so lange, bis die Assistentin wieder genesen sei. Schon am folgenden Tag saß ich in Lotte Lindners Wohnung und tippte. Sie diktierte etwas über Kadenzen und Kontrapunktik. Lotte Lindner frönte dem Fortschritt: Sie besaß sogar einen Computer. Zwischendurch klingelte das Telefon. Barsch fertigte sie jemanden ab – sie sei in einer wichtigen Konferenz. Sie knallte den Hörer auf, räusperte sich, und es ging weiter mit Kadenzen und Krebsgängen.

Am nächsten Tag diktierte sie mir neu, was wir am Vortag bereits geschrieben hatten.

»Frau Lindner«, sagte ich. »Ich glaube, das hatten wir gestern schon.«

»Unfug«, entgegnete sie unwirsch. »Das hat alles seinen

Sinn und seine Bedeutung. Schreiben Sie! Die heutige Fassung ist viel, viel besser.«

Am nächsten Tag verwarf sie wieder alles, was eben noch aktuell gewesen war, alles über Kadenzen, Kontrapunktik und Krebsgänge.

»Löschen Sie das!« kommandierte sie.

Dann löschte ich, weil Einwände, wie ich schnell merkte, ohnehin nichts bewirkten. Lotte Lindner diktierte mir ungefähr denselben Satz über Kadenzen und Kontrapunktik, der eben in den Orkus gewandert war, noch mal und behauptete, die aktuelle Version sei wesentlich deutlicher. Wenn ich auch nicht viel von Musiktheorie verstand – es reichte aus, daß ich wußte: Sie schrieb eigentlich immer nur zwei jeweils identische Sätze, die einander nurmehr abwechselten. Nach etwa drei Wochen begriff ich auch, warum die Fluktuation ihrer Schreibkräfte so hoch war. Nach drei Wochen hatte ich auch verstanden, warum sie mit ihrer Arbeit nicht fertig wurde: Sie fing immer wieder von vorne an.

»Heute haben wir eine ganz besondere Aufgabe«, kündigte sie mir eines Tages geheimnisvoll an, als ich bei ihr angekommen war und mir gerade die Handschuhe von den Fingern streifte. »Heute vernichten wir das, was wir nicht mehr brauchen können.«

In der nächsten Stunde war ich damit beschäftigt, DIN-A4-Seiten in winzige Stückchen zu zerreißen.

»Warum kaufen Sie sich keinen Reißwolf oder bestellen eine Firma, die Dokumente vernichtet?« fragte ich.

»Ich vertraue fremden Leuten nicht«, antwortete sie mir.

Und der Reißwolf war wohl ich. Ich füllte Plastiktüten mit den eigenhändig fabrizierten Papierschnipseln. Meine Tätigkeit war grotesk. Was ins Feuer geworfen wurde, mußte vorher auch noch zerrissen werden, als gälte es, auch noch vor den Jenseitigen ein Geheimnis zu verbergen. Beschriebene und von mehreren Korrekturdurchläufen überholte Seiten verbrannte Lotte Lindner nämlich im offenen Kamin oder begrub sie im Hausmüll, unter erdigen Kartoffelschalen und nassen Teeblättern.

»Und jetzt ins Feuer damit«, rief sie mit hoher Stimme, und zeigte auf die Tüten mit den Papierschnipseln.

Lotte Lindner hockte vor dem offenen Kamin und zündelte. Lichterloh begannen Holzscheite zu brennen, und wir schwitzten, als wir die Tüten in die Flammen ausleerten. Dann ergriff sie weitere Tüten und rannte hinaus zu den Mülltonnen.

»Sie werden sich erkälten«, rief ich ihr hinterher.

Da stand sie am Komposthaufen und grub mit einem Spaten, verbuddelte die zerrissenen Seiten. Welches System sich nun hinter dieser Unterscheidung von Erd- und Feuerbestattung verbergen mochte, hatte ich noch nicht herausbekommen. Besessen war sie von der Angst, daß der Vollendung ihres Lebenswerkes ein junger, findiger Musikologe zuvorkommen könne. Daß ihr aber noch ein größerer Meister ins Handwerk pfuschen könne, daran schien sie in ihrem Eifer gar nicht zu denken.

Ich genoß meine regelmäßigen Fahrten in die Villengegenden der Stadt. Es kann sein, daß ich diesen Job nur beibehielt, weil ich mich gern in diese verschnörkelten Häuser hineinträumte, weil ich die Ruhe suchte und das gemächlichere Tempo liebte, das in diesem entlegeneren Teil der Stadt herrschte. Längst langweilte mich das Geschreibsel, das sich im Kreis drehte. Lotte Lindner bezog sich auf prominente Quellen, verwarf die Zwölftonmusik in Bausch und Bogen, ließ nur die Komponisten gelten, deren Stücke sich auf ihr eigenes Notensystem übertragen ließen, und wenn sie sich auf den Klavierhocker setzte, so nur, um ein Notenbeispiel zu demonstrieren, von dem eben die Rede gewesen war. Die Palmen in Lotte Lindners Wintergarten waren verdorrt, die langen Blätter hingen bekümmert herab, und die Stämme sahen aus wie verknöcherte Wirbelsäulen ohne Mark. Der Wintergarten war zu einem Sammelplatz für Notenblätter geworden, die die Sonne immer mehr ausbleichte und brüchig werden ließ. Ich zweifelte, ob eine der Schreibkräfte überhaupt jemals wiederkommen würde, und sagte mir, noch eine Woche, dann kündigst du ihr.

Dann bekam Lotte Lindner wichtige Post: Ein Treffen ehemaliger Lehrer und Schüler der Schule, an der sie einst unterrichtet hatte, war anberaumt worden, in einer der kommenden Wochen, Anfang Juni. Ob ich sie begleiten wolle.

»Ich werde ein Konzert geben auf diesem Fest«, sagte sie mit leuchtenden Augen.

Während der folgenden Sitzungen war ich damit beschäftigt, verschiedene Entwürfe für das Programm Anfang Juni zu tippen.

»Wie mich das aufhält!« jammerte Lotte Lindner, aber immer und immer noch nicht war sie zufrieden mit dem Entwurf und der Formulierung. Erst drei Tage vor der geplanten Veranstaltung war es soweit. Was sie zum besten geben wollte, das wußte sie allerdings immer noch nicht.

»Klavierkonzert – Lindner spielt Beethoven«, stand in einer riesigen, schnörkeligen Schrifttype auf dem Ausdruck, den ich brav zum Kopierladen trug. Mit einem Stapel blutroter Handzettel kam ich wieder.

»Sehr schön«, lobte sie mich, als sie die grelle Farbe sah.

Und ich war erleichtert und gespannt auf ihr Spiel, das ich immer nur aus der Ferne vernommen hatte. Sie hatte schon so lange nicht mehr auf ihrem Klavier gespielt, daß ich mich bereits gefragt hatte, ob es nicht ein anderer gewesen war, den ich da hatte spielen hören.

Es kam der große Tag. Es war einer von diesen strahlenden Frühsommertagen, nicht zu heiß und nicht zu frisch, einer dieser Tage, an denen kein Platz mehr zu finden ist an den

Tischen vor den Cafés und Kneipen. Wir fuhren mit dem Taxi. Lotte Lindner war sehr aufgeregt. Sie trug einen giftgrünen Hut auf ihren schlohweißen Haaren. Ihr Blick fiel in den Rückspiegel des Taxis. Plötzlich begann sie, ganz fahrig, an ihrem Kinn herumzumachen; sie hatte im hellen Licht, das durch die Scheiben des Wagens fiel, ihre paar weißen Barthaare entdeckt.

»Haben Sie eine Pinzette dabei?« fragte sie mich.

Wahrscheinlich hatte ich sogar eine dabei, in meinem Schminktäschchen, aber ich verneinte. Im Rückspiegel trafen sich unsere Blicke, der des Taxifahrers und meiner. Ich errötete, dann zog ich die Augenbrauen hoch, entschuldigend und verlegen. Der Taxifahrer bog um die nächste Ecke, dann waren wir da.

Vor der Schule standen viele Grüppchen von Menschen. Lotte Lindner bahnte sich ihren Weg, ich folgte ihr. Eigenhändig verteilte sie die vorbereiteten Programmzettel am Eingang der Schule. Die Leute warfen einen Blick drauf, manche grüßten auch, weil sie Frau Lindner noch kannten, dann verloren sie sich auf dem Pausenhof.

»Sie kommen gleich mit mir mit und stellen sich oben in die Tür, wenn all die vielen Leute kommen«, ordnete sie an. »Weisen Sie den Leuten Plätze zu.«

In einer Viertelstunde war es soweit: Lotte Lindner spielt Beethoven.

Als die roten Blätter unter die Leute gebracht waren, rannte sie zielstrebig nach oben, in die Aula, wo der Flügel stehen mußte. Na gut, dachte ich, bin ich Platzanweiserin heute, und folgte ihr wieder, obwohl das eine Sünde war bei dem Wetter. In der Schule, einem Ungetüm aus der Gründerzeit mit dicken Mauern, regierte die Kälte. Die Aula war menschenleer. Auf den Stuhlreihen lagen unberührt die blutroten Programmzettel. In einer Ecke, halb von einem Vorhang verdeckt, stand ein Flügel. Lotte Lindner wußte wieder, wo ihr Platz war.

»Ich spiele mich schon mal warm«, sagte sie.

»Das muß man hier auch«, entgegnete ich. »Ich bin mir nicht sicher, ob auch wirklich Leute kommen werden.«

Zornig fuhr sie mich an: »Ich spiele!«

»Ja«, sagte ich, »darum sind ja wohl auch alle hier. Ich dachte nur, vielleicht gibt es ja noch ein anderes Programm da unten, von dem wir nichts wissen.«

Meine Ironie überhörte sie. Das Gegenprogramm war das gute Wetter. Fünfzehn Uhr war längst durch, keine Menschenseele zeigte sich. Es wurde halb vier, und nichts tat sich in der kalten Aula.

»Ich fange jetzt an«, sagte Lotte Lindner.

»Es kommt doch kein Mensch«, sagte ich.

»Sie werden schon raufkommen, wenn sie mich hören, lassen Sie das nur meine Sorge sein. Ich fange jetzt einfach an. Außerdem sind Sie ja da. Sie bleiben hier und hören mir zu!«

»Was wollen Sie denn jetzt spielen?« fragte ich sie. Ich dachte an eine Etüde oder ein Rondo.

»Das fünfte Klavierkonzert von Ludwig van Beethoven«, sagte sie.

»Das ist aber mit Orchester«, antwortete ich. Soweit kannte ich mich aus.

»Seien Sie still!« schrie sie. »Ich brauche kein Orchester.«

Dann ließ sie den Klavierhocker in die Höhe kreiseln, schwang sich darauf, warf sich mit ihrem ganzen Oberkörper über die Tasten, trat aufs Pedal, ließ es wieder zurückschnellen und begann zu spielen. Sie fuhrwerkte durch Dur und Moll, spielte die ersten Klaviersoli aus Beethovens fünftem Klavierkonzert hintereinander weg.

Eigentlich mochte ich ihr Spiel ja. Ich hatte es von Anfang an gemocht, wenn ich es hörte, als ich im Garten auf dem Liegestuhl gelegen hatte. Aber jetzt siegte die Sonne. Hell schien sie da draußen, nur ich stand in dieser eiskalten Aula am Fenster und war dazu verdonnert, dem Soloauftritt einer Besessenen zu lauschen. Unten auf dem Hof tummelten sich lauter Leute mit Pappbechern und Eistüten in den Händen, Grillschwaden und Gelächter stiegen nach oben. Der Sommer war so kurz hierzulande, Lotte Lindner aber hörte nur noch ihr Spiel, sah nur noch die schwarzen und weißen Tasten. Unten auf dem Hof lagen überall verstreut die leuchtendroten Handzettel.

Ich stahl mich davon, zuerst auf leisen Sohlen, dann in schnellem Lauf. Das Treppenhaus war dunkel und zugig, keine einzige Person kam mir entgegen, als ich die Stufen hinunterflüchtete. Dann stand ich endlich wieder auf dem Pausenhof, wo all die Buden aufgebaut waren. Ich war zu den Lebenden zurückgekehrt. Ich stellte mich für die Erdbeerbowle an und kaufte mir eine heiße Waffel mit Schlagsahne; dann setzte ich mich auf eine freie Bank im Sonnenlicht. Aus ganz weiter Ferne, durch das geöffnete Fenster der Aula, an dem ich eben noch gestanden hatte, drang hin und wieder ein Klavierakkord. Ich dachte an schöne Dinge, ans Reisen und an die winkenden Möglichkeiten der Liebe, vielleicht auch an gar nichts, und biß in meine Waffel. Mit dem Handrücken wischte ich mir die herausquellende Schlagsahne vom Kinn. Neben mich setzte sich eine Frau, sie war vielleicht etwas älter als ich. Sie hielt, wie ich, einen Pappbecher mit Bowle und eine heiße Waffel in der Hand, hantierte mit einer Serviette und lächelte mir kurz zu.

»Hört sich das nicht wunderschön an?« fragte meine Banknachbarin nach einer Weile.

Ich nickte. Ja, es war wunderschön, wie sich die Töne aus dem Klavier über diese ganze, linde Sommerszenerie legten, wie sie sich in den Wind mischten und das frohe Treiben an jenem lauen Junitag begleiteten. Es war ein heiteres Klimpern, es klang so wie die fröhlichen Töne, die man manchmal stumm im Kopf summte, an solchen Tagen, wenn man ausgeglichen war und nichts mehr verlangte von der Welt, ein lauer Wind, ein gutes Getränk, keine Mißtöne. Ich schloß genießerisch die Augen.

Das ferne Klavierspiel war schon seit längerem nicht mehr zu vernehmen gewesen, vielleicht hatte ich auch einfach nicht mehr darauf geachtet, weil die Sonne mich dösig machte. Doch plötzlich verdüsterte sich die leuchtende Welt vor meinen geschlossenen Augenlidern, und es senkte sich ein dunkler Schatten auf mich. Da stand Lotte Lindner vor mir, scheinbar aus dem Erdboden gewachsen und wie angewurzelt.

»Ich habe Sie schon überall gesucht«, sagte sie mit einem strengen Ton, den ich so noch nicht kannte an ihr. »Sie kommen sofort wieder mit mir nach oben.«

»Nein«, sagte ich.

»Sie kommen jetzt sofort mit«, wiederholte Lotte Lindner und warf mir wütende Blicke zu.

»Nein«, wiederholte ich. »Das gehört überhaupt nicht zu meinen Aufgaben.«

Durch ihren scharfen Kommandoton fühlte ich mich geradezu verpflichtet, auf der Bank sitzen zu bleiben, und ich sagte noch einmal: »Nein. Auf gar keinen Fall. Hier unten scheint die Sonne, hier freuen sich die Leute, und es gibt leckere Waffeln zu essen.«

Ich hielt ihr meine zur Hälfte aufgegessene Waffel hin. »Kosten Sie mal!«

»Jetzt werden Sie nicht noch frech«, stieß Lotte Lindner hervor.

Sie kniff wütend die Lippen zusammen, wandte sich auf dem Absatz um und strebte wieder dem Eingang entgegen, wildentschlossen, dem altgedienten Schulklavier unter ihren Händen auch noch das Allerletzte abzuringen. Mein Schlichtungsangebot galt ihr nichts.

»Spielen Sie doch lieber ein andermal, wenn es regnet«, rief ihr meine Banknachbarin noch hinterher.

Aber weg war sie, mit wehender, weißer Mähne. Dann hörte man wieder anschwellendes Pianoforte. Eine Furie, dachte ich. Ich sah die Frau an, die immer noch neben mir saß, und schüttelte den Kopf, entschuldigend, verlegen, achselzuckend, aber auch verärgert. Die Frau begann plötzlich zu kichern. Da saßen wir beide, Banknachbarinnen, denen eigentlich nur die Schulranzen fehlten. Ihr Kichern steckte mich an.

Dann sagte die Frau: »Machen Sie sich nichts daraus. Ich kenne solche Auftritte zur Genüge. Ich war mal Schülerin von der Lindner. Die war schon immer so. Die Erde ist eine Scheibe und die Lindner ihr Mittelpunkt.« Und dann fügte die Frau hinzu: «Aber zugegeben, sie spielt nicht schlecht, und sie braucht auch keine Noten.«

»Ja, und sie spielt sehr gut, sogar diese Passagen, die sie mir nichts, dir nichts aus dem Klavierkonzert herausgreift. Aber etwas stört mich trotzdem an ihrer Klavierspielerei«, sagte ich. »Sie ist so radikal dabei.«

»Vielleicht ist es ja noch etwas anderes: daß sie besser sein will als dieser herrliche Frühlingstag. Sie will besser sein als die Natur.«

Am Ende jenes Nachmittags gingen Lotte Lindner und ich getrennte Wege. Sie spielte ihr Programm konsequent weiter, vermutlich spielte sie es auch ganz zu Ende, aber das konnte ich nur vermuten, denn ich verabschiedete mich bald von meiner Banknachbarin und beschloß, durch den nahen Park noch ein Stück zu laufen, in Richtung nach Hause. Da hatte sie so etwas Schönes, die Musik, und dennoch haderte sie so mit der Welt, Lotte Lindner. Ich hatte mir aber doch immer vorgestellt, daß jemand, der so herrliche Töne hervorbrachte, ein ganz ausgeglichener Mensch sein mußte, ohne Nöte, ohne Mißstimmung. Vielleicht hatte ich mich doch geirrt. Noch einmal rief sie bei mir an und keifte bloß.

»Sie haben mich kompromittiert vor dieser Frau. Bloß eine Schülerin!«

Die Banknachbarin war immerhin eine Frau mittleren Alters gewesen. Lotte Lindner verzieh mir nicht, daß ich mich gemein gemacht hatte mit dem Volk auf dem Schulhof. Ich nahm sie nicht ernst – jedenfalls glaubte sie das.

Wenn ich die Bekannten an der Rehwiese hin und wieder besuchte, konnte ich sehen, wie junge Frauen bei Lotte Lindner im Nachbarhaus ein und aus gingen. Da hatte sie sich also nach neuen Schreibkräften umgesehen, wahrscheinlich Musikwissenschaftlerinnen im ersten Semester, denen sie auch noch etwas beibringen konnte – ich nannte sie nur noch: die Ahnungslosen. Manchmal sah ich, wie der Schornstein qualmte. Manchmal glaubte ich auch, ein Klavier zu hören. Aber immer, wenn ich besonders angestrengt hinaushorchte, war keine Klaviermusik mehr zu vernehmen, nur noch der Wind in den Bäumen des Gartens, der das Haus der Klavierspielerin umgab.

Man schwitzt und stöhnt gemeinsam, na wobei? Sie wissen schon, bei einem Umzug. In Berlin wird viel umgezogen. In Berlin verbessert man sich andauernd. Vielleicht wird soviel umgezogen in dieser Stadt, weil das häufige Umziehen ein Indiz dafür ist, daß man immer noch jung und beweglich genug geblieben ist. Herumgetragene Pappkartons gehören zu einer Umzugskultur, die offensichtlich in Berlin zu Hause ist. Professionelle Umzugsunternehmen nahmen wir nie in Anspruch. Wenn ein Umzug im Freundeskreis nahte, wurde herumtelefoniert, und dann kamen die Freunde alle. Dann wurden Pappkisten herumgereicht, so lange, bis die Henkel ausrissen. Geschirr, Bücher, Wäsche, dreimal Durchgestrichenes, dann wieder Bücher, Kisten mit Listen. Der Mensch, der das Patent der Faltkisten erfunden hatte, brauchte wohl Zeit seines Lebens keinen Finger mehr krumm zu machen.

Aus Umzügen wurden Anfangsriten. Treppauf, treppab. Die hilfreichen Freunde waren die Penaten, die einen bei dem großen Schritt beschützten.

Ruby war umgezogen. Nun gab sie ihren Einstand. Sie packte kleine Aufmerksamkeiten aus, Salz und Brot, und stellte sie im Vorbeigehen irgendwo ab. Der Umzugwagen war schneller gewesen als Rubys inwendiges Inventar. Es roch nach heißen Würstchen. Das Wasser hatte zu kochen begonnen und brachte die Würstchen zum Platzen. Nach getaner Arbeit schmeckte es noch mal so gut.

»Merk dir deinen Traum heute nacht«, sagte ich zu Ruby, »der erste Traum in der neuen Wohnung geht nämlich immer in Erfüllung.«

Die Freunde waren zuverlässig und stellten sich zu Umzügen ebenso regelmäßig wieder ein wie die auf Parties liegengelassenen und längst aufgegebenen Plastikfeuerzeuge. Es war ein müder Umtrunk. Die Schlepperei hatte alle erledigt. Da saßen sie, maulfaul in verschwitzten Hemden und verwaschenen Jeans. Es war nicht besonders aufregend, aber recht behaglich. Nur manchmal war da so eine Unruhe.

Neben mir am Tisch, in den sich eine Faltkiste mit der Aufschrift *Zerbrechlich* kurzerhand verwandelt hatte, saß dieser Mann ganz in Grau. Ich hatte ihn zuvor schon öfter auf Rubys Geburtstagsfeiern gesehen. Wir waren nie ins Gespräch gekommen, immer war er in Begleitung und schnell wieder fort gewesen. Walther, so hieß der Graue, war noch immer schweißnaß, ganz allein hatte er einen Zweisitzer in den vierten Stock hinaufgetragen. Nach diesem Kraftakt saß er nur noch erschossen auf diesem Zweisitzer, abwechselnd rauchend und Würstchen mit Senf essend. Er rauchte wie ein Schlot, verzehrte schon sein drittes Würstchen und lutschte an einer Flasche Bier. Heute hatte er sich offenbar vollkommen verausgabt. Ich warf ihm ermunternde Blicke zu.

Walther war damals wegen der Bundeswehr nach Berlin gekommen.

»Ich bin ein ganz friedliebender Mensch«, sagte er. »Ich betreue Kinder, so ganz schwierige Fälle.«

Sein jüngster Schützling, sagte er, war Autist, ein Junge, der zu allem immer nur ja und nein sagte. Walther brauche ihm bloß eine der traurigen Balladen von Leonard Cohen vorzuspielen, und schon sage er überhaupt nichts mehr. Dann folgten Geschichten von Betonbauten, Mißhandlungen, Alkoholsucht, Sonderschulen. Ganz zu schweigen vom Umgangston, der in den Familien herrsche, mit denen er es zu tun bekam. Walther verfaßte lange Gutachten für das Jugendamt, detaillierte Protokolle von düsterem Kinderalltag. Ich kam mir plötzlich ganz schäbig vor, weil ich mich so oft über die Fehler beklagte, die meine Eltern gemacht hatten. Sie erschienen mir plötzlich belanglos, und ich kam mir schlagartig vor wie ein maßlos verzogenes Gör. Meistens kämen diese Kinder zu ihm nach Hause. Von pädagogisch wertvollen Hörspielkassetten hielt er überhaupt nichts. Er hatte sich eine große Wasserschildkröte zugelegt, und an Regentagen schickte er seine Schützlinge hinaus in den Park, damit sie Regenwürmer sammelten für die Schildkröte. Wenn sie unten waren, schrieb er an einem Roman, so lange, bis die Kinder mit den Würmern wiederkamen. Sein Traum sei nämlich das Schreiben, nein, nicht Gutachten, am liebsten einen Roman.

Das kannte ich schon: Sobald man den Leuten sagte, ganz egal wem, daß man Bücher schrieb, machten sie begeisterte Augen und verkündeten einem, sie schrieben auch. Sie heischten nach Schulterschlüssen mit einem Schriftsteller und waren an der falschen Adresse. Sie mußten schließlich nicht vom Schreiben leben. Irgendwo hatte jeder ein Manuskript herumliegen. Ich pflegte solche Leute zu fragen, für welchen Verlag sie denn schrieben, und dann war meistens Ruhe. Ihn fragte ich nicht. Ihm nahm ich es ab. Ihm gestand ich es zu. Am Ende war alles eine Frage der Sympathie. Es hatte wohl einen Grund, warum wir immer noch nebeneinander auf diesem Sofa saßen. Ihn mochte ich mir vorstellen, wie er über Seiten saß, besessen und selbstvergessen, ausgestattet mit einer blühenden Phantasie. Ihn ließ ich weiterreden. Nein, ein Buch habe er noch nicht zustande gebracht, bloß ein Fragment, das allerdings sei ziemlich umfangreich, und zum Ende käme er nicht, denn er lenke sich immer wieder davon ab.

»Womit denn?« fragte ich.

Er ließ mich mit schlapper Stimme wissen, daß er im Leben schon mit circa fünfhundert Frauen geschlafen habe.

Er habe seine Dienste unlängst auch im Internet angeboten.

»Gnade der Frau, die sich in dich verliebt«, sagte ich.

Nein, an einzelne Frauen könne er sich kaum erinnern, wohl aber an einen ganz besonders guten Orgasmus im Fond seines alten Benz, auf einem dunklen Parkplatz im Wedding. Der Benz sei jetzt gerade in der Werkstatt, wegen der Bremsen. Seine größte Sorge galt nun der Rechnung, die die Werkstatt ihm präsentieren würde. Er hatte nämlich ein sehr altes Auto, ein ehemaliges Taxi, das über 700 000 Kilometer hinter sich hatte.

»Einmal zum Mond und zurück«, sagte er, um mir ein konkretes Bild von der Entfernung zu geben, und es wunderte mich, daß der Motor überhaupt noch durchhielt. »In die alte Kiste wollte ich wirklich nichts mehr reinstecken. Noch ein Jahr TÜV, so lange hätte sie wirklich noch durchhalten können.«

Mich interessierte sein Reparaturproblem ebensowenig wie die Weltanschauung dieses Mannes, der Sex anbot wie Knabbersachen, der süchtig war, aber leidenschaftslos. Auf welche Weise Walther unsere Gastgeberin kennengelernt hatte, wagte ich gar nicht zu fragen. Ich kannte Ruby aus der Staatsbibliothek, vielmehr, ich hatte sie Ende der Achtziger auf dem verwilderten Gelände dahinter getroffen, wo sie zwischen zwei Arbeitssitzungen eine rauchte, genau wie ich.

Ich stand auf, um eine Sektflasche heranzuholen. Ein Glas noch, dann wollte ich gehen. Es war diese Stimmung zwischen Erschöpfung und Nicht-loslassen-Können, zu müde, um zu sprechen, jedenfalls das übliche Repertoire, das an Fetenabenden Auswendiggelernte, wobei man nicht mehr denken muß, zu träge, um endlich zu gehen. Am liebsten hätte ich mich wieder auf das Sofa fallen gelassen, um dort sitzen zu bleiben, bis zu einem ausgeschlafenen Moment.

Als ich mich mit der Flasche in der Hand wieder umdrehte, war der Platz meines Unterhalters leer. Schade, dachte ich und wandte mich um. Da entdeckte ich ihn auf dem Flur, auf der Schwelle zu einem dunklen Zimmer, in dem sich noch die Umzugskisten stapelten. Walther sah unentwegt zu mir hin, er holte zu einladenden Gesten mit beiden Armen aus und hielt die Tür sperrangelweit geöffnet. Mein Blick fiel in das dunkle Zimmer und durch die Fenster des dunklen Zimmers in andere erleuchtete Fenster auf der gegenüberliegenden Straßenseite. Dann fiel mein Blick wieder auf seine Hand und auf die heruntergedrückte Klinke und dann in sein Gesicht. Er wies weiterhin unverdrossen in das leere, dunkle Zimmer mit den Umzugskisten. Ich schaute in die Runde. Die beiden, die da auf dem Teppich hockten, mochten sich sehr und waren schon nicht mehr von dieser Welt. In der Küche waren jetzt Gespräche in Gang gekommen. Ruby ließ neue Würstchenketten in einen Topf mit dampfendem Wasser gleiten. Jemand kramte in den CDs herum. Chipstüten knisterten. Gemurmel. Es war ein leises Festchen. Alle hatten schon einiges getrunken. Niemand kümmerte sich um mich. Hatte der Graugekleidete mich erkannt in meiner Langeweile, oder folgte er nur seiner Routine? Immer noch stand ich mit der Sektflasche in der Hand zwischen leeren Stühlen und abgegessenen Papptellern. Was hielt mich zurück? Die strafenden Blicke der anderen Gäste? War ich denn jemandem Rechenschaft schuldig? Hatte ich einen Ruf zu verlieren? Oder wollte ich zum hundertsten Mal dasselbe, Glas um Glas, Austausch von Nettigkeiten, dann das Glas zuviel, die zweite letzte Zigarette, ein anständiger Abgang, angestrengtes Warten auf den Nachtbus, als Dame ohne Unterleib, ich war es leid. Ich stellte die Sektflasche auf einer Kiste ab. Getrunken hatte ich sowieso schon genug.

»Na endlich«, sagte er und schloß die Tür zum Nebenzimmer. »Und jetzt zieh dich aus.«

Durch die Fenster sah ich das Schattenspiel fremder

Menschen hinter den anderen Fenstern und die Hochgleise der U-Bahn. Zwei Züge trafen sich genau auf der Höhe des dunklen Zimmers, sie verbanden sich für eine kurze Weile zu einem langen, leuchtenden Wurm, der in der Mitte auseinandergezogen wurde. Ich folgte stumm seiner Aufforderung und legte mich vor ihn hin. Jetzt schwitzte er wieder.

Ich dachte, immer wenn du gar nichts erwartest, kriegst du mehr, als du wolltest.

Walther fragte nach meiner Telefonnummer, und ich kritzelte sie auf ein Stück Papier. Er wollte sich wieder bei mir melden, um mir sein Romanfragment zu zeigen. Das behauptete er zumindest.

Unsere im Schweiß geschlossene Bekanntschaft fand tatsächlich schon drei Tage später eine Fortsetzung. Ich machte mich auf den Weg aus dem trauten Charlottenburg hinab ins unwirtliche Downtown-Neukölln. Während der Fahrt mit der U-Bahn blieb mein Buch in der Tasche, ich war viel zu unkonzentriert und legte mich statt dessen beinahe flach auf den Boden, um erkennen zu können, was meine Mitreisenden so lasen. Ich stieg aus, stapfte durch vermüllte Hinterhöfe, hinauf ins oberste Stockwerk eines Seitenflügels und vorbei an namenlosen Eingangstüren, die alle nach konspirativem Dahinter aussahen. Ruby hatte mich gewarnt: »Der schießt in seiner Wohnung auf leere Bierflaschen!«

»Na gut, daß sie leer sind – wär' doch schade um das schöne Bier!« hatte ich ihr geantwortet.

Vierter Stock, hatte er am Telefon gesagt. Eine Batman-Figur an seiner Tür wies mir den Weg. Die Klingel funktionierte nicht, ich klopfte, und mir wurde geöffnet, von Walther, ganz in Schwarz. In seiner Küche mit roten Plüschwänden und vergoldeten Weihnachtsbäumen, vom Kurfürstendamm abgeklaubten Dekorationen, wie er erklärte, wurde mir von ihm Weißwein in einem angelaufenen Metallkelch gereicht. Auf dem Tisch standen mehrere Weckgläser, voll mit bunten Flüssigkeiten, giftgrün und blutrot.

»Ich habe heute Eier gefärbt mit den Kindern«, sagte er. Ostern stand vor der Tür. »Wollen wir schon mal ein bißchen ficken?«

An sein Tempo hatte ich mich heute noch nicht gewöhnt.

»Ich habe noch keinen Schluck getrunken«, wehrte ich ab.

»Außerdem bin ich eigentlich ein ganz braves Mädchen.«

»Das habe ich ja gesehen«, sagte er. Er glaubte mir kein Wort. »Wahrscheinlich machst du das auf jeder Party.«

»Ich bin nicht nur ganz brav, sondern auch ganz schüchtern«, sagte ich, »doch doch, ich bin ein ganz schüchternes Mädchen«, beteuerte ich nochmals. »Immer, wenn ich irgendwo sehe, daß ein Mädchen am Boden hockt und fieberhaft in einer Schulmappe wühlt, kommen mir fast die Tränen. Ein so schüchternes Kind war ich, daß ich mich nicht traute, nach der Toilette zu fragen. In der Schule traute ich mich nicht, für die ganze Klasse vernehmlich zu fragen, ob ich mal raus dürfe. Was für die anderen Kinder kein Problem war, das bereitete mir Peinlichkeiten, und ganz quälend wurde es am Ende der letzten Stunde, wenn das eigentlich erlösende Klingeln anhob und ich nicht aufstehen konnte. Alle hatten den Klassenraum schon verlassen, und die Lehrerin wollte abschließen. Aber ich rutschte umständlich vom Stuhl, kniete fast am Boden, preßte eine Ferse fest zwischen die Beine, dort, wo es heiß war, die Hitze stieg bis ins Gesicht, und Tränen schossen mir in die Augen. Die Lehrerin drängelte. Ich wühlte krampfhaft in meiner Mappe, dabei suchte ich doch gar nichts. Mir blieb nichts anderes übrig, als endlich aufzustehen. Eines durfte mir auf keinen Fall passieren: Ich hoffte, niemand würde hinter mir herkommen und sehen, wie sich ein feuchter, dunkler Fleck von den Innenseiten der Hosenbeine aus immer weiter ausbreitete auf dem Stoff. Berlins Schulen mögen voll sein mit solchen schüchternen, kleinen Mädchen. Zum Glück bin ich nicht Lehrerin geworden. Ich glaube nicht, daß es mir gelingen würde, diesen vielen sprachlosen Kindern wirklich etwas beizubringen.«

Er führte mich in das Zimmer am Ende des Flurs. Er bewegte sich lautlos, denn er ging auf Socken, vielleicht, weil er das bequemer fand, vielleicht auch aus Rücksicht auf die Leute, die unter ihm wohnten. Wir saßen in einem Berliner Zimmer: Sein Regal brach unter der Last doppelreihig aufgestellter Bücher, angebrochener und angestaubter Whiskyflaschen, funkelnder Steinbrocken fast zusammen. In großen Einmachgläsern ringelten sich liebevoll in Formalin eingelegte Reptilien, blaue Schlangen und lethargische Kröten. Auf dem Fußboden machte sich ein lebensgroßer Alligator aus Pappmaché breit. Walther rückte mir einen schweren Ledersessel zurecht. Neben seinem Schreibtisch stand ein Paar Cowboystiefel mit nach oben gereckten Spitzen, Cowboystiefel, die wie Schnabelschuhe aussahen. In meinem Freundeskreis hatte es bislang niemanden gegeben, der Cowboystiefel trug.

»Sieh den Männern zuerst immer auf die Schuhe«, hatte mir eine Freundin mal geraten. »Dann weißt du gleich, woran du bist.«

Walther, weiterhin auf Strümpfen, hatte sich in einem Chefsessel niedergelassen und streckte die Beine mit gastgeberischer Unverschämtheit über eine freie Ecke der Schreibtischplatte aus. Er riß sich eine Dose Bier auf. Über einem Heizlüfter flatterten staubverkrustete Reste Jahre alter Spinnweben, dicke, lose Fadenenden. Das schreiende Käuzchen kam vom Bildschirmschoner, über den außerdem Fledermäuse und schwarze Katzen huschten, bis er ihn ausmachte – nicht ohne mir vorher noch ein paar www-

Pornobilder vorgeführt zu haben, langweilige Akrobatik mit zwei herrenlosen Schwänzen, die sich an einem anonymen weiblichen Unterleib versuchten, der verzweifelt ins Bild klaffte. Auf diesem Schreibtisch tummelte sich allerhand frivoler Nippes, ein erigierter Penis aus Kerzenwachs, altrosa wie das Einwickelpapier beim Schlachter, eine nackte indische Doppelstatue aus Messing, a tergo, unter der Sichtfolie der Schreibunterlage klemmten ganze Regimenter wahrscheinlich mit einer Nagelschere akribisch ausgeschnittener, bannerschwingender Sarottimohren, keusch, aber kämpferisch, Zeugnisse regelmäßiger Schokoladenanfälle oder kleinen Irrsinns. Einzeln auf der Schokoladentafel erschienen sie ja harmlos, aber in solchen Scharen wirkten sie bedrohlich. All das wurde von einem zur Lampe umfunktionierten Totenschädel beleuchtet. Ich balancierte meinen Weinkelch zwischen dem dramatischen Kunstgewerbe hindurch zum Mund und wieder auf die Tischplatte zurück, eingekeilt zwischen den schwarzbehosten Extremitäten des Gastgebers, der Peniskerze und einem Aquarium, in dem die Wasserschildkröte, sie war handtellergroß, auf Regenwürmer wartete. Kaum saßen wir, bekam der Kerl dauernd Anrufe und machte keine Anstalten, sie abzuwürgen. Es gab tatsächlich ein Romanfragment. Er drückte mir ein enormes Konvolut in die weinkelchfreie Hand, telefonierte seelenruhig weiter und überließ mich der Lektüre. Der Protagonist seiner Prosa sinnierte bei stundenlangen Fußmärschen durch ausgestorbene, von Unwettern heimgesuchte Täler über Fragen des Seins, räsonnierte in mit Bibelzitaten geschmückten Sätzen, ›Herrgott, warum?‹, über die Verlassenheit des Menschen im Universum.

Der Wein mußte mit dem Metall reagiert haben, denn die letzten Schlucke hatten einen bitterlichen Nachgeschmack. Nachdem ich gut fünfundzwanzig Seiten gelesen hatte, war Walthers Telefongespräch beendet. Er, weiterhin auf Socken, legte auf und fragte mich erwartungsvoll nach meinem Eindruck, ich, immer noch vollständig bekleidet, war nun fast ein bißchen enttäuscht: Jetzt wollte er doch wirklich ganz ernsthaft über Literatur sprechen, statt mich mit vorgehaltener Waffe zum Beischlaf zu zwingen.

»Dein Text ist wie dein Regal«, sagte ich, »überladen.«

Er seufzte: »Wahrscheinlich muß man erst durch ein tiefes Tal der Verzweiflung gegangen sein, um gute Literatur produzieren zu können.«

»Meinst du?« sagte ich zweifelnd. »Mir reicht es an manchen Tagen schon, wenn ich durch meine Wohnung gehen muß.«

Walther griff in sein Regal, zu einem Faschingsartikel, einem Wikingerhelm mit vergoldeten Plastikhörnern, setzte ihn sich auf den Kopf und zündete die Peniskerze an. Dann kletterte er auf eine Leiter und zog einen Leitzordner hervor, der vor Papier überquoll, ja, er habe all das vor einigen Jahren in verschiedenen Berliner Tageszeitungen veröffentlicht, Features über Hausfrauen, über Eier und über die Zeit nach dem Zweiten Weltkrieg. Ich blätterte darin herum. Was er da zu bestimmten Themen schrieb, war viel besser als das, was zustande kam, wenn er seine Phantasie ins Kraut schießen ließ. Ich war inzwischen aufgestanden, weil ich ihm so besser zuhören konnte, und lehnte vor ihm an der Wand.

»Ja, ich brauche Themen. Themen wie Gefäße«, sagte er, ließ einen versonnenen Blick über meinen ganzen Körper gleiten und zündete sich eine weitere Zigarette an.

»Du rauchst ja ziemlich viel«, stellte ich fest.

Zum Glück gehörte er nicht zu den Leuten, die sich dafür rechtfertigten, von Gewissensbissen geplagt.

»Ja«, sagte er und wies mit der Hand auf die Zigarettenschachtel. »Das Leben gefährdet das Leben.«

Mit dieser Einstellung ging er drauflos.

Tatsächlich kam die Nummer mit den Pistolen. Walther erschien lautlos mit einer blanken Knarre in der Hand. Ich verschanzte mich vorsichtshalber hinter dem Türrahmen. Das Ding sei nicht geladen – aber kannte ich diesen Mann denn? Wir hatten uns einmal gesehen, einmal nicht lange gefackelt und zweimal miteinander telefoniert. Ich hörte wieder diese müde Stimme und sah diese schwarzen Socken, in denen er über die Dielen strich, um anderes gefährliches Spielzeug aus seiner Sammlung herbeizuschaffen. Zwischen uns auf dem Schreibtisch lagen schließlich sechs Pistolen verschiedener Lauflänge, standen silberne und goldene Patronen verschiedenen Kalibers Spalier, und ich erfuhr, wie solche Gerätschaften funktionierten. Das näher vorzuführen ließ er sich nicht nehmen. Er plazierte die ausgetrunkene Weinflasche ans Ende des langen Flurs, stellte sich mit dem Rücken zum Kachelofen, legte eine Luftpistole an, kniff ein Auge zusammen und zielte auf die Flasche, die in tausend Splitter zerflog. Ob er sich verhaßte Personen aus dem wirklichen Leben vorstelle, wenn er auf die Pappkameraden ziele, wollte ich wissen von ihm. Ob er etwas wie »Dich mach' ich alle, du miese Sau« rufen würde oder wenigstens etwas denken in der Art, bevor er schließlich abdrückte.

»Nein, das ganz und gar nicht. Ich entspanne mich bei meinen Schießübungen. Man bekommt dabei eine ganz ruhige Hand«, sagte er. »Und jetzt du.«

Er hielt mir die Luftpistole hin. Ich griff zu, mit dem Mut der Entschlossenheit. Am ausgestreckten Arm wurde sie schwer. Er stellte sich hinter mir auf und umschloß meine Hände, die die Waffe hielten.

»Schön festhalten jetzt. Bei jedem Schuß gibt es einen Rückstoß.«

So standen wir eine Weile. Er dirigierte. Ich drückte ab und schoß knapp daneben, auf das Blech hinter der Flasche.

»Das nächste Mal klappt's«, sagte er.

Nach ein paar Stunden bewegte ich mich recht zutraulich zwischen scharfkantigen Scherben und Schrotflinten, die kreuz und quer auf dem Boden lagen, bewegte mich ebenso munter wie die zu einem Landausflug aufgebrochene Wasserschildkröte, die ihren Panzer krachend über sämtliche Abzugshähne hievte. Es war weit nach Mitternacht, die letzte U-Bahn war längst durch. Noch einmal verschwand der Scharfschütze in seinem Waffenschrank, und diesmal tauchte er mit einem schmucken Damenrevolver wieder auf, den er mir in die Hand drückte. Ich streckte den Arm aus und spannte die Muskeln.

»Vorsicht, der ist geladen.«

Fast ließ ich das heiße Eisen fallen. Dann legte Walther die Luftpistole noch mal an, den Helm auf dem Kopf und auf Socken.

»So sind sie also, die Männer Mitte Vierzig«, sagte ich und »du Kind«, aber trotz dieses albernen Aufzugs wirkte er keinen Moment lang lächerlich.

Ausgestreckte, angespannte Männerarme, die Schußwaffe in beiden Händen – mir wurde, als ich ihn so ansah, schlagartig klar, warum ich in Autos auf Beifahrersitzen nervös wurde, wenn Männer lenkten, die Arme am Steuer, vor allem im Sommer, ohne Ärmel. Ich war nicht verliebt, aber begeistert.

Die letzten zwei Gläser hatte ich viel zu schnell ausgetrunken, der Wein hatte keine Zeit gehabt, ins Bittere umzuschlagen. Ich trank noch einen Schierlingsbecher. Der Schreibtisch starrte vor Waffen. Es war kurz nach vier.

»Für heute ist es, glaube ich, genug«, sagte ich.

»Aber wenn du mal wieder ficken willst, dann ruf' mich an.«

Das war doch ein Wort. Besser, als einsam Zigaretten zu rauchen in einem traurig verschwitzten Bett mit zur Verzweiflung getriebener Lust. Ich stieg über die herumliegenden Knarren und Fabelwesen.

Schließlich ging ich mit dem erhabenen Gefühl, nicht mit ihm geschlafen zu haben.

»Du bist der entspannteste Mensch, dem ich seit langer Zeit begegnet bin«, sagte ich noch.

Er hatte Ziele, auf die er seine Kugeln richtete, er suchte sich Behältnisse für seine überschüssigen Kräfte und Säfte. Frauen und Zielscheiben dienten ihm als Beruhigungsmittel.

Wir verabschiedeten uns und verblieben: »Wir telefonieren«, sagte einer von uns.

Das waren die letzten Worte, wie so oft. Sie waren beliebig, man konnte aber spüren, ob sie auch etwas hießen. Dieser Mann würde sich in spätestens drei Tagen wieder bei mir melden. Die Tür unten war jetzt abgeschlossen. Oben am Fenster stand er und wartete, ich rief. In dieser Stadt mußte am Abend einer immer noch mal laufen. Jetzt trug er die Stiefel mit den umgebogenen Spitzen. Ich umfaßte mit beiden Händen seine Hüfte. In seinem Hosenbund steckte ein Revolver. Nun fielen doch noch Küsse.

Ich warf meinen willenlos gewordenen und todmüden Körper großzügig in ein Taxi, ungeachtet meiner ständigen Geldknappheit.

Als ich Ruby nach ihrem Traum in der ersten Nacht in ihrer neuen Wohnung fragte, sagte sie: »Ich habe geträumt, daß ich umgezogen bin.«

Seemann

Ich war selber wieder umgezogen und wohnte in diesem heruntergekommenen und für das gepflegte Charlottenburg so untypischen Hinterhaus, einem Anachronismus in dieser anachronistischen Gegend, die den Aufbruch der Mitte mit fest zugekniffenen Augen verschlafen und längst Patina angesetzt hatte. Meine Straße zeigte zwei Gesichter, ein dunkles und ein helles, ein totes und ein lebendiges: Der italienische Weinhändler verzeichnete, wie er mir beim Kauf einer Flasche Prosecco ausführte, dreißig Prozent mehr Umsatz, seit er von der schattigen auf die sonnige Seite umgezogen war, wo die Leute entlangkamen. Auf der anderen Seite gingen die Läden pleite, sogar die Apotheke gab eines Tages auf. Ich blieb schön hier wohnen, auf der sonnigen Seite. Die Zeit stand hier nicht einmal still – sie ging ganz einfach an dieser westlichen Ecke der Stadt vorüber. Der Putz des Hauses, in dem ich wohnte, blätterte ab, und in meinem schabrackigen Treppenhaus wischte ein arbeitsscheuer Reinemachtrupp bestenfalls vierteljährlich um die Fußmatten herum. Im Durchgang zum Hinterhaus sammelte sich in regelmäßigen Abständen der Sperrmüll. Eines Tages hatte eine ausgediente Waschmaschine dort gestanden, eine moderige Matratze wurde ihr beigesellt, und seitdem vermehrten sich die von den Bewohnern nicht mehr wohlgelittenen Einrichtungsgegenstände im Treppenflur, bis jemand sich erbarmte und den Sperrmüll anrief. Auf jedem Stockwerk gab es vier Türen, dahinter kleine Zweizimmerwohnungen. Die Mieten waren niedrig und die Mieter alleinstehend geblieben, jung eingezogen, älter geworden, aber nicht weitergekommen. Oder es waren Künstler oder Leute, die sich für Künstler hielten, Leute, die diesem Haus einen pittoresken Charme abgewinnen konnten und hierblieben. Eine großzügigere Zeitrechnung erleichterte ihnen das Leben: Ein immer noch als jung angesehenes Talent war oft schon ein etwas älterer Mensch.

Ich nahm die zunehmende Verwahrlosung des Hauses gerne hin, denn der greise Vermieter ließ einen in Ruhe. Ich hatte nun einen Balkon, mit Morgensonne, das war das Allerbeste, denn alles, was ich gern tat, tat ich noch lieber draußen. Ein direktes Gegenüber gab es nicht, bloß eine fensterlose, weiße Wand, hinter der sich unbekanntes Leben abspielte. Sie überragte die Häuser und sah gar nicht aus wie eine Wand, sondern wie ein steil aufragender Fels. Im Hof stand ein ausladender Ahornbaum, der weit übers Dach hinauswuchs und noch älter sein mußte als das Haus, es zwitscherte und rauschte in seinen Blättern. Sonst war es still. Bloß wenn der Wind schlecht stand, konnte man das untergründige, niemals abreißende Rumoren der Großstadt hören und das Brausen der Automotoren von der nahen Avus.

Im letzten Sommer war öfter lautes Geschrei in diesem Hinterhof zu hören gewesen, das jäh die Stille durchbrach, die Stimme einer Frau, die etwas nicht begriff. Der Mann, dem ihre verzweifelten Sätze in den höheren Stockwerken gelten mochten, blieb stumm. Sie fluchte. Flehte ihn an. Aus den geöffneten Fenstern im Hinterhof tönte es zeitweise jeden Abend wie aus riesengroßen Lautsprechern. Von einem bestimmten Tag an war es plötzlich wieder ganz still im Hof. Sie forderte nichts mehr. Vielleicht weinte die Frau leise oder hatte schließlich eingesehen, daß sie gar nichts mehr tun konnte, hatte sich angezogen und ihre Tasche gegriffen, vielleicht war sie freiwillig fortgegangen, vielleicht hatte der Mann sie auch mit beiden Händen aus der Wohnungstür gedrängt.

»Du bist so schäbig, daß ich nicht einmal mehr sagen

kann, ich sehne mich nach dir.« Ich bildete mir ein, daß das ihre letzten Worte waren, bevor eine Wohnungstür ins Schloß fiel, und auch, daß sie dennoch am liebsten gesagt hätte: »Ich sehne mich nach dir, obwohl du so schäbig bist. Denn die Liebe ist eine Idee, die die Menschen zum Weinen bringt.«

Es war für die Jahreszeit ungewöhnlich warm. Der Sonntag des ersten Aprilwochenendes war ein Regentag, es schüttete ununterbrochen von morgens bis abends, das Rauschen ertränkte die Musik aus dem Radio, und das Wasser durchtränkte die Wand gegenüber, die bei Regen aussah wie eine undurchdringliche Nebelwand. Es war einer jener unwirklichen, stummen Tage, an denen man sich fühlt wie in einer Taucherglocke, einer jener Tage, an denen der Regen die Tageszeiten buchstäblich aufweicht. Ich mußte nicht aus dem Haus, mit keinem sprechen. Auch die Freunde schien das gleichmäßige Plätschern des Regens einzulullen, das Telefon klingelte kein einziges Mal, und ich blieb im Bademantel vor dem Schreibtisch sitzen. Zuerst schrieb ich, dann strich ich vieles wieder weg, sortierte Stehengebliebenes, und gegen Abend war ich mit der Reihenfolge auf dem Papier sogar zufrieden. Das Zimmer war zugequalmt, ich öffnete die angelehnte Balkontür und trat nach draußen.

Die Äste des riesigen Ahorns verdoppelten sich auf der hellen Wand, die harmlosesten Dinge erschienen darauf bedrohlich. Ein goldenes Rechteck zeichnete sich darauf ab. Hin und wieder bewegte sich darin der Schatten eines Mannes. Es war zum Ritual geworden, vor dem Schlafengehen noch einmal nachzusehen, ob er wieder zu sehen war. Ich stellte mir vor, wie er lebte dort oben, dieser schwarze, bewegliche Schatten an der Wand, den ich ausfüllte wie ein Kind eine leere Malbuchfigur. Zwischen hell und dunkel, laut und leise legte ich seine Geschichte.

Jeden Tag lehnte er sich weit aus dem Fenster hinaus in den bewachsenen Hof, so, als wolle er sich die Jahreszeiten ansehen. Manchmal schaute er auf meinen Balkon hinunter. Ich war nicht mehr allein bei meinem einsamen Tun, überlegte sogar, was ich anzog, bevor ich mich dem Blick des fremden Mannes aussetzte und zu schreiben begann. Seit ich einen Augenzeugen hatte, veränderte sich meine Einstellung zur Arbeit. Sie ging mir leichter von der Hand als gewöhnlich. Jemand paßte auf mich auf. Ich war beflügelter, denn sie wurde zur angenehmen Nebensache eines alltäglichen Exhibitionismus, den ein Unbekannter befriedigte, ohne es zu wissen. Ich blätterte emsig in Wörterbüchern, die dick und wichtig aussahen, so, als interessierte ich mich für nichts auf der Welt so sehr wie für Wörter in Wörterbüchern, dabei dachte ich zuerst daran, daß ich gerade beobachtet wurde und welche Figur ich wohl machte für den Mann im Nebenhaus, zwei Stockwerke schräg über mir, und wenn ich ihn aus dem Augenwinkel beobachtete, konnte ich mich besser konzentrieren. Wenn ich dann eine Zigarette rauchte auf dem Balkon, blies ich den Qualm theatralisch in die Luft. Meine nasse Wäsche hängte ich mit wohlkalkulierter Grandezza auf die Leine, sobald ich merkte, daß er mir von oben aus dabei zusah. Aber jedesmal, wenn ich hochschaute, zog er den Kopf blitzartig wieder weg, manchmal donnerte er sogar das Fenster zu, so, als wolle er mir damit sagen, daß er dieses unordentliche Idyll, auf das wir beide schauten, nicht mit mir zu teilen gedachte.

An einem stürmischen Tag im Frühjahr, die breiten Bürgersteige waren wie leergefegt, und wer nicht etwas ganz Dringendes erledigen mußte, blieb lieber drinnen, hatte ich ihn schon von weitem kommen sehen. Er war, außer mir, der einzige Mensch da draußen. Seine schwarzen Jackettschöße flatterten, krähengleich. Er trug immer ein Jackett, auch noch bei Sommerhitze, er trug es wie Berufskleidung. Um seinen Hals hatte er einen weißen Schal gewunden. Von da an sah ich ihn öfter. Er war eine gepflegte Erscheinung. Ich erkannte ihn an seinem langsamen, tänzelnden Gang und an dem Jackett, lose um die Schultern geworfen, er bewegte sich zeitlupenartig, so, als wolle er sich gar nicht fortbewegen, so, als fürchtete er, etwas an ihm könne auseinanderfallen beim Gehen, oder einfach nur, er könne schwitzen. An warmen Tagen hielt er sich in den nahen Straßencafés auf, meistens alleine, manchmal in Begleitung einer Frau, ich sah sie mir nie genau an, diese Frauen, aber immerhin lange genug, um zu erkennen, daß es nie dieselbe Frau war, die ihn begleitete. Ich fand ihn hinter den Fensterscheiben des Copyshops über einen Kopierer gebeugt und warme, weiße Seiten in Empfang nehmen, er wartete an der roten Ampel, und hin und wieder stand er an der Pizzabude, wo er auf die Schnelle ein fettiges Teigquadrat mit Salamischeibe und Peperoni verzehrte. Er kam mit einer braunen Papiertüte im Arm vom Schuhmacher und mit einer Zeitung in der Hand aus dem Lädchen am Ende der Straße. Dauernd lief er mir über den Weg, er bog um Ecken, tauchte unversehens hinter einem auseinandergefalteten, auseinandergehaltenen Exemplar der Süddeutschen auf. Er schwebte vor mir her auf dem Bürgersteig, dann plötzlich, kurz vor Ladenschluß, als die Bäckersfrau mit einem Handbesen schon die Brotkrümel aus der Auslage fegte, stand er mit einer Flasche Wein und einer Tüte Milch im Korb hinter mir in der Kassenschlange der Lebensmittelabteilung, und eines Tages stellte ich dann auch noch fest, daß der Kopf, der immer wieder aus dem Fenster schräg über meinem Balkon gehalten wurde, zu ihm gehörte. Aber ich wußte nicht, ob er auch wußte, daß ich wußte, wer er war.

Er war keiner, der sein Geld damit verdiente, sich acht Stunden täglich in einem Büro einsperren zu lassen. Erst am späten Vormittag konnte ich ihn durch die geöffneten Fenster hantieren hören. Eine Tasse klackte in regelmäßigen Abständen auf einen Untersetzer, und wenn es Abend wurde, war das satte Geräusch eines Korkens zu hören, der aus einer Flasche ploppste. Er war ein Nachtmensch. Das Licht hinter seinen Fenstern wurde immer erst weit nach Mitternacht gelöscht. Wir waren uns eines Abends, kurz bevor die Bedienungen die Stühle hochstellten, in der Kneipe an der Ecke am Zigarettenautomaten begegnet. Er hatte mir, lächelnd und mit gönnerhaftem Kopfnicken, den Vortritt beim Einwerfen des Fünfmarkstücks gelassen. Es war ein großer Tag. Dann liefen wir wieder stumm und blicklos aneinander vorbei. Manchmal verfiel ich auf den Gedanken, daß auch er seine öffentlichen Auftritte für mich inszenierte, auf dem Laufsteg zwischen den beiden Enden der Straße, in der wir beide wohnten.

Wir hatten einen gemeinsamen Alltag, den wir nicht miteinander teilten. Er war dabei so unwirklich, so sehr zu einer Kultfigur meiner täglichen Wege geworden, daß es mir merkwürdig erschien, ihn eines Tages mit einer Großpackung Klopapier aus dem Supermarkt kommen zu sehen. Götter scheißen doch nicht.

Auf der weißen Brandmauer zeichnete die Sonne die Äste des Ahorns in scharfen Schatten nach. Alle Knospen saßen schon prall an den Astspitzen, aber daß die Bäume einmal grün sein sollten, konnte ich mir trotz der lauen Frühlingsluft noch nicht so richtig vorstellen. Ich stand auf dem Balkon und steckte Tulpenzwiebeln in die Blumenkästen. Meine Finger waren voller schwarzer Erde. In einem der Stockwerke über mir dröhnte ein Fernsehgerät. Dramatische Musik schraubte sich hoch, ebbte wieder ab, dann war eine rauhe Männerstimme zu vernehmen: »Ich liebe dich doch. Gib mir noch eine Chance.« Nach lang anhaltendem, hysterischem Wehklagen fand eine Frauenstimme

Worte: »Ja, ich werde alles tun.« Schluchzende Violinen setzten ein, die Musik schwoll wieder an. Er sagte: »Ich werde nie wieder fortgehen.« So einfach kann es also sein. Wunden werden im Himmel geschlossen.

Dunkelblau strahlte das Rechteck über dem Hinterhof, kein Wölkchen in Sicht. Die Sonne schob sich langsam in die Furt zwischen den Mietskasernen. Ich stand auf dem Balkon und untersuchte den Gummibaum nach neuen Trieben. Die Jahreszeiten ließen sich an ihm ablesen: Die großen Blätter hatten die Sommer hervorgebracht, es folgten ein paar Etagen schüchterne, verhutzelte Versuche der zerbrechlichen Wintersonne, nun aber machte die Sonne die Blätter zusehends wieder groß und saftig. Sie reiften heran, eingerollt in spitz zulaufenden, rosaroten Häutchen, die aufgerichteten Hundepimmeln glichen. Und jedesmal, wenn sich ein neues Blatt entrollt hatte, reckte sich schon der nächste rosige Zipfel in ihrem Innern nach oben.

Die Menschen waren verstummt, selbst die aus den Fernsehern. Eine Krähe versuchte zu singen. In den letzten Jahren blieben diese schwarzen Wintervögel auch den Sommer über in der Stadt, hier fanden sie Verpflegung, wildentschlossen verteidigten sie ihren Posten, vertrieben die unentwegt und noch im Fliegen rammelnden Tauben aus ihrem Hinterhofrevier und tapsten wie erschöpfte Sieger über die Dächer der geparkten Autos vor den Häusern.

Nach einer Weile wurde irgendwo eine Musik angestellt, hartes Zeug, eine aggressive Männerstimme, die gegen viel verbogenes Blech anrohrte. Diese Musik bei diesem Lüftchen, das war wie schwarzer Krauser gleich zum Frühstück. Der blaue Himmel über dem Hof wiederholte sich in meiner gefüllten Teeschale. Ich wusch mir die erdigen Hände, setzte mich an den Balkontisch und begann zu arbeiten. Ich konnte es auf dem Scheitel fühlen, wie ich beobachtet wurde, legte Papiere und Bücher von einem Stapel auf den anderen, als würde ich ihm unsichtbare

Juwelen reichen. Sah auf. Er zog den Kopf nicht weg, wie sonst immer, sondern sah mich weiter an. Dann begann der Mann zu sprechen: »Wir sollten uns treffen.«

Da glaubte ich, mich verhört zu haben. Daß der da oben auch sprechen konnte, überforderte mich augenblicklich, obwohl, nein, weil ich es mir die ganze Zeit gewünscht hatte. Ich ging hinein, und dann erst einmal zum Briefkasten. Er hatte zu mir gesprochen. Damit begann die Zeit meiner Unruhe.

Erst auf der Straße kam ich wieder zur Besinnung. Als ich nach einer Weile wieder auf den Balkon trat, stand er immer noch am Fenster. Die aufgeregt schreienden Krähen landeten synchron wie eine gutgedrillte Balletttruppe und mit Getöse in der Dachrinne, die drohte, mitsamt dem Federvieh abzubrechen und krachend in den Hinterhof zu stürzen.

Er war schon jetzt meine dauerhafteste Liebe. Ich kannte ihn seit einem Jahr vom Sehen. Als er in mein Leben trat, mischte sich ein Dritter ein.

»Morgen im Café am See, um vier Uhr«, das hatte er mir von seiner hohen Warte aus per Luftlinie zugerufen. Es war keine Frage, sondern ein Befehl.

Die seit geraumer Zeit getroffene Verabredung mit einem Freund verschob ich kurzerhand vom Nachmittag auf den Abend. Ich wollte zu den Frauen gehören, mit denen der Fremde aus dem Nachbarhaus eine Geschichte hatte. Er hatte mich doch längst schon verführt, durch die Regelmäßigkeit, die er in meinen Alltag brachte, durch die Auftritte, die er mir Tag für Tag verschaffte.

Was endlich wahr wurde, mußte mit einer Zeremonie beginnen. Ich verliebte mich in mein Badezimmer, legte mein Gesicht in Gurken, und vor dem Kleiderschrank konnte ich mich nicht entscheiden. Nach einer halben Stunde bildeten die auf links gewendeten, an- und flink wieder ausgezogenen Hemdchen und Pullis Kleiderdünen auf meinem Bett. Ich schminkte mich, als müßte ich mir für ihn ein ganz neues Gesicht aufmalen, dann wusch ich alle künstliche Farbe wieder ab, bis auf den roten Lippenstift.

In einem engen, schwarzen Kleid verließ ich das Haus, beizeiten. Kaum auf der Straße, drehte ich mich um. Als ich ihn hinter mir nicht gleich kommen sah, war ich fest davon überzeugt, daß er gar nicht kommen würde. Ich dachte, daß ich mir das alles nur eingebildet hatte in meiner stillen Phantasie, die er nährte, ohne es zu wissen, und an die ich mich längst gewöhnt hatte. Ich überquerte zwei Straßen, bog ein in den Park und in das Café am stehenden Gewässer und aus einer anderen Zeit, setzte mich an einen der weißen Plastiktische, bestellte einen Milchkaffee, löffelte den Schaum herunter und steckte eine Zigarette an. Ich hatte weder Buch noch Block dabei, und um beim Sitzen nicht so überflüssig auszusehen, zog ich mein Portemonnaie hervor und knüllte entwertete Fahrscheine und Bons, die sich darin angesammelt hatten, zu der Asche im Aschenbecher, vergewisserte mich vorher, daß ich keine Telefonnummern oder windige Versprechen darauf notiert hatte. Es vergingen vielleicht zwanzig Minuten, rauchend, mit zusammengeknüllten Papierchen. Wo blieb er nur? Er ließ sich Zeit. Ich kramte weiter in meiner Tasche, stellte fest, daß mein Reisepaß dieser Tage ablief, und steckte das ganze Zeug wieder in die Tasche im Gras neben dem Stuhl. Als ich wieder aufsah, stand er dicht neben mir: »Du bist also die Balkonfrau.«

Ich nickte bloß. Er trug eine Sonnenbrille und einen dunkelblauen Anzug. Vielleicht hatte er gerade noch ebenso lange und ebenso unentschieden wie ich seine gesamten Textilien liebkost. So zieht er sich also an, dachte ich, wenn er einer Frau gefallen will. Tadellos. Er ist immer tadellos angezogen, wenn du ihn siehst, denn immer will er den Frauen gefallen, allen. Er nahm mir gegenüber Platz, nahm die Sonnenbrille ab und blinzelte ins gleißende Licht, das von der weißen Tischplatte reflektiert wurde.

»Laß die Brille ruhig auf«, sagte ich zu ihm. So also hörten sich langersehnte erste Sätze an.

Er setzte die spiegelnde Sonnenbrille folgsam wieder auf und sagte leise: »Ich habe gestern wohl einen Schluck zuviel getrunken. Das Licht ist so hell.«

Dann kam der Kaffee, den er bestellt hatte, er kippte etwas aus dem Zuckerstreuer hinein und rührte den Kaffee um, er rührte lange, rührte beinahe ein Loch in den Tassenboden, dann nahm er die Sonnenbrille wieder ab. Setzte sie abermals auf.

»Warum schmeißt du eigentlich dein Fenster immer zu und willst mich ausgerechnet jetzt sehen?«

»Nun«, sagte er zögernd, »der Zeitpunkt schien mir gekommen.«

Der Lichtscheue nahm die Brille jetzt wieder ab, und wir sahen uns an. Seine Augenränder waren leicht gerötet, aber die Augen waren blau wie Baggerseen, und er hatte einen verschlafenen Charme im Blick, der wirkte. Seine Stimme verdarb nichts. Sie war sehr tief und ein wenig nasal, sie verriet eine Mischung aus männlicher Reserviertheit und jungenhafter Glaubwürdigkeit.

»Sieh mal, die vielen Spatzen in der Hecke.«

Er wies mit dem Kopf ins Laub. Hunderte flatterten darin herum. Sie lärmten in den Blättern und stürzten sich gierig auf die Teller der Gäste, die gegangen waren und nicht aufgegessen hatten.

»Wie pummelig sie sind«, sagte ich.

Statt dessen wäre es fast aus mir herausgefahren, zu wem er inzwischen für mich geworden war, daß ich ihn für sehr eitel hielt, daß ich fand, daß es zu ihm paßte, und daß ich manchmal von ihm träumte, auch dann schon, wenn ich noch nicht schlief. Schließlich sagte ich bloß: »Ich sehe es einfach so gern, wie du die Straße entlanggehst.«

Seine Vorliebe für gebügelte Hemden und klassische Herrenanzüge, so erklärte er mir, entsprach seinem Wunsch, in der Menge unterzugehen. Das war natürlich sehr kokett, denn wenn einer Klopapier kaufen ging, als sei er auf dem Weg zum Opernball, dann fiel er auf wie ein bunter Hund. Der feine Herr hob sich heraus aus der Menge nachlässig gekleideter Männer, die mit hängenden, heruntergetretenen Hosensäumen und abgelaufenen Absätzen durch Berlins Straßen schlappten. Er verfolgte ein Ziel, sie taumelten. Er hielt sich gerade, sie gingen gebückt. Er gehörte trotz seiner stattlichen Größe auch nicht zu diesen Männern, die beim Gehen die Schultern einziehen, um sich kleiner zu machen, als sie sind. Ich konnte ihn mir weder mit einer Pudelmütze auf dem Kopf vorstellen noch im Freizeitlook, weder mit einer am Hinterteil sackenden Jogginghose noch mit beutelnden Knien, ich sah ihn weder mit zerknittert aus der Hose hängendem T-Shirt noch mit fleckigem Hemd. Er war schön, weil er sich pflegte.

»Deshalb siehst du so britisch aus«, sagte ich. »In Londons Straßen wäre dir dein Wunsch erfüllt worden, in der Menge der Passanten unterzugehen. In der Londoner City zur Mittagszeit sind die Straßen gesäumt von dunklen Männergestalten, Männern in blauem und schwarzem Zwirn, die vor den Pubs stehen. Sie sind angenehm fürs Auge mit ihren akkuraten Haarschnitten und der bleichen Haut der Lichtscheuen, sehen aus wie uniformiert, wie Männer ohne Eigenschaften. Am Abend kommen die gleichen Gestalten alle wieder, es sind dieselben Männer, die in den U-Bahn-Stationen von King's Cross und Marble Arch dichtgedrängt auf den steilen Rolltreppen stehen und die Financial Times lesen, deren Papier die gleiche Farbe hat wie das Papier, in das die Metzger hier ihre Ware wickeln.«

Ich redete mich um Kopf und Kragen.

Nein, in London sei er leider noch nie gewesen, aber ob ich wohl wüßte, daß die Frauen innerhalb des ersten Jahrzehnts dieses Jahrhunderts rund achtzig Prozent ihrer Kleidung abgelegt hätten, Korsagen, Fischbein, Stützstrümpfe und solche anderen keuschen Accessoires.

»Nein«, sagte ich, aber ich würde mir allabendlich hundert Prozent meiner Kleidung vom Leib schaffen, und das binnen Sekunden.

Durch die Lücken in der Hecke war zu sehen, wie das Wasser auf dem See leichte Wellen schlug. Ein Schwan durchfuhr die Öffnung und dann gleich noch einer. Es kamen zwei große, weiße, dann nur noch kleine, braune. Vorbeiziehender Stuck.

»Das nimmt ja gar kein Ende. Wann kommt denn das Schlußlicht?« fragte ich.

»Noch nicht. Es sind neun. Neun braune.«

Er kannte ihre Zahl. Er kannte auch das Märchen vom häßlichen kleinen Entlein. Die braunen Federn lichteten sich schon. Nach und nach färbte sich das Gefieder der erfolgreichen Brut weiß.

»Es färbt sich nicht«, korrigierte er mich. »Es verliert mit der Zeit an Farbe.«

Ziellos kreuzte die Reihe der Schwäne auf dem Wasser des Sees umher. Dann warf am gegenüberliegenden Gestade jemand Brösel ins Wasser, und die Schwäne hatten endlich wieder ein Ziel.

»Jetzt wissen sie wieder, wo sie hinfahren sollen«, sagte er, und mich erheiterte, daß er fahren sagte und nicht schwimmen oder gar ziehen.

Ich beobachtete seine schlanken Finger, wie er die braunen Tabakkrümel auf dem dünnen Papier ineinanderschob und es stramm zusammenrollte, ich wartete andächtig auf den Augenblick, in dem seine Zunge für eine Sekunde zwischen den Lippen hervorschnellte, um das hauchdünne Papier anzulecken. Mit spitzen Fingern nahm er eines von meinen Papierkügelchen aus dem Aschenbecher.

»Patronen, Patronen, Patronen, dreimal Patronen«, las

er langsam vor. »Du schreibst mit Füller. Der Einkaufsbon einer Frau, die schreibt. Oder einer Frau, die scharf schießt.«

»Schießen kann ich aber nicht«, sagte ich.

Er war schon über vierzig, aber er wirkte wesentlich jünger. Eitelkeit erhielt ihn jung. Ich wußte nicht, ob ich ihn so toll fand, aber das Bild hatte sich bewegt. Die Sonne war seit einer Weile hinter den Büschen verschwunden, es wurde ungemütlich am Wasser, und das Café leerte sich zusehends.

»Ich würde jetzt gern etwas essen gehen«, sagte er.

»Ist das ein Vorschlag?«

»Wenn du so willst.«

Ich wollte so. Für den Freund, mit dem ich ursprünglich verabredet war, gab es jetzt kein Erbarmen mehr. Es war ohnehin zu spät geworden, und ich dachte mir insgeheim eine einigermaßen glaubwürdige Lügengeschichte aus. Der Hahn krähte dreimal, die Spatzen erwarteten keine Kuchenkrümel von uns. Eine Zeitlang noch saßen sie erwartungsvoll auf den Stuhllehnen herum und ließen dort etwas fallen. Dann schwärmten sie lärmend davon.

Ein paar Straßenzüge vom See entfernt gab es ein vietnamesisches Restaurant, wackere Asiaten, die das gesamte Viertel mit preiswerten Reisgerichten versorgten. Jetzt lief er neben mir. Er war gut einen Kopf größer als ich. Trug alles am Körper. Ich hatte ihn noch nie mit einer Tasche gesehen. Er schien großgemusterte Pullover und farbige Hemden zu mögen, dazu breite, rote Hosenträger, und ich glaube, er fönte seine Haare.

Man kann so dämlich aussehen beim Essen. Ich hatte nicht den geringsten Hunger, keine der fernöstlichen Delikatessen konnte mich jetzt reizen, ich bestellte einen Verlegenheitssalat aus Krabben und sperrigen Sojasprossen, mit denen ich kämpfte zwischen den zünftigen Stäbchen, aß, nur um länger mit ihm zusammenzusein, ihm weiterhin ge-

genübersitzen zu können und zu sehen, wie er mit mundgerecht zerlegten Geflügelbrocken jonglierte. Wir plauderten drauflos, verfolgten kein Ziel. Die besten Gespräche, dachte ich, verlaufen völlig planlos, chaotisch, man schneidet alles nur an, weil man nicht weiß, was man sich zuerst erzählen soll. Erzähl mir alles, dachte ich.

»Du bist mein Rauschpartner in diesem Sommer«, sagte er. »Komm in mein Boot.« Und dann, in seine Serviette hineinmurmelnd, so, als solle ich es eigentlich nicht hören, und mit einem Gesichtsausdruck, als hätten wir bereits mehrere Nächte miteinander verbracht, raunte er: »Aber noch nicht heute.«

Er verführte mit dem Charme dessen, der sich nicht festlegt.

»Bist du denn den Sommer über in Berlin?« wollte er wissen.

»Wahrscheinlich«, antwortete ich. Ich hätte jeden Koffer unverzüglich wieder ausgepackt.

Es war sehr spät geworden. Wir hatten bezahlt, waren gegangen, und weil auch er nichts zum Schreiben dabeihatte, memorierte ich die sieben Ziffern, die er zweimal hintereinander, deutlich und nachdrücklich wie für eine Schwerhörige, aufgesagt hatte, mit jedem einzelnen Schritt auf der Treppe. Oben kritzelte ich die heiligen Zahlen auf einen Zettel und steckte ihn unter die Wählscheibe. Morgen würde ich ihn anrufen, nein, vielleicht erst übermorgen. Das machte man doch so: ließ einen Zeitraum verstreichen, in dem Sehnsucht sich breitmachen konnte – nach Möglichkeit beim anderen. Ich trank noch einen Schluck, dann hörte ich noch etwas Musik, und sofort klingelte der Nachbar von oben und beschwerte sich über die Lautstärke.

»Wir leben in einer großen Stadt«, sagte ich, »in einer großen Stadt mit vielen Menschen auf wenig Raum.«

Er hatte ja recht. Ich kippte den letzten Schluck herunter,

schaltete ab und legte mich hin, aber fünf Minuten später stand ich schon wieder stramm auf dem Balkon und wandte den Blick wie gewohnt nach oben. Seine Fenster waren schon dunkel. Am liebsten wäre ich zu ihm hinaufgegangen, wenigstens, um ihm beim Schlafen zuzusehen. Aber noch nicht heute, hatte er gesagt.

Gleich am nächsten Morgen, so um halb elf, für ihn also in aller Herrgottsfrühe, machte sich der Rauschhafte lautstark bemerkbar. Alle Fenster hatte er sperrangelweit aufgerissen, und er pfiff wie ein Dampfkessel, telefonierte mit vernehmlicher, amtlicher Stimme. Dann schien er abzuwaschen, jede Menge, aus seinem Küchenfenster drangen die Geräusche einer emsigen Hausfrau. So hatte ich ihn noch nie erlebt. Er ließ mich teilhaben an seinen Alltagsgeschäften. Dann klingelte mein Telefon. Wir sprachen lange und verabredeten uns für den Abend.

»Wir müssen das warme Wetter nutzen«, bestimmte er.

Ich saß den ganzen Nachmittag über auf meinem Balkon und nutzte es. Aus seinen Fenstern war eine sanfte Musik zu vernehmen. Alle halbe Stunde zeigte der nette Lümmel von nebenan sich sogar barbrüstig am Fenster, um geräuschvoll Faxen zu machen. Plötzlich flog ein schrumpeliges, kleines Äpfelchen auf die beschriebenen Seiten, die vor mir lagen. Er war treffsicher. Von oben kam ein diabolisches Kichern. Ein neues Ritual war geboren. Ich sollte noch Pfirsiche und Kirschen erleben in diesem Jahr. An jenem Tag schrieb ich nicht mehr weiter.

Mein Hofnachbar kannte sich aus in seinem Hoheitsgewässer. Noch am gleichen Abend zeigte er mir die versteckte Terrasse des Seehotels, wohin er mich beordert hatte. Ich ging die Straße hinauf wie im Traum, kam trotz meines leichten Schrittes kaum voran, wieder sah ich mich um, erhoffte alles und glaubte an nichts, aber da stand er schon vor der Eingangstür, ein Mensch aus Fleisch und Blut, und er plauderte leutselig mit einem Empfangsdiener in Livree. Wir durchquerten die Halle und kamen in einen Garten, den ein weißes, verschnörkeltes Geländer zum See hin begrenzte. Es war ganz still dort, nur das gedämpfte Kreischen von Kindern war zu hören, die sich im Hotelpool vergnügten und kreischten, wie Kinder immer kreischen im Schwimmbad. Das Wasser des Sees schlug leichte Wellen, die mit sanftem Plätschern gegen das Ufer schlugen.

»Hast du meine Musik noch gehört gestern abend?« fragte ich.

»Nein«, entgegnete er. »Ich höre nur meine Musik.«

Das überhörte ich. Es wurde von links serviert, und dieser Luxus war plötzlich ganz banal, er wurde besonders, weil ich es so wollte, dies war ein Etablissement der gehobeneren Klasse. Der schwarzbefrackte Kellner balancierte weißen Damast auf dem Unterarm. Die kleine Glaskaraffe, die einen Viertelliter faßte, verriet, wie wenig Wein da eigentlich ankam, was der enorme Bordeauxballon verheimlichte, in dem nur ein winziger Tropfen zu schlingern schien. Auf dem Tisch flackerte ein nervöses Windlicht. Ein Weizenbierglas ragte vor ihm auf, daneben standen ein silbernes Gestell mit Pfeffermühle und Salzfäßchen und ein hochstieliges Cocktailglas, randvoll mit Salznüßchen.

Für alle Dinge auf dem Tisch wurde der Abend zur wackligen Angelegenheit. Ich redete wieder, viel zuviel, meine Hände gerieten in gefährliche Nähe der zerbrechlichen Requisiten. Er stellte das Windlicht außerhalb der Reichweite meiner Hände an den Rand des Tisches. Meine Rotweinkugel taumelte gegen seine Weizenbiersäule, und er rückte sein Glas zur Seite.

»Wir könnten zusammen verreisen«, sagte er. »Zum Beispiel nach London.«

Schon wieder sah er mich mit diesem schläfrigen Blick an. Ich war schon unterwegs.

Der routinierte Kellner erwartete immer noch kein ›Bitte zahlen!‹ auf unseren dritten Wink hin. Es war nicht sein Job, glücklichen Trinkern Einhalt zu gebieten. Der langgestreckte Großstadtteich wurde zum dunklen Gewässer, kein Land mehr in Sicht. Wir waren weit vom rettenden Ufer entfernt. Es dämmerte, und die Glut der Zigaretten leuchtete.

Er hatte mit Musik zu tun. Hatte früher Platten in einer Discothek aufgelegt und die ekstatischen Massen zu zackigen Tanzbewegungen gebracht. Er sprach auf eine so leidenschaftliche und kennerhafte Art und Weise über Musik, daß ich sogleich die größte Lust bekam, sie auch zu hören. Das sagte ich ihm, und da küßte er mich dann zum allerersten Mal.

Stunden später griff er dann in die Tasche seines Jacketts. Zum Vorschein kam ein silbriges Kästchen.

»Der Tabak wird sonst doch nur trocken«, sagte er und rollte sich Neues.

»Nichts mehr kaufen«, sagte ich.

Da lachte er bloß. Und rollte gleich zwei. Von Lebensversicherungen hielt er nichts, schon gar nicht in Zeiten, da man Vorsorgefonds in Glücksspielen gewinnen konnte.

»Man muß sich verbrauchen«, sagte er.

Er fürchtete sich vor dem Alter, davor, daß man bei lebendigem Leib alterte, er wünschte sich Ruhe zum Lesen und ein rasches Ende. Ich nickte. Wir waren zwar beide nicht mehr taufrisch, aber immer noch jung genug, um zu glauben, daß wir eines Tages tot umfallen würden.

Wir blieben sitzen, bis er endlich begriff, daß es ratsamer war, meine Hände festzuhalten als all die zerbrechlichen Dinge auf dem Tisch. Er zog meinen Kopf zu sich heran und küßte mich erneut, dann zog er meine Arme zu sich herüber und legte seine Hände auf meine. Vornübergeneigt, und zwischen uns die leeren Gläser, so saßen wir noch lange.

Nachdem wir gegangen waren, stellte der Kellner die Ordnung der Dinge auf dem Tisch wieder her.

Wir sahen uns jetzt fast täglich. Alle zwei Wochen warf ich das ungelesene Stadtmagazin wieder weg, blätterte es auf dem Klo nur flüchtig durch, um ohne Bedauern festzustellen, was ich alles nicht unternommen hatte. Einmal hatten wir uns gemeinsam über das Magazin gebeugt, um uns auf einen Film zu einigen. Dann aber hieß es: zum See, immer wieder. Nie gingen wir gemeinsam hin, ich glaube, das richtete er so ein, um mich auf die Folter zu spannen, wir trafen uns immer erst an Ort und Stelle, so wie beim ersten Mal. Immer noch, wenn ich das Haus verließ, saß mir die Angst im Nacken, er könne nicht kommen. Doch selbst bei strömendem Regen war er zur Stelle, mit einem schwarzen Stockschirm. Da saß er unter der gestreiften Markise und sah aus wie von ganz weit hergekommen. Wurde der Regen dichter, hielten wir im Freien durch. Während es von den Rändern der großen, weißen Schirme unablässig tropfte und die Regentropfen in kleinen Fontänen auf den Tischen zerstoben, sagten wir einander lauter liebe Sachen. So vergingen Stunden.

Der Hinterhof war zum gemeinsamen Zimmer geworden. Kostbare Morgenstunden verbrachte ich auf meinem Balkon, freute mich auf ein sich öffnendes Fenster und einen Gruß von oben. Der Hinterhof wurde zum Klangkörper in jenem Sommer. Noch spät am Abend drehte er den Lautstärkeknopf bis zum Anschlag. Er hatte Glück, seine Nachbarn erlaubten ihm das, und der Hellhörige aus meinem Haus war verreist. Ich lechzte nach einem Fortschritt der Liebe. Immer wieder lauerte er am Fenster, und unermüdlich war er als Anrufer. Was wir unvereint zu zweit betrieben, war ein Nullsummenspiel wie die Eins-zu-Eins-Telefonate der Liebenden mit zwei glücklichen Gewinnern.

Früher fand ich es albern, daß sich Liebespaare täglich anrufen und die Leitung mit lauter dummem Zeug verstopfen. Schnappt man nur ein einziges Mal auf, was sie einander sagen, dann ist es eigentlich nichts, was sie sich sagen. Sie sagen einander, was sie gerade gemacht haben, was sie gerade machten und was sie gleich machen werden, sie beschreiben sich füreinander, um sich für den anderen sichtbar zu machen am Ende der Leitung. Sie beschatten sich per Fernsprecher und brauchen dafür viele Worte, die doch alle nichts anderes heißen als: »Komm! Komm zu mir!« Dann legen sie auf. Oft bleibt jeder wieder für sich.

Ich wollte Tee kochen, aber mein Telefon klingelte ohne Unterlaß, und ich kam kaum bis in die Küche. Er rief jeden Abend an, manchmal sehr spät noch, und nie fragte ich, was er davor gemacht hatte. Treue Gefolgschaft vereinfacht das Leben. Am liebsten hätte ich ihn gebeten, mich einzusperren.

»Komm zu mir, komm auf meinen Balkon«, sagte ich. »Zum Essen, morgen Abend.«

Ich sah mich schon wieder stochern.

Wenn die Krähen über die glatten Dächer der geparkten Autos in unserer Straße staksten, erschienen sie mir dabei wie eine Fata Morgana. So unwirklich kam auch er mir wieder vor, eine Erscheinung, die überlebensgroß in der Tür stand, in der Hand eine Sektflasche. Es war phantastisch wie im Café am See. Eine Halluzination.

»Wenn ich so zu dir komme, betrete ich einen anderen Film. Filmschnitt. Bei mir im Haus vier Treppen runter, Hinterhof, Durchgang, zehn Meter Straße und schon wieder rein in dein Haus, noch mal durch einen Durchgang und einen Hof, viel länger als die Strecke auf der Straße. Auf- und Abstieg sind viel länger als der Weg vorbei am Wein- und am Gemüseladen.«

Wir machten uns noch ein bißchen lustig über den Gemüsehändler unten in meinem Haus, der sein ganzes Leben lang nichts anderes zu tun schien, als eine grüne Schürze zu tragen und leergekaufte Spankisten neu zu bestücken, mit Porree und Paprika, Äpfeln und Apfelsinen.

»Man sieht ihn immer nur von hinten, in seiner grünen, ordentlich auf dem Rücken zusammengeknoteten Schürze«, sagte einer von uns.

Er sah sich alles bei mir an, die Buchrücken im Regal, die Papierhäufchen auf dem Schreibtisch. Ich deckte derweil den Balkontisch. Der von mir so überaus liebevoll zubereitete Fisch auf den Tellern blieb fast unberührt in der Folie. Heute stocherte auch er. Zog haarfeine Gräten aus den Zähnen. Ich räumte ab, und da sah er erleichtert aus.

»Komm rein«, sagte ich.

»Aber ohne Gewähr«, sagte er. »Der Hofmeister führt die Regie.«

Man würde ja sehen. Er ließ sich auf mich ein. Die meisten Teile des eigenen Körpers bekam man ja niemals im Leben zu Gesicht. Aber daß sie jemand berührte, den ich begehrte, machte sie wahr. Ich war fest entschlossen, alles über Bord zu werfen, was nicht mit diesem Begehren zu tun hatte.

Jetzt lief eines dieser getragenen Stücke von Nick Cave, *Into my arms*, und während wir uns küßten, innig küßten, und ich diesen Refrain hörte, bei all meiner Hingabe an etwas sehr lang Erträumtes vollkommen aufmerksam, dachte ich, daß *arms* ja nicht nur Arme bedeutet, sondern auch Waffen, dachte, daß ich seine Küsse bereits so wie Abschiedsküsse entgegennahm und daß ich eines Tages Waffen brauchen würde, um mich gegen den Schmerz des Abschieds zu verteidigen, den ich jetzt schon spürte. Das silbrig glänzende Kästchen, aus dem er hin und wieder einen braunen Brocken herausholte, sein kleines Gasfeuerzeug aus Messing, mit dem er mir die Zigarette anzündete, die

Gläser mit unseren Fingerabdrücken, den fürsorglichen Hinweis auf dem gelben Zettel aus dem blauen Briefchen mit dem Zigarettenpapier: *Achtung! Es bleiben nur noch 5 Blättchen.* Alles ist da, und ich sehe es so an, als sei es schon vergangen und längst Erinnerung.

»Ich weiß gar nicht, woher ich das bloß habe, daß ich von Anfang an immer gleich ans Ende denken muß«, sagte ich. »Manchmal, denke ich manchmal, denke ich es schon herbei, und nur durch mich und meine Gedanken ist das Ende unvermeidlich. Vielleicht liegt gerade darin der Zauber.«

»Sprich nicht darüber«, sagte er, »das zerstört den Zauber.«

Ich schwieg und griff zur nächsten Zigarette, weil ich auch gar nicht wußte, was ich sagen sollte. Ich beugte mich über die Kerze, um die Zigarette an der Flamme anzuzünden.

»Tu das lieber nicht«, sagte er, »sonst stirbt ein Seemann.«

Er zündete die Zigarette mit seinem blinkenden Messingfeuerzeug an und steckte sie mir zwischen die Lippen, zog eine weitere aus dem zerknautschten Päckchen in der Brusttasche seines hellgrünen Hemdes, um selber zu rauchen. Wir schwiegen ein paar Züge lang, als würde ein Wort unsere Geschichte besiegeln. Wir drückten die Zigaretten aus und rückten zueinander.

Er verlangte nichts, aber er nahm alles, was ich ihm gab. Seine Bedürfnisse gingen nicht weiter, aber ich ging weit genug für einen Anfang. Ich dachte an all die Frauen, mit denen ich ihn gesehen hatte, und an die Stimme im Hof. Vielleicht war gar kein Fernseher gelaufen. Menschen finden sich und verlieren sich wieder.

Ein Klavier tröpfelte leise durch den Raum, und ich dachte, gleich steht er auf und geht, aber er blieb weiter sitzen und küßte mich dann wieder. Ich dachte, ich liebe dich, heiß und innig liebe ich dich. Ich sagte es nicht, weil ich mich davor fürchtete, daß er dann wirklich ging.

»Ich liebe dich«, entfuhr es mir dann doch, als ich ihn ansah.

»Sag alles, aber nicht das.«

Ach, mein Lieber, auf dem Ohr sind Verliebte doch taub, dachte ich und sagte dann: »Du begehrst mich, ohne mich zu lieben.«

»Liebe? Wovon sprichst du? Ich verehre bestimmte Körperregionen.« Und er legte seine Hand auf meinen Bauch.

Er nahm zur Kenntnis und er stellte fest. Zog meine Füße auf seinen Schoß und machte sich an den Reißverschlüssen meines Kleides zu schaffen.

»Elegante Schuhe, die du da trägst.«

Die Schuhe, die ich da trug, sie waren funkelnagelneu. Ich hatte sie erst heute gekauft, aber das mußte er ja nicht wissen. Die Reißverschlüsse ratschten.

»Laß die Rolläden runter«, sagte er. »Du weißt nie, wer dich gerade beobachtet, wenn du gerade jemanden beobachtest.«

Ich stand auf, schaute zu seinem Fenster hoch und dachte, jeden Moment taucht er da oben auf, zwei Etagen über mir. Fast hätte ich mich noch in Positur gestellt. Ich ließ die Rolläden herunterrattern. Als ich mich umdrehte, stand er vor mir. Nackt fehlte ihm was. Er war ein Städter, der sich kostümierte. Ohne Jackett sah er aus wie ein Mohr, der die Farbe verloren hatte. Er war bleich und lang wie ein Spargel.

Am Morgen lag er immer noch in meinem Bett, verschwitzt und verstruwwelt, ein ganz neuer Mensch.

Ich sammelte die Blüten, die während unseres liebevollen Scharmützels zu Fall gekommen waren, vom Boden des Balkons auf und legte sie zwischen die Seiten des Buches, das ich nicht mehr las. Am Abend klingelte mein Telefon wieder, laut und fordernd.

»Ich habe noch Licht gesehen bei dir.«

Da hatte ich schon geschlafen. War wieder hellwach. Überging das, was man gesunden Schlaf nennt. Im Bademantel, mit meinem Wohnungsschlüssel in der Hand, kam ich ihm schon im Treppenhaus entgegen, er hatte eine Flasche ganz ordentlichen Tankstellenwein in der Hand. Er besaß das Talent, mich immer aufs neue in berauschende Situationen zu lotsen.

Wieder gingen wir zum See. Die Eigentümerin des Ausschanks, dieses von ein paar Tischen und Stühlen umgebenen Büdchens, sagte, sie wolle zwar gleich schließen, aber sie bot uns an, so lange sitzen zu bleiben, wie wir wollten. Sie kannte uns schon.

Ein weißes Geschwader flog durch die Schneise. Das Flügelschlagen der Schwäne ließ die Luft zirpen. Hintereinanderher flogen sie, vier an der Zahl, und es klang wie ein Peitschenschlag, als sie alle zusammen gleichzeitig im Wasser des Sees landeten.

Wir waren die einzigen Gäste da draußen. Ganz weit weg waren die Menschen, die sich an den Tischen hinter den Fensterscheiben zusammendrängten, schweigend ins Gespräch vertieft. Zwischen den Tischen, auf dem Weg zur Toilette, roch es nach Qualm und nasser Wolle. Stimmengewirr drang wie aus einer fremden Welt an mein Ohr. Ich blieb vor dem Spiegel stehen und überprüfte mein Gesicht. Der rote Lippenstift franste bereits aus an den Rändern, er war an seinen Lippen hängengeblieben und am Weinglas, ich wischte ihn ganz ab und trat den Rückweg an. Fixierte ihn dort auf der Bank, als ein Bild in der Ferne, eine Gestalt im Gelände. Ich durchquerte den aufgeweichten Garten, dann saß ich ihm wieder gegenüber.

»Wenn die Schirme ganz durchtränkt sind«, sagte er, »und jetzt ist es gleich soweit, dann wird es Zeit für uns zu gehen.«

Untergehakt traten wir den Rückweg an. Auf halber

Strecke kam uns eine Frau entgegen. Er lächelte sie an, sie lächelte verstohlen zurück, und sie sagten einander nichts. Das war das Schlimme, daß sie einander nichts sagten, sondern sich nur heimlich anlächelten. Ich tat, als hätte ich es nicht gesehen, und plauderte beklommen weiter. Er tat, als hörte er die Veränderung in meiner Stimme nicht, und vielleicht hörte er sie wirklich nicht. Im Treppenhaus beklopfte er mich leicht mit seinem Regenschirm, so nahm er Abschied.

»Willst du denn nicht noch mitkommen heute abend?« fragte ich.

Er schüttelte den Kopf. »Heute nicht.«

Er ist eitel, und er kann nicht nein sagen. Keine kennt ihn, dachte ich, aber jede will ihn. Tu, was du willst, dachte ich, aber geh nicht, bitte geh nicht. Ich will, daß du zu meiner Welt gehörst.

Für mich blieb er der Einsame. Obwohl er mir schon fehlte, wenn er aus der Tür war, liebte ich es doch, im Dunkeln auf dem Balkon auszusitzen, solange seine Musik zu hören war. Er verhielt sich zuweilen wie ein Verliebter, aber in meinem Liebeseifer vergaß ich ganz, daß sich Verliebte immer wie Verliebte benehmen müssen. In jenem Sommer war er der einzige Mensch, den ich täglich sah, und das hielt mich in Atem. *White Bird* hallte es durch den Hinterhof, und die Tauben zogen die Köpfe ein. Ich war gemeint.

Die jungen Schwäne waren herangewachsen, und sie fuhren nicht mehr artig hintereinander her. Keck waren sie geworden. Drei von ihnen folgten in einer Linie aufeinander, die übrigen vier ruderten in lockerer Folge im Fahrwasser ihrer weißen Eltern, und einer von ihnen tanzte vollkommen aus der Reihe. Mutig glitt er bis auf die Mitte des Sees hinaus und schlug wild mit den Flügeln, das Wasser zischte und spritzte, er übte das Fliegen. Die Enten kippten ihre

Bürzel senkrecht nach oben und verschwanden bis zur Hälfte in den Untiefen des Ufers. Wenn die Schwäne sich wuschen, wozu sie den Hals mit schlangenartigen Bewegungen ins Wasser eintauchten, konnte man sehen, wie schmutzig es eigentlich war. Über dem weißen Gefieder der Schwanenhälse schlug eine gelbbraune Brühe zusammen.

Unsere Begegnungen erschienen mir, jede für sich, so wie kostbare Broschen, die sich in einer Vitrine auf Samtkissen nebeneinanderlegen und ausstellen lassen, ohne daß sie am Ende eine Geschichte erzählen, es sei denn, die Geschichte einer Sammelleidenschaft. Die Treffen mit ihm waren eine Folge ohne Folgen. Sie waren wie die Listen, die ich hin und wieder von unserer kleinen Welt anlegte, um ihn herbeizuzaubern, wenn ich alleine war, herbeizauberte mit einem Stift in der Hand, kostbare Listen der Cafés, in denen wir gesessen hatten, lange Listen der Lieder, die er mir vorgespielt hatte. Vielleicht stimmte das so aber auch gar nicht, und alle diese gesammelten Kostbarkeiten ließen sich doch in einen einzigen großen Zusammenhang bringen, so wie in dem Spiel, das wir früher zu Hause oft gespielt hatten: Einzelne Wörter wurden dabei nach dem Zufallsprinzip aus einem Buch herausgesucht, mit dem Zeigefinger bei geschlossenen Augen aus einer Seite gepiekt, zehn oder fünfzehn Wörter, aus denen jeder, der mitspielte, eine Geschichte zusammenbasteln mußte, eine Miniaturgeschichte, in der alle diese Wörter vorkommen mußten. Witzige Formulierungen ergaben sich, wenn man nur bestimmte Wörter zur Verfügung hatte. Alle bei diesem Spiel erdachten Geschichten verliefen unterschiedlich, aber am Ende waren sich die Mitspieler einig, wer die originellste Geschichte geschrieben hatte, und der hatte gewonnen, und der bekam dann den Preis.

Meine Geschichte mit ihm war nicht seine Geschichte mit mir. Ich war mir nicht einmal sicher, ob ihm seine eigene Geschichte gefiel. Immer, wenn er bei mir war, leuchtete kein goldenes Rechteck auf der Brandwand. Ich vermißte es fast. Mein aufgeblühter, schwelgerischer Balkon spielte in diesem Sommer und in diesem Stück die Hauptrolle. Unsere Geschichte fand immer wieder auf meinem Balkon ihre Fortsetzung, weder drinnen noch draußen, dort, wo sie begonnen hatte, dort, wo er seine dunklen Fenster im Auge hatte, zwischen aufblühenden Sommerblumen und krächzenden Krähen, die vergebens zu singen versuchten.

Dann lud er mich ein, zu sich nach Hause. Kurz bevor ich meine Wohnungstür hinter mir schloß, konnte ich hören, wie im Hof ein Korken knallte, nur einen Kirschenwurf entfernt.

Zwei Treppen runter und durch den Hof, zehn Meter Straße und vier Treppen rauf, auf rotem Sisal, mit einem Stapel Schallplatten unter dem Arm. Auf dem letzten Treppenabsatz konnte ich ihn schon sehen, als Spiegelbild im Flurfenster. Er stand in der Tür, in einem schlabberigen, hellblauen T-Shirt und einer ausgebeulten Hose, und er breitete weit die Arme aus: »Madame werden schon erwartet!«

Ich warf mich hinein, in die Arme und in alles.

Wenn man mit jemandem telefoniert, dessen Wohnung man nicht kennt, dann setzt man denjenigen in ein imaginäres Zimmer hinein, in ein Luftschloß, das nach einem einzigen Besuch mit dem gesamten Inventar ganz spurlos verschwindet. Ich staunte, wie winzig seine Wohnung wirklich war. Stand in seinem Zimmer wie ein Mensch, der sich wundert, wie beengt das Haus seiner Kindheit geworden ist, das er nach Jahren wiedersieht. Er hatte überall Kerzen aufgestellt, sie brannten, alle, und der Rotwein war tatsächlich schon entkorkt. Man muß sich verbrauchen. Ich trank einen großen Schluck. Dann beugte ich mich gefährlich weit hinaus aus seinem Fenster. Zu solchen akrobatischen Höchstleistungen schwang er sich also auf, wenn er mich auf meinem Balkon entdecken wollte. Ich verlor fast das Gleichgewicht. Dort ganz tief unten im Tal klebte mein Balkon mit den Blumenkästen an der Mauer, und er sah aus, als würde er jeden Augenblick abbrechen und in den Hof stürzen, zu den Katzen und den Krähen hinab, die dort unten Krieg führten gegeneinander. Von hier oben mußte ich aussehen wie ein ausgesetztes Püppchen, eine Zwergin, die etwas aufschrieb, was er nicht erkennen konnte.

Lieder von den Beatles spielen sie zwar manchmal im Radio, aber für meinen Geschmack gar nicht oft genug. Ich besaß keinen Plattenspieler mehr, so wie die meisten Leute heute, aber er hatte noch einen. Wie ein begeistertes Kind saß er im Schneidersitz auf dem Teppichboden und zog schwarze Scheiben aus den Hüllen. Er legte eine Platte nach der anderen auf, sie kratzten, ich sang mit, und er staunte, weil ich alle Texte auswendig kannte. Kein Wunder, sie waren mir doch schon an der Wiege gesungen worden. Mein Bruder hatte sie immer wieder aufgelegt, deshalb kratzten sie. Er hatte sie aufgelegt, so lange und so laut, bis meine Mutter leiser drehte. Ich hatte große Ohren gemacht in meinem Bett.

»Als mein älterer Bruder von zu Hause auszog, nahm er seine Schallplatten nicht mit. Vielleicht hatte er sie ja nur vergessen, vielleicht mochte er sie auch ganz einfach nicht mehr, weil eine neue Zeit für ihn angebrochen war, mit neuen Liedern. Als ich dann von zu Hause auszog, nahm ich diese Platten mit, meine Kinderlieder sozusagen.«

»Die Lieder von den Beatles sind ja auch Kinderlieder«, sagte er schlau, nahm ein Plattencover in die Hände und streckte die Arme recht weit von sich, kniff die Augen dabei zusammen, um den Text zu entziffern. Da kam der große Junge mir mit einem Mal doch nicht mehr ganz so jung vor.

Es waren viele Platten. Wir spielten unser Wunschkonzert, und wir tranken den roten Wein. *Pennylane* lief.

»Das ist ja unsere Straße!« rief er aus und lachte.

Diesen Ohrwurm und dann auch *Lovely Rita* mußte er gleich ein paarmal für mich wiederholen, den Song, in dem die clevere Politesse den Parksünder von den einkassierten Strafgebühren zum Kaffee einlädt. Die hatte es drauf. Immer wieder rannte er auf meinen Wunsch zum Plattenspieler hin, um die Nadel aufs neue in die ausgekratzte Rille zurückzubefördern, ich sah ihm dabei zu, und mir wurde ganz warm ums Herz. Der feine Herr von der Straße war am Ende wirklich ein großer Junge, der sich zu solcher Begeisterung hinreißen lassen konnte. Dann, sehr spät in der Nacht, mehrere Weinflaschen waren leer bis auf den allerletzten Tropfen, plumpste er auf den Teppichboden, ausgerutscht auf einem Plattencover, das dort unten lag, zu unseren Füßen. Er ruderte heftig mit beiden Armen, um das Gleichgewicht wiederzufinden, und wie er da so nach Halt suchte, dachte ich an das unbeholfene Tapsen der Krähen, wenn sie die glatten Autodächer unter den Füßen hatten, auf denen sie keß gelandet waren. Die harte, schwarze Scheibe, die er gerade in der Hand hielt, um sie als nächstes aufzulegen, flog wie ein Diskus auf meinen Kopf zu, und ich konnte mich gerade noch bücken. So hatte ich ihn noch nie gesehen.

Die Musik setzte aus, für eine Weile. Wir lagen jetzt beide auf dem Boden, vom Alltag umschlungen, und hörten die bewährten Knisterlieder. Das sind die Momente, dachte ich, an die du dich erinnern wirst, wenn es einmal vorbei ist. So wird er dich verfolgen, wohin du auch immer gehst. Das sind die Momente, in denen etwas Neues verkündet wird. Immer, wenn etwas neu ist, bist du glücklicher als sonst. Aber auch immer dann, wenn dich jemand festhält, so wie jetzt, und du nicht weiter mußt.

In den kommenden Tagen saß ich, begleitet von den knisternden Kinderliedern, auf meinem blühenden Balkon. Wenn er jetzt zu mir kam, war etwas Zerrissenes an ihm, in diesem verschlafenen Blick, der ihn so unwiderstehlich machte. Da saß er wieder, drehte eine Zigarette und bröselte etwas aus dem silbernen Kästchen in den Tabak hinein. Ich nahm einen kräftigen Zug.

»Vorsicht«, sagte er und berührte mich sanft, »der letzte Zug ist immer der stärkste.«

Hinunter zum See. Immer noch. Die jungen Schwäne waren alle weiß geworden. Ihre Fahrt hatte eleganten Schwung angenommen. Die jungen Schwäne vereinzelten sich jetzt auf dem See, auch sie teilten jetzt Hoheitsgebiete untereinander auf. Manchmal waren sie vom Café aus nicht zu sehen, dann waren sie zu einer Reise in die andere Hälfte des Sees aufgebrochen, der eine Taille hatte, über die eine rote Sandsteinbrücke führte. In der Dämmerung kehrten die Schwäne zurück in den sicheren Hafen, schaukelten im Schlaf auf den kleinen Wellen und zeichneten sich hell auf dem dunklen Wasser ab wie Leuchtbojen. Glühwürmchen flirrten aus dem Gebüsch am Ufer und illuminierten die Nacht.

»Wenn man sie mit dem Blick fixiert«, sagte ich, »verschwinden sie fürs Auge.«

»Weil man nur sieht, was sich bewegt«, sagte er.

»Man nennt sie auch Junikäfer«, fiel mir ein, »sie sind aber immer noch da, dabei ist es schon spät im August.«

Das Wasser aus der Kaskade, die den See speiste, sammelte sich in einem flachen Betonbecken und floß durch ein winziges Loch in den See hinein; es hinterließ dabei einen schaumigen Wirbel, so wie das Spülwasser im Küchenwaschbecken.

»Wo fließt das Seewasser eigentlich hin?« fragte ich.

Wir konnten es beide nicht sagen. Die Lichter am Himmel vermischten sich mit den Lichtern auf dem Wasser, und Lichter von vorüberfliegenden Flugzeugen fielen hinein. Der Horizont löste sich auf.

Ich verausgabte mich für eine Sehnsucht, die er zwar nicht stillte, die er aber auch nicht abstellte. Zu gut gefiel es ihm wohl, daß da eine Frau saß, eine sichtbare Frau, die immer wieder auf ihn wartete, vielleicht gefiel es ihm auch, daß sie sagte, daß sie ihn liebte, auch wenn er davon nichts hören wollte. Vielleicht verlangte ich zuviel von einem, der sich nach dem gleichen sehnte wie ich, es aber nicht zulassen wollte. Vielleicht sprach ich einfach nur das Verbotene aus.

Drei Tage verstörende Stille, drei Tage verschlossene Fenster. Das war ungewöhnlich. September war es geworden, und etwas ganz Unaussprechliches mußte sich begeben haben, das Licht in der Schlucht zwischen den Mauern blieb blaß. Die Sonnenstrahlen blieben auf den Dächern hängen und rutschten dann steil an den Fassaden ab. Ich lehnte mich gegen die Balkonbrüstung, wühlte in der Erde und zerfaserte eine arme Blume.

»Er ruft an, er ruft nicht an, er spielt Musik, er spielt keine Musik, er zeigt sich, er zeigt sich nicht, er kommt, er kommt nicht.«

Es war meine Litanei, eine Folge ohne Folgen. Ich nahm das Töpfchen mit der geschundenen Pflanze in die Hand und donnerte es hinunter in den Hof. Ich rief mehrmals bei ihm an, aber nie meldete er sich. Ich bekam es immer wieder nur mit seinem Anrufbeantworter zu tun. Hartnäckig sprach ich ihm aufs Band. Ließ Licht, wenn ich mich ins Bett legte, aber es blieb still überall. Dann stand ich wieder auf meinem Balkon und starrte ins ungewisse Licht, ging wieder hinein und griff noch einmal zum Hörer. Jetzt nahm er ab, ich sagte meinen Namen, und seine Stimme erschien mir mit einem Mal ganz fremd.

»Ich habe zu tun«, sagte er abweisend. Und weil ich weiter schwieg, fügte er brüsk hinzu, als sei dies Erklärung genug: »Der Sommerrausch ist vorbei.«

Er stellte mich vor vollendete Tatsachen. In guten wie in schlechten Tagen.

In meinem Kopf kreisten die Gedanken wie Aasgeier um ihn. Die Bosheiten, die ihm an den Kopf zu werfen ich mir vorgenommen hatte, verwandelten sich am Telefon in hilfloses Verständnis, das fast noch schlimmer war.

»Wenn Leute sich getrennt haben und dann miteinander sprechen, ist es, als würden sie sich gegenseitig verschimmeltes Obst zureichen«, sagte er, und dann legte er ganz einfach auf.

Ein schöner Satz. Ich hielt den Hörer in der Hand wie einen abgenagten Knochen. Beim Echo meiner kläglichen Worte konnte ich seine Entgegnung fast verstehen. Das Boot trieb davon. Was mit mir war, das interessierte ihn nicht mehr. Wahrscheinlich hatte es ihn nie interessiert. Er blieb einsam, wollte es so, und er sammelte Herzen. Er hörte nur seine Musik. Ich hatte es doch die ganze Zeit über gewußt. Warum also war ich jetzt so entsetzt? Vielleicht hatte ich meine Zigaretten zu oft an Kerzenflammen angezündet, und jetzt war der Seemann mausetot. Unsere Rituale galten ihm nichts mehr. Aber daß ich und unsere Gewohnheiten ihm plötzlich egal geworden waren, das war das schlimmste. Nackte Feindschaft, der immer noch gemeinsame Möglichkeiten innewohnten, wäre mir immer noch lieber gewesen als diese Leere, die gleich alles ausschloß. Weiterhin legte ich seine Geschichte zwischen das Hell und Dunkel auf der Wand, das Laut und Leise aus seinen Fenstern.

Rolläden runter und Tür zu, so wie in der Behausung einer alternden Filmdiva, die den Blicken ausweicht, die sie einst berühmt gemacht hatten? Balkonmöbel umstellen, Tisch und Stühle in den toten Winkel? Nebensächlich, ohnehin war es bereits zu kühl geworden, um draußen zu sitzen. Manchmal sah er noch hinunter, aber es war nicht mehr dasselbe. Der bloße Blick genügte nicht – der Blick mußte auch begehren. Die Balkontür wurde zur verbotenen Tür.

Alles oder nichts. Mit den Kategorien Freundschaft und Liebe kam ich hier kein einziges Stück weiter. Wünschte ich mir denn allen Ernstes, daß er weiterhin noch spät am Abend und in der Nacht anrief, um mit atemloser Stimme, mir, voll des Leides und der grenzenlosen Langmut zur besten Freundin, einer Vertrauten aus dem Nachbarhaus, avanciert, von seiner neuesten Flamme zu berichten, und kluge Ratschläge einholte? Man altert um Jahre dabei. Welche Freundschaft hätte das auch sein müssen, eine Freundschaft, die Tod und Teufel trotzt, denn innerhalb von nur wenigen Wochen war er zum Übernachbarn geworden, zum Nachbargott.

Gerade diejenigen, die am lautesten von den Vorzügen offener Beziehungen tönen, pochen irgendwann am entschiedensten auf Liebe und Ausschließlichkeit. Mit der offenen Beziehung, für die sie leidenschaftlich werben, meinen sie in Wirklichkeit nur die zeitweise Erfüllung ihrer eigenen Lust. Also blieb nichts als der scharfe Schnitt, den er eigenmächtig gesetzt hatte, allerdings mit einer Säge, die immer tiefer in meine Nerven eindrang. Er behandelte mich wie eine abgelegte Geliebte – gar nicht mehr. Zwischen uns war nichts Böses vorgefallen. Das war ja das Unerhörte. Auf der Straße lief ich ihm in die Arme: »Was ist denn in dich gefahren, oder besser, aus dir heraus?«

»Laß mich vorbei«, fuhr er mich an.

Er sah mich an, als sei ich eine ganz wildfremde Frau, eine, die er nie zuvor gesehen hatte und die jetzt nur seine Kreise störte. Wortlos ging er weiter, und er lächelte nicht.

»Warte doch mal«, rief ich ihm hinterher. Aber da war er schon in seinem Hauseingang verschwunden. Der Fall war für ihn erledigt. Er würde sich von mir kein verschimmeltes Obst reichen lassen. Er warf auch nicht mehr mit Pflaumen. Die Saison war vorüber. Für ihn. Ich hatte einen ganzen Winter vor mir, um zu vergessen. Der Winter mochte hart werden in diesem Jahr.

Wenn ich es manchmal kaum ertragen konnte, daß er mir fehlte, dann dachte ich an ihn, so wie ein untröstliches Kind an seine abhanden gekommenen Schätze denkt, dachte an das feuchte, still dahingleitende Federvieh auf dem See und an das lärmende in den Dachrinnen, dachte an sein kleines, glänzendes Messingfeuerzeug, das in diesem Sommer ein ums andere Mal zu mir hinübergewandert war, und an die Schallplatten, an zwei Hände mit Zigarette über einem dampfenden Aschenbecher. Ich schrieb zwar tapfer weiter, aber dann strich ich doch alles Geschriebene wieder aus, und wenn mir gar nichts Zusammenhängendes mehr einfallen wollte, stellte ich Listen zusammen, Listen aus Sätzen, die alle begannen mit *ich vermisse*, eine lange Liste von lauter Dingen, die ich zwar gar nicht missen mußte, weil sie auch ohne ihn existierten, aber die stumm blieben ohne ihn. Der andere ist das Wunderwerk, das man selber immer wieder vollbringt.

Wenn ein Einzelgänger einen Einzelgänger trifft, der wieder alleine sein will, weil er auch als Einzelgänger keinen Einzelgänger bei sich haben will, fühlt der Einzelgänger sich doppelt allein gelassen.

Um meine alten Schallplatten kümmerte ich mich nicht mehr, ich würde sie sowieso nicht hören, und so blieben sie bei ihm. Ich dachte, aus Furcht vor dem Ende, *record* heißt ja nicht nur Schallplatte, sondern auch Erinnerung. Bitte, behalte sie!

Ich ging immer wieder hin zum See, alleine. Ich ging immer wieder hin zu diesem Ort, wo ich nach einer Gestalt im Gelände suchte, einer Gestalt mit einem Jackett, das lose um schmale Schultern hing, einer hochgewachsenen Gestalt mit einem Herrenschirm in der Hand. Aber es wollte in diesem Spätsommer nicht mehr regnen. Warum war ich jetzt bloß so überrascht, daß er nicht dort war, wo ich ihn suchte? Ich hatte doch ohnehin nie daran geglaubt. Hatte ihn für mich erfunden.

Ich zog nicht um. Stand am Ufer des Sees und wartete: auf ihn, auf den Regen, wartete darauf, daß ich nicht mehr wartete. Doch beim Anblick der jungen Schwäne übermannte mich wieder alle Zärtlichkeit, die ich für ihn hatte, vielleicht mehr als in seiner Gegenwart.

Meine Perle

Ich war ziemlich erkältet und wollte am liebsten im Bett bleiben, aber es war höchste Zeit zum Gießen in der Nachbarwohnung. Es war wieder Frühling und schon recht warm. Ich wickelte mir einen Schal um den Hals, hüllte mich in den Bademantel, setzte meine Brille auf und ging hinüber. Ich drehte meine Runden mit der dreimal nachgefüllten Gießkanne, dann waren alle Pflanzen versorgt und meine Mission erfüllt. Was jetzt? Der Fernseher meines Nachbarn stand direkt am Bett. Warum nicht ein bißchen fernsehen? Ich war schließlich krank, und fernsehen bringe ich immer in Verbindung mit Kranksein – anschalten, um abzuschalten.

Ich legte mich in die Kissen des abwesenden Nachbarn und drückte auf die Fernbedienung. Da es ein Sonntagnachmittag war, konnte man sich aus etwa neunzehn Zeichentrickfilmen einen aussuchen. Ich rückte die Brille auf der Nase zurecht. Auf dem lokalen Stadtsender pries ein munterer Hobbykoch eine sternförmige Zerkleinerungsmaschine mit Namen Oskar an, mit deren Hilfe sich Äpfel akkurat in acht Achtel zerteilen ließen. Der zu Demonstrationszwecken mit Sicherheit butterweich vorgekochte Fernsehapfel fügte sich spielend den scharfen Klingen der genialen Vorrichtung. Ich sah mich selbst schon mit dem Wunderwerkzeug an der Arbeitsfläche stehen, wie ich mich mit meinem gesamten Körpergewicht auf Gerät und Frucht stemmte, wie der Apfel wegrutschte und ich mit tiefen Schnittwunden in der Küche verblutete.

Herrchen gesucht hieß eine andere Sendung, und da wurde gerade ein altersschwacher, triefäugiger, tauber Mischlingsköter mit Analtumoren feilgeboten, ein Rüde, der an allem, was er für einen Baum hielt, das Bein hob und der, ungeachtet seiner körperlichen Handicaps, das gesamte Studio zusammenkläffte, denn stumm war er trotz allem nicht.

Hübscher war da schon ein Interview mit Helmut und Loki Schmidt. Die beiden sprachen mit dem Moderator über alles mögliche, aber eigentlich ging es nur ums Rauchen, denn die Kamera kam kaum durch den Nebel, und immer, wenn Helmut etwas sagte, hustete Loki, und immer, wenn Loki etwas sagte, hustete Helmut, und man verstand nicht immer alles, was sie sagten.

Dann war das Interview zu Ende. Ich zappte mich weiter durch die Kanäle. Wenn man niemals fernsieht und es dann doch einmal tut, lösen sich schlagartig einige Kommunikationsrätsel. Mir wurde klar, daß ich aus der Sprachgemeinde der Fernsehenden ausgeschlossen war, weil ich mir die regelmäßig wiederkehrenden Slogans der beliebtesten Showmaster entgehen ließ. Ich war also mit den Jahren zu einem Outsider geworden. Vielleicht war das das Alter.

Ich geriet dann per Knopfdruck hinein in eine Rateshow, bei der ein paar schwachsinnige Kandidaten sich von einem noch schwachsinnigeren Moderator Fragen stellen ließen. Welcher Fluß durch Stuttgart fließt? Na klar, die Neckar. Wie schade, daß es nicht der Donau war. Bravo! Jetzt gab es die Schokolade.

Zunächst hielt ich alles, was ich sah, für eine Reihe von Sketchen. Eine ältere Schabracke verriet ihre bewährten Schönheitskniffs. Ich dachte, sie war eben noch nicht in der Maske, und jetzt kommt sie gleich als steiler Zahn ins Bild, aber die Schönheitsfee stellte sich als bereits behandelt heraus.

Bürgerinitiativen schlossen sich mit Politikerkommissionen zusammen, die fürs Fernsehen ausgiebig darüber diskutierten, ob man das ›Neue Kreuzberger Zentrum‹, einen kurz und mit unfreiwilligem Zynismus NKZ genannten Sozialbau, sanieren oder kurzerhand abreißen sollte. In einer Fernsehsendung wurde der Vorsitzende des Mieterbeirats, ein Mieter der ersten Stunde, wie es hieß, darüber befragt, wie er die Situation einschätze. Bunt sei es hier, sagte er, bunt und lebendig, aber ihm war anzusehen, daß ihm die Angst im Nacken saß und er es sich lieber verkniff, sein Unbehagen zu äußern, weil er schon das Messer an der Kehle spürte. Er sagte dann etwas über die Junkies, die sich in einem toten Winkel des Gebäudes ihren Schuß setzten. Die waren zu taumelig, um ihm etwas anzutun.

In einem sich wissenschaftlich gebärdenden Magazin wurde der Charakter einer Person aus deren Handschrift gelesen, so wie aus Kaffeesatz. Demzufolge hatte Claudia Schiffer einen höheren Intelligenzquotienten, als böse Zungen gemeinhin behaupteten. Bei der eingeblendeten Schriftprobe handelte es sich allerdings um große Druckbuchstaben.

Dann wurden arme Kinder gezeigt, mit einer Krankheit geschlagen, die sie lange vor der Zeit wie Greise aussehen ließ. Ich konnte kaum hinsehen, so erbärmlich sahen sie aus. Der Moderator versäumte es aber nicht zu betonen, daß diese Kinder ausgesprochen fröhlich und kontaktfreudig seien und daß sie viele, viele Freunde hätten. Wie schön, daß dieser freundliche Zyniker auch das Elend noch hochjubeln konnte. Ein Blinder konnte sehen, daß diese Geschöpfe lamentabel und tieftraurig aussahen, daß sie Schwierigkeiten hatten, Anschluß zu finden, außer innerhalb ihrer Therapiegruppen, daß sie todgeweiht waren vor der Zeit und daß ihre Eltern, die schon gejammert hätten, wenn ihr Kind nur eine Brille brauchte, sich zehn, fünfzehn Jahre mit diesem Elend auseinandersetzen mußten und sich dabei doch kerngesunde Kinder gewünscht hatten.

Ich zappte weiter, inzwischen ärgerlich, die Knöpfe durch, von eins bis sechsundzwanzig, und dann alles noch mal von vorn. Bei MTV blieb ich so lange hängen, bis mir die aufgekratzten Animateure mit ihren Aufreißerstimmen auf die Nerven gingen. Madonna war gerade dran, die in einer schwarzen Kutte über einen endlosen Sandstrand schwebte, sich zu einem Häufchen zusammenkauerte und sich plötzlich in einen Schwarm schwarzer Krähen verwandelte, die in verschiedene Himmelsrichtungen auseinanderflatterten. Ich mochte die banalen Weisheiten, die Madonna da so von sich gab, sie waren bei weitem noch das Intelligenteste, was ich in den letzten zwei Stunden gehört hatte. Ich fühlte mich plötzlich sexy und klug und irgendwie verbunden mit der blonden Sängerin, die sich in lauter unterschiedliche und eigenständige Wesen auflöste.

Ein Schlüssel wurde in der Tür herumgedreht. Die Tür wurde geöffnet und wieder geschlossen. Ein fremder Mann stand im Flur. Er sah mich im Bett liegen und fragte: »Wie viele Leute haben eigentlich einen Schlüssel zu dieser Wohnung?«

»Ich gieße hier die Blumen«, sagte ich und zog die Decke bis hinauf ans Kinn.

»Das sehe ich«, sagte er.

Ich überlegte, ob ich ihn vom Sehen kannte, aber wenn man lange genug in einer Stadt wohnt, meint man, alle Leute schon mal gesehen zu haben. Eine Weile noch blieb er im Flur stehen und schien dabei zu überlegen, wer von uns beiden wohl hier der Eindringling war. Dann kam er ins Zimmer herein und begann wie selbstverständlich, meine überall ums Bett herumliegenden, vollgerotzten und zusammengeknüllten Taschentücher einzusammeln, um sie in den Papierkorb zu werfen. Seine Arme waren so lang, daß er sich dazu kaum bücken mußte. Er trug ein leicht zerknittertes Jackett, aus dessen Ärmeln die grauen Wollbündchen eines Strickpullovers hervorquollen. Im Flur stand ein dunkelblauer Seesack.

»Stört es dich, wenn ich eine Kochwäsche mache« fragte

er. »Harald hat mir den Schlüssel überlassen, damit ich hier waschen kann.«

Er wirkte zu schrullig, als daß ich mich vor ihm gefürchtet hätte. Das Jackett hatte er inzwischen ausgezogen, der graue Wollpullover mit den wulstigen Bündchen war viel zu groß und zu lang, er schlabberte an seinem Körper herunter, und die viel zu langen Ärmel legten sich an den Handgelenken in Falten, so daß er ein bißchen aussah wie ein spanischer Infant. Da ich hier sowieso illegal fernsah, sagte ich, ich hätte gar nichts dagegen, obwohl ich eigentlich lieber meine Ruhe gehabt hätte und doch gerade nicht hatte sprechen wollen.

»Ich stehe auch gleich auf.«

»Ach was, du mußt liegenbleiben. Du bist doch krank«, sagte er und machte sich an seinem dunkelblauen Seesack zu schaffen.

»Wenn du in der Zwischenzeit was anderes zu tun hast, dann paß' ich auf deine Wäsche auf. Du hast doch bestimmt Besseres zu tun, als zwei Stunden auf deine Hemden zu warten.«

»Was ist schon Zeit«, seufzte er, setzte sich auf die Bettkante und begann seine Wäsche aus dem Sack herauszuholen. »Hast du auch was für sechzig Grad? Was nicht färbt.«

Ich überlegte einen Moment, ob es nicht zu intim sei, meine Wäsche zusammen mit der eines fremden Mannes in einer Trommel zu waschen, aber schließlich hatte ich mich auch einfach so in Haralds Bettwäsche gelegt, und wie oft hatte ich meine Wäsche früher nicht schon den Maschinen öffentlicher Waschsalons anvertraut, in die kurz vorher irgendein Penner seine Dreckwäsche hineingeschmissen hatte. Ich stand also auf, zog mir die Schuhe an und ging kurz nach drüben, um eine Handvoll Socken und Unterwäsche zu holen. Als ich wiederkam, in Schuhen und im Bademantel, stand er barfuß und in langen, grauen Unterhosen da, am Oberkörper schlotterte der graue Strickpullover.

»Ich hoffe, es stört dich nicht, daß ich meine Hosen mitwasche.«

Eine Minute später rotierte die Trommel der Waschmaschine des Nachbarn, der so freigiebig war mit seinen Wohnungsschlüsseln. Wir kauerten vor dem Bullauge und starrten auf die Wäschestücke, die sich umeinander drehten und sich langsam mit dem gurgelnd zulaufenden Wasser vollsogen.

»Als Kind war mein Lieblingsplatz immer auf der Waschmaschine«, begann er zu erzählen. »Da konnte ich stundenlang sitzen, denn am besten war immer der Schleudergang am Ende. Und wenn meine Mutter und meine Tante später die weißen Laken zusammenfalteten, hockte ich mich gern unter diesen Baldachin.«

Sein Lieblingsspiel aber hieß früher Alles-miteinander-Verbinden. Dazu nahm er sich eine Garnrolle aus dem Nähkasten seiner Mutter, ging hinunter in den Hof und knüpfte das Garnende an einen Baum. Dann ging er hinüber zum Zaun und verankerte den Faden im Maschendraht, dann ging er zu einem Auto, knotete den Faden an den Türgriff und so fort, bis der ganze Hof aussah, als sei er von einem dichtgewebten Spinnennetz überzogen.

»Heute würde man solche Kinder zum Therapeuten schicken oder sie für autistisch halten«, sagte er.

Als kleiner Junge konnte er stundenlang in einer Ecke sitzen und seine Hand anstarren, fasziniert von der jähen Erkenntnis, daß man kein einziges Körperteil unbeschadet einfach von sich abnehmen konnte.

»Wie heißt du eigentlich?« fragte ich ihn.

Er hieß Edgar, und er nahm in der obskuren Jobwelt Berlins alle möglichen Arbeiten an, aber er verdiente dabei so gut wie nichts. Er renovierte fremde Wohnungen und kellnerte auf Partys von Freunden und Bekannten, die sich für seine Dienste erkenntlich zeigten. Einmal hatte er sogar als Leichenwäscher gearbeitet, aber nicht sehr lange.

»Das ist ein Job, den man mögen muß«, sagte er.

»Machst du eigentlich alles, was man dir anbietet?«

»Es gibt moralische Grenzen«, sagte er. Einmal, aus Not und ein wenig aus Neugier auch, wie er gestand, hatte er sich ein paar Mark mit Telefonsex dazuverdient. Es machte ihm nichts aus, seine geheuchelte Lust in den Hörer zu hauchen, schließlich blieb er dabei anonym. Das hatte er so lange gemacht, bis er einen Mann in der Leitung hatte, der sich, während Edgar mit seelenloser Routine seine bewährten Sätze ins Telefon säuselte, in eine Erzählung hineinsteigerte, die darin mündete, daß er in Kinderleichen ejakulierte. Als Edgar, der nie so genau zuhörte, begriff, was der Kunde da überhaupt sagte, legte er sofort auf. Eine Zeitlang ging er dann nicht mehr ans Telefon, die Lust an dieser Art von Job, die ja ohnehin vorgetäuscht war, war ihm ein für allemal vergangen.

Edgar griff zur Fernbedienung. Die Sendung mit den herrenlosen Viechern lief immer noch. Gerade wurde ein Pferd mit einer Heu- und Strohallergie angepriesen.

»Kann man das denn eigentlich nicht gleich erschießen?« fragte Edgar und zielte mit der Fernbedienung wieder auf das Gerät.

Inzwischen liefen die Fünf-Uhr-Nachrichten. Bilder von aus den Nähten platzenden Flüchtlingslagern waren jetzt zu sehen. Der Bundeskanzler gab mit getragener Stimme zu bedenken, daß von dem bevorstehenden Militäreinsatz, dieser bedauerlichen, aber doch notwendigen Maßnahme, vielleicht nicht alle Soldaten wieder zurückkommen würden. Da sprach kein belfernder Scharfmacher, er redete bloß dem Gebot der Stunde das Wort, aber in zwanzig Jahren wären diese wenigen Kanzlersätze Archivmaterial, sauber herausgeschnitten aus dem Werberahmen, wo in verschiedenen Clips zufriedene Kinder Sahnejoghurt schlemmten und prominente Sirenen und charmante Fußballer von Shampoos schwärmten, das ihrem Haar noch mehr Sprungkraft verlieh.

Ich lernte an diesem Nachmittag, daß Tagesschausprecherinnen immer Blondinen sein müssen, denn der bösen Fee glaubt man ja lieber nicht, und die böse Fee hat traditionell dunkle Haare. Der Wetterbericht wurde auch immer unseriöser, ein Komiker hampelte vor einer bunten Computeranimation herum, auf der Wolken herumwirbelten und Blitze zuckten. Da sah man doch besser zum Himmel. In der folgenden Spätnachmittags-Talkshow durften sich Teens und Twens, die gepierct waren hier und da, ungeniert und ungebremst über ihre Beziehungsprobleme auskotzen.

»Wenn gleich noch einmal das Wort cool fällt, mach' ich aus«, sagte ich.

»Vielleicht kommt irgendwo Fußball oder Eiskunstlauf, das ist immer noch das reellste.«

Wir sahen noch länger fern. Dann war der Waschgang beendet. Ich sah zu, wie er die Wäschestücke akkurat auf einen Ständer hängte.

»Bist du eigentlich schwul?« fragte ich geradeheraus.

Ja, das hatte er einmal gedacht. Als er im Alter der emphatischen Wahrheitsbegriffe war, hatte er zu Hause die Stunde der Wahrheit einläuten wollen. Der Vater saß auf dem Sofa und las die Abendzeitung. Edgar trank einen Schluck Bier mit seinem Vater, ein Getränk, das er nicht mochte, und schlug die Beine übereinander. Edgar faßte sich ein Herz: »Papa, ich will dir heute etwas Wichtiges sagen.«

Der Vater schwieg. Er schien zu überlegen, was das gleich noch mal bedeutete, homosexuell. Er schien aber nicht darauf zu kommen und auch nicht weiter darüber nachdenken zu wollen, was es denn bedeutete.

»So ist das also, so, so«, sagte er nur. »Willst du eigentlich auch noch ein Bier?«

Aber Edgar hatte noch gar nicht ausgetrunken. Er winkte bloß ab. Dann kam die Mutter ins Zimmer und fragte, was es denn heute abend im Fernsehen gäbe, der Vater sagte »Kulenkampff«, und Edgars Anliegen war vom Tisch. Es kam auch nie wieder zur Sprache.

»Ich habe mich dann meiner Tante anvertraut, die sowieso Bescheid wußte. Einmal, als ich noch recht klein war, spielten die Mädchen aus unserem Haus eine Art Ringelreihen. Ich machte so lange Theater, bis ich mit Hut und Röckchen in der Mitte des Reigens sitzen durfte. Meine Mutter schlug die Hände überm Kopf zusammen und rief, was soll aus dem Jungen bloß einmal werden. Und meine Tante sagte, Tänzer oder Friseur.«

Inzwischen war Edgar sich gar nicht mehr so sicher, ob er schwul war oder nicht, ob er sich als bisexuell bezeichnen sollte oder ob er gänzlich asexuell war. Er drehte nächtliche, schwindelerregende Runden um die Siegessäule, um sich von Zeit zu Zeit des Gegenteils zu versichern, aber ihm fehlte eine Frau in seinem Leben, wie er sagte. Die Schauspielerin Tallulah Bankhead, das wußte er zu berichten, habe nie so recht gewußt, an welches Ufer sie gehörte, und auf die ihr häufig gestellte Frage, ob sie denn lesbisch sei, habe sie einmal geantwortet: »I tried, and I tried, and I tried …« Seit er das gelesen hatte, war ihm die Diva so richtig sympathisch.

Er erzählte auch von seinem glücklich gescheiterten Versuch, eine Therapie zu beginnen, als er einmal ganz am Boden gewesen war. Die Therapeutin war den Fragebogen für die Krankenkasse durchgegangen und an dem Punkt angekommen, wo nach körperlichen Leiden und nach Drogenabhängigkeit gefragt wurde.

»Nein, Drogen in einem strengen Sinne nicht«, hatte er zu dieser Therapeutin gesagt, aber seine Talfahrten seien jedesmal begleitet von hemmungslosem Alkoholkonsum, ein Fläschchen Wein am Abend, das sei gar nichts.

Jeden Tag nähme er sich wieder vor, erst gar keinen Wein einzukaufen, um nichts im Haus zu haben, was ihn in Versuchung führen könne, aber jeden Abend holten ihn dieselbe Schwäche und dieselbe Bedrängnis aufs neue wieder ein, und er kramte hektisch in allen seinen Taschen nach Kleingeld, um bei Nacht und Nebel zur nächsten Tankstelle zu eilen und sich dort das ersehnte Fläschchen abzuholen. »Wer Sorgen hat, hat auch Likör«, hatte er am Ende seiner Beichte geseufzt.

»Es war ein Zitat von Wilhelm Busch, das muß man ja nicht unbedingt wissen, aber diese Transuse mit ihrer Couch hat nicht einmal gemerkt, daß es sich um einen Reim handelte.«

Die Therapeutin nämlich habe immer besorgniserregter ausgesehen, ihn mit weit aufgerissenen Augen angeschaut und ihn gefragt: »Was, Sie trinken jeden Abend eine Flasche Likör?«

Die Suche nach einem geeigneten Therapeuten, das war ihm dabei schlagartig klargeworden, würde schwierig werden.

»Ich habe meine Koffer gepackt und mich in den Zug nach Berlin gesetzt, zuerst nach Kreuzberg, Hausbesetzen war eine tolle Möglichkeit, endlich zu Hause rauszukommen, und als ich dann hier war, erschien es mir nicht mehr so dringend, einen Fachmann zu bemühen«, sagte er. »Das Leben war plötzlich so voller Ereignisse. Ich glaube, Therapien sind ganz überflüssig. Man muß nur oben ganz viel Leben einfüllen, dann fällt unten wieder was raus, und oft fällt dann genau das raus, was einen immer so belastet.«

»Ich finde es nicht schlecht, irgendwo hinzugehen und ungebremst erzählen zu dürfen«, sagte ich, »eine Geschichte als Waffenstillstandserklärung mit sich selbst. Etwas, worüber man erzählen kann, etwas mit einem Anfang und mit einem Ende. Allerdings habe ich das Gefühl, die eine Hälfte Berlins therapiert die andere.«

Er war zwar etwas merkwürdig, aber doch so originell, daß ich dachte, der hat es überhaupt nicht nötig, Hilfe bei Fachleuten zu suchen.

Edgars Hose war inzwischen so gut wie trocken, nur an den Säumen war sie noch etwas feucht. Schon hatte ich mich an seine unablässig rieselnden Geschichten gewöhnt wie an einen Zimmerbrunnen. Bedächtig begann er, sich wieder anzukleiden.

»Ich gehe jetzt«, sagte er. »Zu Fuß durch den Tiergarten.«

Er mußte nach Mitte, wo er eine billige Wohnung hatte. Durch den Tiergarten – da wußte ich schon Bescheid.

Wie Edgar so neben mir saß, dachte ich an all die Abende, an denen mein Großvater im Dunkeln auf meiner Bettkante gesessen hatte und Geschichten erzählte, so lange, bis die Tür zum Kinderzimmer sich öffnete und die Silhouette meiner Mutter oder meiner Großmutter vor dem lichten Rechteck erschien und dem Spaß mit allem Ernst ein Ende setzte. Ich weiß nicht, wer das mehr bedauerte, der Geschichtenerzähler oder ich. Bot ihm an, auch meine Waschmaschine benutzen zu dürfen, wenn der Seesack mal wieder voll sei.

»Na, das war doch ein ganz schöner Anfang, oder?« sagte ich zu Edgar.

»Ja, schon, aber erst, wenn man sich ein zweites Mal getroffen hat, kann man von einem Anfang sprechen«, erwiderte er mit nachdenklichem Gesichtsausdruck.

Da war etwas dran.

Nachdem er gegangen war, zog ich mir die Decke über das Kinn, döste ein wenig ein und träumte, wie er in einem Kapitänsstuhl saß und einen Mantel häkelte.

Ich wußte noch nicht, ob ich ihn ein zweites Mal wiedersehen würde. Aber schon am übernächsten Tag stand Edgar in seinem ausgebeulten Wollpullover vor meiner Tür. Ich war immer noch erkältet. Ob ich etwas aus der Apotheke bräuchte? Ich drückte ihm einen Zehnmarkschein in die Hand, und er kam mit einem Tütchen Halspastillen wieder und mit einem Bund Suppengrün. Ich streckte mich wohlig aus auf dem Bett, während er in der Küche eine Brühe zubereitete. Es brodelte auf dem Herd, und jetzt ging er mit der Gießkanne in meiner Wohnung herum. Wir löffelten die Brühe. Es war unsere zweite Begegnung. Ein Anfang war gemacht.

Mein Nachbar war aus dem Urlaub wiedergekommen. Als ich ihm freudestrahlend von der unerwarteten Begegnung beim Blumengießen berichtete – die Bettruhe in seinen Federn ließ ich aus in meinem Bericht –, kam ihm ein »Na, dann noch viel Vergnügen« über die Lippen. Spaß hatte ich gehabt, in der Tat. Aber der Nachbar setzte eine mitleidige Miene auf.

Edgar stellte sich immer wieder ein. Manchmal kam er jetzt zu mir zum Waschen, mit seinem Seesack, manchmal mit Badezusätzen, um sich in meine Wanne zu legen. Als hätte die Stadt einen unauflösbaren Pakt mit dem Unzeitgemäßen geschlossen, kam seit der Öffnung alles noch einmal wieder: Freunde zogen nach Mitte und nahmen Ganzkörperwaschungen in der Küche vor, in Zinkzubern, mit Seife und Waschlappen, sie atmeten Moder ein, wenn sie mit Kohleneimern in ihre finsteren Keller hinabstiegen. Edgar schien unendlich viel Zeit zu haben und signalisierte mir, daß meine Fenster dringend einen Lappenstreich nötig hätten. Ich blickte auf die Scheiben, er hatte recht, sie waren matt. Da ließ ich ihn putzen, und in den Räumen wurde es heller. Er zog mit einem Fünfzigmarkschein von dannen. Kam in den nächsten Tagen mit knurrendem Magen wieder. Ich kochte Nudeln für uns. Den Abwasch erledigte er. Brachte meinen maroden Computer zur Reparatur und bekam wieder ein Taschengeld. Er liebte es zu erzählen, und ich hörte ihm zu, während er wieder an den Fensterscheiben herumwienerte.

»Die sind doch noch ganz blank«, sagte ich.

Aber er rieb weiter an ein paar Stellen mit Schmutz herum, den ich überhaupt nicht sah. Sollte er meinetwegen dreimal putzen. Von ihm bekam ich Geschichten geschenkt. Schon auswendig kannte ich die Vita seiner Tante Barbara, die per Taxi einmal wöchentlich vom Land in die Kreisstadt Bielefeld pilgerte, um nach beendetem Einkauf eine Mockturtlesuppe im Café Bremer einzunehmen.

Ein paar Tage später stand Edgar wieder vor meiner Tür, mit seinem Seesack, einem Handkoffer und mehreren Schichten von Pullovern und Jacken auf dem Leib. Es war alles, was er besaß.

»Brauchst du vielleicht ein Regal?« fragte er.

Seine kleine Wohnung in Mitte wurde saniert und damit wesentlich teurer, so teuer, daß er die Miete nicht mehr bezahlen konnte. Jetzt stand er auf der Straße und hatte fast seinen gesamten Hausstand an Freunde verschenkt oder auf dem Flohmarkt für Pfennigbeträge verkauft. Ein Regal stand allerdings noch in seiner alten Wohnung, und tatsächlich brauchte ich eins, ich brauchte dauernd ein neues Regal, weil ich mir dauernd neue Bücher anschaffte. Edgar zog los, kam bald darauf wieder und stellte es in meinem Flur auf. Ich überließ ihm mein Sofa, er spülte jetzt regelmäßig Geschirr und überließ mir weiterhin seine ausgefallenen Geschichten. Unausgesprochen blieb, wie lange er bleiben wollte. Er bekam ein Duplikat des Wohnungsschlüssels. Auf dem Küchentisch lagen jetzt lauter Tageszeitungen mit dem aufgeschlagenen Immobilienteil, aber ich hatte den Eindruck, daß Edgar die Anzeigen mit den

Wohnungsangeboten gar nicht las, und eigentlich war mir das nur recht. Ich hatte mich an ihn gewöhnt, ja, er gewann mein Herz. Wenn ich im Bett lag, saß er in langen, weißen Unterhosen auf dem Teppichboden, und die Geschichten gingen ihm nicht aus. Eine Weile gehörten wir zueinander. Irgendwo hatte Edgar einen Fernseher aufgetrieben, und es wiederholten sich die Abende unseres bizarren Anfangs in einem verdunkelten Zimmer, in dem ein Viereck glomm.

Es war Sommer, und die Blüten waren alle aufgegangen. Tagsüber zog Edgar aus, tat geschäftig und hatte doch kein Ziel, aber massenhaft Zeit. Ich wußte nicht, was er den lieben, langen Tag so trieb, aber es gab einen Menschen, der abends immer wiederkam, und wenn er sich einmal verspätete, kam bei mir eine leichte Unruhe auf. Wenn er dann von seinen täglichen Streifzügen durch die Stadt zurückkam, brachte er mir immer etwas mit, hatte in einem Antiquariat ein interessantes Buch aufgetrieben, irgendwo in Pankow noch ein altes Schreibwarengeschäft entdeckt, und er beglückte mich mit Stapeln von Briefpapier, auf denen der Briefkopf eines volkseigenen Betriebes prangte, und mit DIN-A 4-Schreibblöcken, auf deren Deckblatt ein grünes Dromedar abgebildet war. Jahrelang noch schrieb ich meine Sätze auf die Seiten dieser Blöcke mit dem grünen Dromedar auf dem karierten, weichen Papier, in dem die schwarze Tinte versank.

Es wurde Oktober. Für ein paar Wochen fand Edgar einen Job: In den goldenen Herbsttagen stand er noch in der Dunkelheit auf und verließ in einem beigefarbenen Fellmantel und schwarzen Fausthandschuhen das Haus, um auf einem Wochenmarkt Eiswein und kleine, zuckersüße Trauben zu verkaufen, die auf der Zunge zergingen. Er versorgte uns mit diesen prallen Träubchen und mit diesem Eiswein, der sämig durch die Kehle rann und die Glieder bleiern werden ließ. Wir saßen zusammen und tranken diesen schweren Wein, und am Morgen war alles viel schwieriger, als es sowieso schon sein konnte, das Aufstehen und selbst die unbeobachteten, automatischen Handgriffe in der Küche und im Badezimmer.

Dann war die einträgliche Saison der Herbstfrüchte auch wieder vorbei. Das Geld, das Edgar auf dem Markt verdient hatte, gab er mit vollen Händen gleich wieder aus. Er investierte es beim Griechen an der Ecke: Eines Abends hatte er einen Tisch bestellt, und zu unverwüstlichen Sirtakirhythmen wurde ein mehrgängiges Menü aufgefahren. Ich war gerührt.

Es war kalt geworden, scharfe Schatten schlugen gegen die weiße Wand, und Edgar schleppte mir Kohlen. Er hatte noch immer kein eigenes Dach über dem Kopf. Der endlose Berliner Winter hatte gerade erst begonnen, die Gräue, der Frost und die Feuchtigkeit, die Kohlen, Ruß und Asche, rauher Ostwind, kahle Äste und Rollsplit in den Schuhen. Während ich meiner Arbeit am Schreibtisch nachging, verbrachte Edgar die Tage in seinem langen Fellmantel in meiner ungeheizten Küche und bedeckte Zeitungsränder lückenlos mit Zahlen- und Buchstabenkolonnen. Sein Geld war längst wieder alle. Mein guter Hausgeist verwandelte sich mit der Zeit in einen flügellahmen Schutzengel, und der vermeintliche Schutzengel wurde mehr und mehr zum Sorgenkind. Bei mir gab es nicht mehr viel zu verdienen, dreimal Fenster putzen im Monat konnte ich mir auch nicht immer leisten, und notwendig war das schließlich gar nicht. Edgar atmete die ungesunde, feuchte Luft meiner Küche, die nur mit einem Gasofen zu beheizen war, wodurch die Fensterscheiben beschlugen. Er nährte seine Mutlosigkeit. Manchmal, wenn ich keinen Laut aus der Küche hörte, nicht einmal das Rascheln von Zeitungspapier, dachte ich, er sei schon unbemerkt gestorben, und ich erschrak. Dann stand ich auf und ging in die Küche. Dort saß er, nicht tot, aber so, als würde er ganz langsam sterben, bewegte nur die Finger mit dem Kugelschreiber auf dem Zeitungsrand und sah mich nicht an, wenn ich sprach, wandte den Kopf mir nicht zu, wenn er sprach.

»Du hast doch gesagt, du brauchst nur oben etwas einfüllen, und schon geht es wieder«, sagte ich.

So einfach schien es dann aber doch nicht zu sein. Der Mensch war halt doch keine gerade Röhre, wie er behauptet hatte, und auch Edgar, so lang er auch war, war kein Schlauch und schien gar keinen Platz in sich zu haben, wo man etwas einfüllen konnte. Mit seinen Geschichten dichtete er sich ab, oben und unten. Nun hatte er alles mit allem verbunden, und seine Garnrolle war aufgebraucht. Edgars Aktivitäten beschränkten sich aufs Waschen. Er kauerte vor der rotierenden Trommel, starrte ins Bullauge der Maschine und summte dabei gedankenverloren vor sich hin. Am Abend, wenn er sich nicht einmal mehr zum Träumen entschließen konnte, starrte er mit demselben Gesichtsausdruck in das Fernsehgerät.

Als ich ihn wieder einmal fragte, was denn nun mit seinen weiteren Plänen sei, erzählte er mir seinen Traum: Er würde am liebsten auf einem Frachter anheuern, als Hilfsmatrose, als Smutje, als Mädchen für alles das Deck schrubben und nebenbei die ganze Welt sehen. Meine Wohnung war längst zu dem Frachtkahn geworden, auf dem er mit monotonen Putzbewegungen das Deck schrubbte. Oft, wenn er nicht am Küchentisch saß oder vor dem Fernsehgerät, stand er versonnen an meinem Regal und ließ den leuchtenden Globus kreiseln, der zwischen den Büchern stand. Wenn ich ihm meine Monatskarte ausborgte, fuhr er kreuz und quer in der Stadt herum und kaufte den Obdachlosen in der U-Bahn hin und wieder eine Zeitung ab, die er nicht las, und obwohl er selber keinen Pfennig zu verschenken hatte, vielleicht, um sich damit das Gefühl zu verschaffen, immer noch auf der anderen Seite des Lebens zu stehen. Es war vielleicht auch seine Art des Mitgefühls: mit anderen zu teilen, was er selbst nicht besaß.

In den kommenden Wochen saß er ohne einen Funken Ehrgeiz weiterhin in meiner Küche, rauchte eine Zigarette nach der anderen und schlug die Zeit mit dem Kugelschreiber auf Zeitungsrändern tot. Ich selbst wurde dabei mit jedem Tag, der so ins Land ging, geschäftiger. Seine Mattigkeit, eine Lebensmüdigkeit, war mir bestens bekannt. Sie war mir sogar sympathisch, wenn ich an das Leben dachte, das ich selbst zu großen Teilen so erfolgreich aus meinem Alltag ausklammerte, die Geschäftigkeit der Leute, die ganze Betriebsamkeit der Großstadt, die so oft nur als bloße Potenz vor der Tür meiner Wohnung waberte. Doch jetzt, so schien es mir, mußte ich nicht nur gegen meine eigene Schwäche, sondern auch gegen Edgars ganze Lebensuntüchtigkeit ankämpfen. Als die Fleischwerdung meiner eigenen Zukunftsangst zibberte er in der Küche, der Angstgegner, den ich selbst bekämpfte, mit eiserner Disziplin, bewährten Ritualen und der Assistenz von Freunden. Edgar stand am Rand eines Abgrunds, er schlug sich durch mit Hilfe anderer, derer, die seine Geschichten mochten, vertraute auf die Haltbarkeit solcher Situationen, aber unser Rhythmus war nicht mehr derselbe. Mir fehlte die Muße, die er sich in meiner Küche gönnte. Ich wurde ungeduldig. Seinen schönen Kindergeschichten hörte ich schon nicht mehr zu. Ich schaltete ab.

Ich sagte: »Schreib deine Geschichten auf und biete sie an.«

Er tat es nicht. Ich war sein dankbarstes Publikum, und dafür liebte ich ihn ja auch.

Der Nachbar sagte: »Du tust ihm keinen Gefallen damit. So kommt der nie auf die Beine.«

Der Nachbar hatte recht, und der Nachbar hatte unrecht. Edgar, da war ich mir ganz sicher, würde doch immer wieder einen Unterschlupf finden, bei einem Menschen, der ihm zuhörte, jedenfalls für eine Weile. Aus der Küche konnte ich die monotone Stimme eines Fernsehmoderators hören. Da saß Edgar wieder vor dem Bildschirm, ein Ritter von der traurigen Gestalt, für den ich in Wirklichkeit keine Kosenamen mehr fand. Ich hatte Hunger und hob den Topfdeckel. Der Topf war leergekratzt.

»Wo ist die Suppe?« fragte ich.

»Aufgegessen.«

Ich knallte den Deckel auf den Topf.

»Mach die Kiste endlich aus«, brüllte ich und schmiß die Tür zu.

Das unablässige, aufgekratzte Brabbeln der Stimmen aus dem Fernseher verstummte unverzüglich. Ich konnte hören, wie Edgar sich im Flur die Schuhe anzog und nach draußen verschwand. Sofort bekam ich Gewissensbisse. Er war kein Gast, den ich mit Zuvorkommenheit gewähren ließ; er war aber auch kein Diener, der sich nach getaner Pflicht ruhig zu verhalten hatte; er war mir lieb geworden, und ich konnte ihm nicht helfen. Ich verharrte am Schreibtisch, aber dabei schrieb ich gar nichts. Wo war er hin? Es verging vielleicht eine halbe Stunde, dann hörte ich, wie die Tür wieder geöffnet wurde, wie kurz darauf in der Küche hantiert wurde. Eine weitere halbe Stunde später klopfte es an meiner Zimmertür. Edgar steckte den Kopf durch den Spalt und fragte, fast flüsternd, ob ich zusammen mit ihm essen wolle. Er sei einkaufen gewesen.

»Ja«, sagte ich, »eine heiße Suppe. Das wird uns jetzt guttun.«

Dann saßen wir uns gegenüber am Tisch, jeder mit einem dampfenden Teller vor sich. Wir löffelten schweigend.

»Es geht nicht um die Suppe«, sagte ich schließlich.

Am nächsten Tag zog Edgar aus. Ich hatte nicht die geringste Ahnung, wohin er überhaupt gehen wollte, und wahrscheinlich wußte er es selber nicht. Dann stand er noch einmal in der Tür, mit allem am Leib, was er besaß, und händigte mir den Wohnungsschlüssel aus, den ich ihm vor langer Zeit überlassen hatte. Die Tür fiel ins Schloß, und ich hörte noch einmal, wie sich seine Schritte auf der Treppe entfernten. Da tat mir schon wieder leid, was ich gesagt hatte, aber ich hielt ihn nicht zurück. Auf dem Küchentisch lagen die aufgeschlagenen, bemalten Tageszeitungen. Ich nahm die Seiten mit den bekritzelten Rändern in die Hand, breitete sie vor mir aus und versuchte, in den blauen Girlanden aus Zahlen und Buchstaben, die der Kugelschreiber und etliche fröstelnde Stunden in meiner Küche hergegeben hatten, einen tieferen Zusammenhang zu erkennen. Dann betrat ich das Zimmer, in dem Edgar fast ein Jahr zu Hause gewesen war. Sein Bettzeug hatte er abgezogen, gewissenhaft zusammengefaltet und auf die Waschmaschine gelegt. Im Badezimmer lag auch ein altmodischer, ovaler Handspiegel mit einem Rahmen und einem Griff aus Holz. Edgar hatte ihn vergessen. Ich sah hinein, in mein trauriges Gesicht.

Eigentlich suchte der Diener die Liebe. Weil er seine Liebe aber bei keinem Menschen unterzubringen wußte, nicht bei einer Frau und auch bei den Männern nicht, hatte er sich zum Dienen entschlossen. Er wünschte sich einen Menschen, für den er ganz da sein konnte, mit Leib und Seele. Dabei blieb er unberührbar, sich verneigend mit niedergeschlagenen Augen wollte er ein Ergebener sein. Er wünschte sich einen Menschengott, der ihm befahl und ihn beschützte, machte sich zum Sklaven, der seine Haut freiwillig zu Markte trug, um zu dienen, aus einem Mangel an Liebe. Ich war seine Herrin nicht, war nicht seine Geliebte. Ich selbst war es, die diente, solange ich ihn dienen ließ. Aber meine Wohnung war auf die Dauer zu klein für zwei

Menschen, die sich zwar gewogen waren, aber die sich nicht liebten, so wie Liebende sich lieben sollen, doch ohne ihn fehlte mir was.

In der Nacht hatte es geschneit. Ich lag noch im Bett und konnte es sehen, auch mit geschlossenen Augen. Gleichmäßige Helligkeit breitete sich im Zimmer aus. Ich hörte, daß Schnee gefallen war, an den gedämpften Schritten im Hof, am Scharren von Schneeschippen. Ich stand auf und sah aus dem Fenster. Der Winter steht Berlin. Die Hinterhöfe sind nicht mehr grau. Das Weiß macht sie bunt. Schnee fällt leider viel zu selten hier, und noch viel seltener bleibt er dann auch liegen. So selten liegt hier Schnee, daß man glaubt, verreist zu sein, wenn man dann einmal durch die eigene, verschneite Straße geht.

Der Schnee lag zentimeterhoch, Schnee, durch den man stapfen mußte, frischer Schnee auf den Straßen, glatt- und plattgewalzt von Autoreifen, Schnee auf den Gehwegen, der zu behutsamen Bewegungen zwang, Schnee, der einem abverlangte, beim Gehen Arme und Beine anzustrengen und den ganzen Körper, so wie ein Schwimmer im Wasser, der Körper bewegte sich wie ein einziger Muskel.

Auf dem S-Bahnhof Charlottenburg stand ich dann in wetterfestem Anorak und dachte beim Blick auf die Schienen: Endstation Sehnsucht. Als ein Reisender wird man von der Person angesprochen, die mit Lautsprecherstimme den nächsten Zug ankündigt, Reisende Richtung Ahrensfelde nehmen den Zug auf Gleis fünf, und ich fühlte mich wie ein Mensch auf großer Fahrt, dabei wollte ich doch schon nach zwei, drei Stationen wieder aussteigen. Die ratternde Reise runter zum Wannsee dauerte keine zwanzig Minuten. Zwei dick eingemummelte Männer im Abteil, die unter all ihren Schals und Mützen russisch miteinander sprachen, packten Butterbrote aus, und so gemütlich, wie sie sich da auf ihrer Bank einrichteten mit ihren Butterbroten, sah es ganz so aus, als wollten sie bis tief in den Ural. Aber sie kauten ungerührt und stiegen noch vor mir aus.

Ich fuhr bis zum Wannsee und ging die paar Meter hinunter bis zum Ufer. Lauter Menschen in bunten Anoraks sahen aus wie eine Handvoll Konfetti, auf dem Eis nach unten verstreut, das von den vielen Schlittschuhkufen schon ganz zerkratzt war. Unter meinen Füßen platzte das Eis und sah aus wie unverwüstlicher, schwarzer, geäderter Marmor. Ich nahm einen langen Anlauf, breitete die Arme aus, holte einmal tief Luft und glitt über die weite, weiße Fläche.

Da war es wieder, dieses Gefühl des Beginnens, die majestätische Schlichtheit und die Kraft des Anfangs, der Rausch des Neuen.

Als ich wieder zurückfuhr zum Bahnhof Zoo, war es bereits dunkel geworden. Es war einer dieser seltenen, klaren Wintertage mit strengem Dauerfrost, die Propheten der neuesten Nachrichten, die kundigen Meteorologen, sahen kein Ende ab, und die städtischen Verkehrsbetriebe hatten den frierenden Obdachlosen sogar Unterschlupf in den U-Bahnhöfen gewährt. Man konnte es riechen, wenn man die Treppe zu den beheizten Schächten hinunterstieg. Ein Fernzug war gerade angekommen. Weihnachtsurlauber kehrten scharenweise zurück, sie wälzten sich die Treppen vom Bahnsteig hinunter, in die Menschenansammlungen am Fuß der Treppe hinein; sie bugsierten ihre Koffer und Reisetaschen durch die wartende Menge und das dichte Spalier der muden Gesellen, die sich mit vollgestopften Plastiktüten, die ihr gesamtes Hab und Gut enthielten, überall links und rechts in die Ecken der Gänge kuschelten. Der Bahnhof am Zoo war in diesen Wintertagen zu einem Obdachlosenasyl geworden. Ich sah mich um. Unter den Menschen, die sich an die Wände schmiegten, entdeckte ich plötzlich jemanden, der mir bekannt vorkam. Es war Edgar. Eine Veränderung war mit ihm vorgegangen. Er trug noch immer den Fellmantel, aber das Fell war dunkler geworden. Er machte keine Musik, und er bot nichts feil. Ich beobachtete ihn eine Weile. Überlegte, ob ich zu ihm hingehen sollte. Dann wurde der Zug nach Köln ausgerufen. Bedächtig stand er auf und stieg die Treppe zu den Bahnsteigen hinauf. Wieder hielt ich ihn nicht zurück. Vielleicht hatte er einen anderen Menschen in einer anderen Stadt gefunden, wo er Fenster putzen und Geschichten erzählen durfte, jedenfalls für eine Weile.

Wer von uns beiden hatte wen auf der Strecke gelassen? Er mich? Ich ihn? Ich wartete auf meine S-Bahn. Auf dem Bahnsteig, gegenüber, wo die Fernzüge ankommen, stand eine Frau. Ihre beiden Hände steckten in den Manteltaschen, und sie schaute nach links und nach rechts und dann wieder nach links und dann wieder nach rechts. Sie hatte einen Menschen abholen wollen, und der war nicht gekommen. Vielleicht hatte sich aber auch nur einer von beiden im Bahnhof geirrt.

Durch den Bahnhof Zoo weht jetzt zwar ein neuer Wind, aber der strenge Geruch von Dromedaren steht nach wie vor in der Luft. In Berlin ist man zwar nicht am Nabel der Welt, aber dafür ist man in Berlin am Puls der Zeit. Die Stadt bekommt immer mehr neue Bahnhöfe, Aufforderungen aus Stahl und Glas, hier anzukommen –, lauter neue Ankunftsorte, lauter neue Bahnhofsgegenden, lauter neue Anfangsriten. In den Achtzigern wurden die alten Bahnhöfe noch reihenweise in Museen umgewandelt. Jetzt werden sie ganz von alleine dazu.

Listen

Mein Großvater war gerade gestorben. Drei Frauen hockten in seinem Zimmer auf dem Teppich und wühlten in Papieren. Die Unordnung eines Menschen, der diese Welt verlassen und hinter sich gelassen hat, wird plötzlich zu seinem Ordnungssystem.

Lange fanden wir die Geburtsurkunde nicht, die der distinguierte, mit fremder Leute Trauer vertraute Herr vom Bestattungsinstitut von uns verlangt hatte. Zu dritt saßen wir auf dem Teppich, meine Großmutter, die immer wieder etwas zerriß, meine Mutter, die immer wieder etwas zusammenknüllte, und ich. Die Suche nach dem fraglichen Dokument hatte ich bald vergessen. Ich blätterte. Blätterte in schwarzen und blauen Schulheften im Format DIN-A5. Auf jedem Etikett stand der Name Moscherosch geschrieben, und die Hefte waren alle durchnumeriert. In den Heften standen lauter Wörterlisten.

Als ich wieder nach Berlin zurückfuhr, nahm ich diese schwarzen und blauen Hefte an mich. Das Bündel füllte fast meine ganze Reisetasche aus. Solche Hefte gibt es heute nicht mehr zu kaufen, ich wüßte jedenfalls nicht, wo. Heutzutage sind die Umschläge für die Schüler mit Comicfiguren oder den Stars der gerade angesagten Boygroups versehen. Die linierten Seiten dieser altmodischen, schwarzen und blauen Hefte hat mein Großvater mit einem Kugelschreiber oder einem weichen Bleistift beschrieben und dabei so fest aufgedrückt, daß die Buchstaben auf dem Papier wirken wie in Stein geritzte Runen. Er hatte schon als junger Mann unsichere Hände, sie zitterten, vor allem dann, wenn er sich beobachtet fühlte. Immer hatte er es so einzurichten vermocht, daß niemand ihm beim Schreiben zusehen konnte. Überweisungsformulare füllte er schon zu Hause aus, nicht erst am Schalter der Bank, wo man ihn kannte und ihm vertraute, und statt Briefe zu schreiben, telefonierte er lieber. Seine ungeschickten, unsicheren Hände wußte er geschickt unsichtbar zu machen. Er hatte eine strenge Erziehung genossen. Dem Daumenlutscher wurde kurzerhand Senf auf den Daumen gestrichen. Aus zarten Jungen sollten harte Männer werden. Doch wenn ich sah, wie er trank, wurde er wieder zu einem Kind. Er hielt die Tasse mit beiden Händen fest, um nichts zu verschütten, und beim Trinken legte er den Kopf in den Nacken. Diese unfreiwillige Geste, eine Vorsichtsmaßnahme, sie rührte mich.

Der menschenscheue Großvater profitierte von dem Respekt, der Menschen entgegengebracht wird, die sich mit gerunzelter Stirn über Papiere beugen. Wenn der Großvater an seinem Schreibtisch saß, einem Schreibschrank aus dunklem Holz, dessen Klappe man aufschließen und herunterlassen konnte, wenn er dort, an dieser heruntergelassenen Schreibtischklappe, saß und über Papier gebeugt Wörter unter verschiedenen Gesichtspunkten in einen ungewöhnlichen Zusammenhang brachte, wurde er von allen in Ruhe gelassen. Sein Schreibschrank wurde nicht entrümpelt, obwohl er so abgenutzt war, er blieb an seinem alten Platz stehen, so, als würde der Großvater ein zweites Mal sterben, wenn man ihn endgültig wegwerfen würde.

•

Moscherosch: Ich bemühte das Konversationslexikon. Moscherosch, ein Dichter des Frühbarock, Johann Michael Moscherosch, im 17. Jahrhundert als Mitglied einer barocken Sprachgesellschaft einflußreich tätig. Ihm verdankt das Spiel mit den Wörtern seinen Namen: Moscherosch.

Dieser Listentick meines Großvaters war weniger das Gedächtnistraining eines Menschen, der seinen Geist wachhalten will, als Rückzugsmöglichkeit und Sammelleidenschaft zugleich. Der Großvater war ein Sammler, der nichts besaß. Er erfand die Wörter nicht, sondern sammelte sie auf wie bunte Herbstblätter. Es war ein erschwingliches Hobby, das er sich da zugelegt hatte. Ein kleines Heft kostete nur Pfennige. Er brauchte keine speziellen Alben wie die Briefmarkensammler, keine Vitrinen wie die Liebhaber von Sammeltassen. Vollendung gab es nicht, denn Sammler werden niemals fertig. Beim Sammeln von Wörtern hatte er immer ausgeklügeltere Ordnungskategorien ersonnen. Es gibt in den Heften eine Liste der unnützen Dinge, eine andere gilt den schönen Knaben der Antike. Eine Liste trägt den Titel *Reise*. Unter C steht Cognac, unter W Wolldecke und unter Z Zahnputzzeug – da hatte er gleich dreimal ein Z. Zu X und Y war ihm zwar nichts eingefallen, aber ich sah ihn regelrecht vor mir, wie er einen kräftigen Schluck aus der Cognacflasche nahm, um aufkommender Reisenervosität vorzubeugen. Cognac: Nicht *Getränk*, sondern *Reise* lautete das Thema. Unter der Überschrift *Zweimal ei* las ich: Gleisdreieck, Kleingeister, Zeitvertreib. Wenn er etwas über die Karpaten gelesen hatte oder über Weinbaugebiete, dann führte dies bei ihm nicht zu weiterer Wissensvertiefung, sondern hinein in eine neue Liste. Er hatte alle Gebirge des Erdballs von A bis Z neu angeordnet, alle Wörter, die ihm zum Thema Weinbau einfielen, alphabetisch sortiert, ein unermüdlicher Noah, der seine Arche mit merkwürdiger enzyklopädischer Gier füllte. Etymologische Lexika und dicke Schmöker mit Titeln wie ›Die Wurzeln der Sprache‹ las er in einem Zug durch, und das manchmal mehrmals hintereinander, so wie andere Leute Romane. Mein Großvater war ein Sammler. Auch Vögel sind solche Sammler, sie fliegen herum und suchen nach Brauchbarem, wenn sie dabei sind, sich ein Nest zu bauen. Vielleicht wollte er irgendwo ankommen, aber konnte nicht aufhören mit seinem Spiel. Die Listen kamen mir vor wie Reihen erschrockener Wörter, wie zerbrochene Geschichten. Vielleicht war sein Listenspiel die Suche nach der Gewißheit, daß das unbeständige Leben, solange man es lebte, doch nach einer bestimmten Ordnung verlief.

Stadt, Land, Fluß: München hat die Isar, Budapest die Donau, Prag die Moldau, Rom den Tiber. Sankt Petersburg die Newa mit Brücken, die sich mitten in der Nacht alle gleichzeitig für zwei Stunden öffnen, damit die großen Schiffe die Stadt durchqueren können. Paris definiert sich über den Fluß, die Seine teilt die Stadt in zwei Ufer, rive droite und rive gauche, und damit geradezu in zwei gegensätzliche Lebensphilosophien. Berlin hat die Spree, aber die fließt eher unbemerkt darin herum. Was für andere Städte ein Fluß, das ist für Berlin die Trasse der Stadtbahn. Sie führt quer durch die Innenstadt, überquert die Nebenstraßen des Kurfürstendamms und schiebt sich durch die Steinschlucht auf der Museumsinsel. Die immer höhere Zugdichte auf der Ost-West-Trasse mag so manchen Bewohner eines direkt an die Bahnstrecke angrenzenden Hauses zum Umzug bewogen haben. Wenn man in einem der nach frischer Farbe riechenden Restaurants unter der S-Bahn in Mitte sitzt und alle fünf Minuten sein Glas festhalten muß und gezwungen ist, die Stimme zu erheben, dann muß man Züge schon sehr mögen.

Früher waren es in erster Linie die alten S-Bahnen, die mit sägendem Geräusch über die Schienen fuhren, und nur hin und wieder ein Fernzug. Heute sind es viele Fernzüge, Intercityzüge, in denen man immer noch rauchend im Gang stehen kann und winken, und der neueste Hochgeschwindigkeitszug, viele rote Regionalbahnen, Doppelstöckiges und schwere Dieselloks auf dem Weg nach Osten, die rußige Eisenbahn nach Warschau, die ihrem Namen geräuschvoll noch alle Ehre macht, durchfährt die Innenstadt von Berlin jeden Tag um Viertel nach sieben. Mit diesem Zug nach Warschau, der jeden Tag um die gleiche Zeit durch die Berliner Innenstadt über die Bahnschienen rollt, sind meine Großeltern nie gefahren. Die Stadt, in der sie sich einst kennengelernt hatten, in der sie ein Jahrzehnt gelebt hatten, haben sie nie wiedergesehen. Nicht sie, sondern andere, Leute aus ihrem Bekanntenkreis, schlossen sich organisierten Busreisegruppen an, um die Orte noch einmal zu begehen, an denen sie vor Jahren und Jahrzehnten gelebt hatten. Die Nüchternen kamen als vollständig Ernüchterte zurück und berichteten, daß sie an ihrer alten Adresse geklingelt hatten, wo ihnen eine Frau öffnete, die gerade am Staubsaugen war. Diejenigen, die noch einmal rüberfuhren, hatten sich trotz allem besser in der Bundesrepublik zurechtgefunden. Sie hatten es zu neuem Grundbesitz gebracht, Häuser gebaut, berufliche Schlüsselpositionen erlangt. Sie hatten leichter Wurzeln geschlagen als meine Großeltern oder waren einfach nur weniger sentimental als sie. Als ich ihnen einmal einen Stadtplan von Warschau unterbreitete und nach den Orten auf dem Plan fragte, an denen sich ihre Geschichten abgespielt hatten, saßen sie achselzuckend über dem Gewirr von Linien und bunten Flecken, nichts erkannten sie wieder. Die Straßen hatten mit den Machthabern die Namen gewechselt, und sie starrten auf den Plan wie auf die unbeweglichen, stillen Wasser einer Talsperre, in denen eine ganze Gemeinde geflutet und untergegangen war. Und zwischen ihnen und den Leuten aus dem Städtchen, in das es sie verschlagen hatte, lagen Welten: »Ins Nichts sind wir hineingefahren damals.«

Während sich viele andere Flüchtlinge in der niedersächsischen Erde verwurzelt hatten wie Zuckerrüben, war ihre Welt brüchig geworden, und sie sprachen noch immer so wie Menschen, die allein unterwegs waren mit einem schweren, vollgepackten Köfferchen unterm großen Himmelszelt.

Wären die beiden aber doch noch nach Warschau gefahren, dann hätte die eigentliche Zerstörung der Stadt durch den Krieg mit einem halben Jahrhundert Verspätung für sie stattgefunden. Keine zehn Pferde hätten sie wieder dorthin zurückgebracht in das Land, in dem sie ihre schönste Zeit verbracht hatten: jung und verliebt.

Es gab zwei Warschaus, beide nicht begehbar; ein Warschau stand auf einem vergilbten Wunschzettel, ein anderes Warschau stand auf dem Index. So lebten sie in ihren Erinnerungen in einer erfundenen Welt aus lauter Ausdrucksweisen, aber ich bin mir sicher, mein Großvater hatte auch früher schon in einer sehr begrifflichen Welt gelebt, die Sprache trat an die Stelle von Zinnfiguren und Teddybären.

Aufgewachsen war er in Lodz, zusammen mit einem älteren Bruder und der Mutter. Ich hatte sie noch gesehen, sie lag in einem Krankenbett aus Metallrohr, immer regungslos und flach auf dem Rücken, schon wie aufgebahrt. Nur manchmal saß sie mit am Tisch und aß wenig, mit langen Zähnen. Ihre wortkarge Anwesenheit hatte nicht nur auf mich eine einschüchternde Wirkung. Wenn sie überhaupt etwas sagte, war es eine Kränkung, so treffsicher, daß keiner mehr an den alten, schwachen Körper glauben mochte, der wenig später wieder in aufgeschüttelten Kissen versank. Das demonstrativ zur Schau getragene Unglück in jeder ihrer Gesten, die kränkende und gekränkte Stimme, die lebenslänglich schwarze Kleidung, die streng zu einem grauen Knoten zurückgerafften Haare taten unmißverständlich kund, daß jedermanns Wohlbefinden unverdient war. Wer es dennoch wagte, sich des Lebens zu freuen, der versündigte sich. Empfundenes Unglück war in ihr zur Objektivität erstarrt. Ironie kannte sie nicht, für sie war alles und jedes restlos ins Dasein gebannt. Keiner empfand Mitleid oder Haß, nur Ärger über ihre zur Schau getragene Verbitterung, die zu einer Lebenshaltung erstarrt war, aber keiner sagte ein Wort. Die Söhne, inzwischen selber Väter, schluckten ihren ganzen über die Jahre angestauten Groll darüber herunter, daß es diese Frau bis zum heutigen Tag immer wieder schaffte, durch ihre bloße Anwesenheit jene Beklommenheit aufkommen zu lassen, die sie als Kinder geplagt hatte.

In Lodz lebten sie zu dritt von einer kleinen Witwenrente. Der Vater war im Ersten Weltkrieg russischer Soldat im Kaukasus gewesen, und bald nach seiner Heimkehr war er an der Malaria gestorben. Er hatte als Buchhalter in einer der Textilfabriken in Lodz gearbeitet. Die Wohnung auf dem Fabrikgelände hatten die Witwe und die beiden Söhne nach seinem Tod behalten können. Das monotone Geratter des rastlosen Hin und Her der Webschiffchen riß auch des Nachts nicht ab. Die Witwe war eine junge Frau Anfang Dreißig, die aus schwarzen Kleidern und schwarzen Strümpfen nie mehr herauskam. Spielzeug besaßen die Brüder nicht, Kinderspiele waren vergeudete Zeit. Sie verdienten sich Taschengelder, das ersetzte ihnen das Spiel. Gustav sang im Kirchenchor, das kostete nichts, später spielte er auf der Geige in den Stummfilmkinos der Stadt. Erich versorgte sich mit Lesestoff aus der Leihbücherei, sobald er lesen konnte, und weil er ein guter Schüler war, erteilte er den Schülern aus den unteren Klassen Nachhilfeunterricht. Zu Hause gab es nur ein Buch, die Lutherbibel, daraus wurde ihnen jeden Morgen und jeden Abend vorgelesen, es gab hausgemachte Haarschnitte, endlos verlängerte Hosenbeine mit Jahr für Jahr neu angesetzten Stoffstreifen, endlos verlängerte Suppen, immer wieder Suppen, Tag für Tag, und dann die Hänseleien der Mitschüler, die es sichtlich besser hatten.

Aber diese in Einschränkungen denkende Frau hatte vielleicht doch einmal heimliche Vorlieben gehabt: Ihre Söhne hießen nicht Friedrich oder Wilhelm, Modenamen damals, sondern hatten skandinavische Vornamen bekommen, Erich und Gustav. Unterwürfigkeit und Bescheidenheit, verteidigt wie gottgegebene Tugenden, verbargen die Not, die sie am Traum von einem besseren Leben litt. Ihr lebenslänglicher Verzicht hatte dem Zweck gedient, das Geld zusammenzuhalten, um das Studium der Söhne zu bezahlen.

Sie waren ein Ersatz und etwas Reales zugleich, diese Wörterhefte, zum privaten Gebrauch bestimmt, zweckfreie, selbstverfaßte Wörterbücher in vier Sprachen: Deutsch, Polnisch, Russisch und Lateinisch, das er am Gymnasium unterrichtet hatte. Er erzählte Geschichten, aber er schrieb keine von ihnen auf, aus Mangel an Disziplin vielleicht, und wenn Disziplin eine Eigenschaft der Erwachsenen ist, dann blieb es für ihn beim kindlichen Spiel mit den Wörtern. Was war für ihn die Zeit? Listen sind Wunschzettel und Bestandsaufnahmen. Wären Menschen anders, wenn ihnen nicht der Zeitbegriff ins Gehirn gestoßen worden wäre? Keine behindernden, sentimentalen Erinnerungen und keine zu enttäuschenden, großen Erwartungen mehr, keine Vergangenheits- und Futursätze, die die Grammatik verkomplizieren und das Leben? Selbstvergessen und in sein Spiel versunken, erschien er mir, als ich in den Heften blätterte, wie ein Kind, das nur die Gegenwart kennt, ein Kind, das bitterlich losweinen kann, aber mit ein wenig Phantasie genauso schnell wieder zum Lachen zu bringen ist. Der Großvater befaßte sich mit den einzelnen Wörtern, so wie man Kinder auf langen Autofahrten beschäftigt, mit Wortspielen, damit sie nicht ungeduldig und quengelig werden. Es war sein Kofferpacken ad infinitum. Es war ein Spiel, ein bißchen so wie Sex – man findet kein Ende und kommt doch zu keinem Ergebnis.

Mein Großvater hat im Laufe seines Lebens viele Kreidestücke an Schultafeln verschrieben. Gefragt, wie lang die Tunika eines römischen Imperators denn gewesen sei, konnte er zwar keine exakten Zahlen nennen, dafür holte er zu einer großen Geste aus und sagte: »Die Tunika war so lang, daß die Sklaven dreimal um ihre Herren herumlaufen mußten und ihnen schwindlig wurde, bis sie vollständig um sie herumgewickelt war.«

Wenn er von diesen alten Zeiten erzählte, glaubte man, er sei in einem früheren Leben selber ein Einwohner des antiken Rom gewesen, dabei hatte er die Stätten, die er so trefflich beschreiben konnte, zu Lebzeiten nicht einmal bereist. In seiner Imagination war Rom ebenso präsent wie das Warschau seiner Erinnerung. Die Antike, von der er so gern erzählte, war eine in sich abgeschlossene Welt in sicherer Entfernung, auf die er sich deshalb einlassen konnte. Es war die vor Zeiten abgeschlossene, überschaubare Geschichte, in der selbst größtes Blutvergießen, Christenverfolgungen und andere Massenhinrichtungen ihren Platz hatten und von denen der Ruch des Barbarischen genommen worden war.

Die Geschichte produziert Zeitgenossen, deren Lebensläufe merkwürdige Extreme enthalten: dableiben oder flüchten, leben oder sterben, zwei Pole, zwischen denen der Alltag verborgen bleibt. Mein Großvater hat im Laufe seines Lebens drei verschiedene Pässe besessen, ohne daß er jemals einen davon beantragt hatte, zuerst einen russischen, dann einen polnischen und schließlich einen deutschen. Er war in Lodz als Untertan von Zar Nikolaus dem Zweiten zur Welt gekommen. Die komplizierte polnische Geschichte mit ihren vielen Teilungen habe ich nie ganz begriffen, wenn er sie mir immer wieder zu erklären versuchte. In einem Geschichtsatlas zeigte er mir bunte Landkarten, auf denen dicke, verschiedenfarbige Pfeile schwungvoll wie Sternschnuppen von einem Staat in den anderen, von Ost nach West schossen.

Flüchtlinge sind Habenichtse, von ihnen ist nichts zu erwarten. Im winterkalten, kriegszerstörten Deutschland waren Leute wie meine Großeltern nicht sehr willkommen. Zuerst hausten sie in einem Barackenlager, dann wurde ihnen eine kleine Wohnung zugewiesen, in einem niedersächsischen Kaff, das sie nicht ausstehen, aber sich nicht aussuchen konnten. Sie waren Großstädter, die es in die Provinz verschlagen hatte. Meine Großmutter wurde nicht mehr als Frau Studienrat angesprochen; jetzt war sie für die Nachbarn die Rothaarige.

Die weinerliche Litanei von Rittergütern und verbuddeltem Familiensilber fielen den Kindern von Vertriebeneneltern, die sie immer wieder über sich ergehen lassen mußten, schnell auf die Nerven. Ein betroffener Freund hatte noch als Jugendlicher ein verwackeltes Amateurfilmchen über den Flüchtlingstreck aus dem Osten gedreht, in dem notdürftig verkleidete Flüchtlinge am Stadtrand von Bielefeld ununterbrochen und gebrochen das Wort ›Heimat‹ ausstießen. Handkarren, Leiterwagen und sogar ein Ackergaul wurden mobilisiert, und ein hochgewachsener, breitschultriger Bekannter des filmdrehenden Freundes, der einen langen, schwarzen Ledermantel besaß, mußte einen Russen spielen, der jemanden erschoß und sich dann über eine mit Kopftuch und lauter weiten Röcken ausstaffierte Frau warf, die wimmernd in einem Straßengraben lag. Er zeigte mir das Machwerk, und ich lachte von Herzen. Aber darf man Opfer auslachen? Die reaktionäre Folklore der Ostvertriebenen erlaubte es. Wenn ich lachte, so nicht über die Opfer dieser Geschichte, sondern über die so perfekt getroffene Karikatur der weinerlichen Litanei auf Super-Acht.

Gemütliche Gemeinschaftsabende mit Heimatklängen waren meinen Großeltern gottlob ein Graus. Ihre ausgesprochene Abneigung gegen jede Art von Verein bewahrte sie auch vor heimattümelnder Bündelei. Dafür war das Schicksal der Juden ein Reizthema für sie. Sie beargwöhnten es mit Eifersucht, denn sie sahen sich selber als Opfer der Geschichte, Opfer einer historischen Logik, die sie jedoch zu Tätern machte, weshalb sie sich von der Geschichtsschreibung um den Respekt vor ihrem Flüchtlingsschicksal betrogen fühlten. Die Täter, zu denen sie somit gehörten, hatten kein Recht zu klagen. Die Bündelnden machten das unter sich aus, eine öffentliche Debatte gab es nicht, und was dabei herauskam, war diese Folklore, die zu Späßen einlud.

In streitlustigem Alter warf ich meinen Großeltern vor, nicht jemand Unbestechliches mit Flugblättern gewesen zu sein. Da verlangte ich aber auch ziemlich viel von ihnen. Meinem Großvater blieb nichts anderes übrig, als seine Kriegserlebnisse zur individuellen Heldengeschichte zu machen. Die bloße Tatsache, mit heiler Haut da herausgekommen zu sein, ernannte ihn zum Helden, allerdings einem zweifelhaften. Als Kriegsheld sah er sich nicht, und so begann seine Geschichte mit dem schüchternen kleinen Jungen in abgetragenen Hosen, der irgendwann eine Uniform anziehen und in rauhes Kriegsgeschrei mit einstimmen sollte. Der Krieg schrieb die Geschichte seiner Ängste und seiner Tolpatschigkeit, hatte ihn zu einem Narren gemacht, nicht zu einem Helden. Das war seine Art der Grenzziehung.

Meine Großmutter hatte an eine Tageszeitung geschrieben. Ob sie ihre Geschichte als Fortsetzungsroman haben wollten. Schon wieder eine dieser Litaneien von strengem Frost, verbuddeltem Familiensilber und letzten Habseligkeiten. Sie bekam das Manuskript zurück. Ihre Erinnerungen fanden zu keiner eigenen Sprache; sie zog die klappernden Register des Klischees. Da war mein Großvater mit seinen Listen besser dran.

Politik läßt sich offenbar nur mit Zugehörigkeitskategorien machen, und meinen Großeltern schien nie ganz klar zu sein, an welche Vaterlandslogik sie glauben sollten. Wenn sie von ihrer einstigen Heimat sprachen, meinten sie ganz bestimmte Bilder; sie sagten Heimat und meinten Kindheit und Jugend und die Zeit, in der das Leben scheinbar noch ein prallvoller Sack Möglichkeiten gewesen war. Mit Politik hatte das alles nichts zu tun. Mitunter kam den Großeltern zwar das Wort ›Polaken‹ über die Lippen, abfällig konnten sie sich äußern über die polnische Wirtschaft, die polnische Loddrigkeit allerorten, ein Wort, das sie gern benutzten für das Verwahrloste, das sie damit meinten und ablehnten, sprachen mit Ekel von den Spucknäpfen an den Eingängen öffentlicher Gebäude, mit Todesverachtung vom Slang, der in Lodz gesprochen wurde, aber wenn die polnische Putzfrau mit wasserstoffblonden Haaren und rosa Kittelschürze zu uns ins Haus kam und ihre feudelnde Akrobatik am Fensterkreuz vollführte, freuten sie sich über ihr Temperament und darüber, wieder einmal polnische Sätze sprechen zu können, und benutzten dabei mit Freuden die untergegangenen Wörter. Über in polnischer Sprache verfaßten Briefen, die ihnen Freunde und Bekannte hin und wieder zum Übersetzen mitbrachten, brüteten und brüteten sie. Mit der polnischen Putzfrau unterhielten sie sich in einer Märchensprache, gültig für Erinnerungen und Anekdoten. Sie erinnerten sich auf polnisch an ihre Jugend; in der Sprache ihrer Jugend sprachen sie über ihre Jugend. Sie war, wie das Lateinische, herausgenommen aus der Geschichte.

Ins leichte Gepäck der Flüchtlinge gehören immer Kochrezepte. Noch sehe ich die beklommenen Gesichter meiner Freundinnen, die nach der Schule zum Mittagessen mitkamen und sich vor einem Teller mit schwerer, dicker Suppe nach polnischem Rezept wiederfanden. Borscht, Schlesisches Himmelreich, Bigosz, Sauerampfersuppe und

Schwarzsauer, eine Suppe aus dunklem, geronnenem Gänseblut, vor der auch ich kapitulierte. Ich mochte diese Suppen zwar, aber ich hatte ständig eine verbrannte Zungenspitze, weil ich so schnell aß, damit das Fett nicht erstarrte, keine Fettaugen den Gaumen verkleisterten.

Die polnische Putzfrau jetzt weinte fast vor Freude, wenn sie fern der Heimat diese nahrhaften Suppen vorgesetzt bekam, aber meine Großmutter machte beim Essen ein trauriges Gesicht, denn so wie damals konnte es natürlich nicht mehr schmecken.

Meine Großeltern verhielten sich stets wie Fremde im eigenen Land. In Polen hatten sie auf ihre deutschen Ursprünge gepocht, in der Bundesrepublik betonten sie ihre östliche Herkunft. Die Trauer um fehlendes Heimatgefühl, um die Entwurzelung, nahm ich ihnen immer weniger ab, ja, ich fand, die Wehmütigkeit wurde mitunter sogar kokett, wenn sie sich den Berichten derjenigen verschlossen, die von ihren Polenreisen berichteten, und es machte mich wütend, wenn sie noch ihre Enkel als Flüchtlingskinder bezeichneten. Sie heulten nicht mit den Wölfen, aber ihr erklärtes Anderssein war ihnen zu einer zweiten Natur geworden. Die Sehnsucht nach Heimat war zwar ein stetes Thema, aber indem sie von den Verlusten sprachen, sagten sie die ganze Zeit, wie stolz sie eigentlich auf ihr Anderssein waren, darauf, sich zu unterscheiden, durch Geschichte, durch großzügige Gesten und durch die Sprache.

Während mein Großvater Wörter untereinander-, aneinanderreihte, schien er nach etwas zu suchen, was er nicht fand. Die Wörterlisten meines Großvaters waren wie Brücken hin zu einer Welt, die unerreichbar war, viel unerreichbarer als ein Ort, ein Name auf einer Landkarte. Sie führten aus einem existentiellen Mangel heraus, und sie waren Verbindungen zu allem, wovon er jemals getrennt worden war. In der Nacht, wenn ich nicht schlafen konnte als Kind, dann trat ich an sein Bett, und dann stand er auf und nahm mich auf seinen Arm, dann ging er bis hin zum Fenster, es waren kalte Winter, und dann malte ich mit dem heißen Finger ein paar Buchstaben an die beschlagene Scheibe. Hinter der Schrift, auf dem Arm meines Beschützers, wurden die Sterne am Himmel sichtbar. Dann brachte er mich ins Bett zurück, und ich war ohne Angst.

Nach der Beerdigung meines Großvaters bekamen wir von Verwandten und Bekannten lauter Photos zugeschickt. Sie alle zeigten das Grab, das mit Blumengebinden überhäuft war, Photos, als könne man jemanden durch all das Geknipse wieder zum Leben erwecken. Nun war er tot, das war unwiderruflich. Ich blätterte in seinen Heften, und ich trauerte.

Zwischen halb ausgedrückten Uhutuben, ausgeschnittenen Zeitungsartikeln, Kladden voller gepreßter Herbstblätter, ausgedörrten Filzstiften, Schächtelchen mit abgestempelten Briefmarken, mit Büroklammern und Knöpfen, mit Schlüsseln, die in kein Schloß mehr paßten, uralten und beglichenen Rechnungen, losen Zetteln und den Heften mit den Listen fand meine Großmutter schließlich die fragliche Geburtsurkunde. Aber der sonst so distinguierte Herr vom Bestattungsinstitut blickte irritiert auf das Papier. Die kyrillischen Buchstaben, die darauf zu sehen waren, konnte er beim besten Willen nicht entziffern.

Die Listen in den Vokabelheften liefern Stichwörter, zu denen man sich etwas ausdenken kann. Sie sind das Ordnungssystem eines Universums, das sich ins Unendliche erstreckt. Es sind lauter neue Anfänge.

Ordnungsliebe

»Du alte Schlampe«, hatte meine Mutter jeden Morgen ausgerufen, liebevoll zwar, aber dennoch, sie hieß mich eine Schlampe, wenn sie in mein Zimmer kam, wo die Klamotten vom Vortag verstreut auf dem Teppich lagen, wie ich sie ausgezogen hatte, auf links gewendet.

Höchste Zeit, sich eine eigene Wohnung zu suchen, wenn die eigene Ordnung von den Eltern immer noch als kindliche Unordnung bezeichnet wird. Ich hatte doch längst meine Ordnung, nur bemerkte sie keiner. Mein Vorbild dabei war immer Pippi Langstrumpf gewesen. Es galt als ein schlechtes Vorbild, das wilde Mädchen aus der Villa Kunterbunt. Dabei hatte gerade diese Göre, die sich selber Schläge androhte, wenn sie einmal ihre Bude nicht aufräumte, Ordnung in mein Leben gebracht. Sie war es, die mir vormachte, wie es gehen konnte, allein und entschlossen.

Unordnung, ein großes Thema meines Lebens. Ich war ein unordentliches Kind gewesen, und der historische Schritt zu einer ordnungsliebenden Erwachsenen war in meinem Leben nicht erfolgt. Sicher, hin und wieder packte es mich, und ich räumte. Aber den guten Haushalt würde ich nie führen. Überall stapelten sich Bücher, abgewaschen wurde nicht regelmäßig, Ecken wurden nicht gefegt. Früher hatte ich mich noch für die Unordnung entschuldigt, wenn Gäste kamen. Das ließ ich längst bleiben. Es war zwar unordentlich, aber nicht schmutzig. Man mußte manchmal die Füße heben und über etwas steigen, aber man blieb nirgendwo kleben, das war der Unterschied zwischen einer Schlampe und einer ganz üblen Schlampe. Aber warum gibt es ordentliche und unordentliche Kinder, und warum ist aus mir bloß so eine Schlampe geworden? Es gibt Leute, die besitzen sogar einen stummen Diener; die meisten Leute legen ihre Sachen abends wenigstens über eine Stuhllehne und streichen den Stoff mit der flachen Hand glatt. Bei mir liegt noch immer alles auf dem Boden vor dem Bett. Ich steige einfach aus, aus den Schuhen, der Hose, den Strümpfen und dem Pullover und aus dem vergangenen Tag. Ich bin abends einfach immer viel zu erschöpft, um noch einen Arbeitsgang zwischen Entkleiden und Zubettgehen zu schalten, bin immer viel zu ermattet von der Panik unter dem Pullover, der partout nicht über den Kopf rutschen will, verstrickt in dunkles Gewebe, viel zu abgekämpft vom blinden, hektischen Tasten nach dem obersten Knopf einer Bluse, und halb erstickt ist nicht im Traum daran zu denken, das Gefängnis aus Stoff, von dem ich mich soeben händeringend befreit habe, vom Boden aufzuheben, ganz undenkbar, den besiegten Feind noch einmal zu berühren und ihm eine gewisse Pflege zukommen zu lassen. Ich bin immer viel zu erschöpft von der Suche nach etwas, das ich nicht finde, will den am Ende des Tages einmal erreichten Erschöpfungszustand auch gar nicht mehr verlassen durch einen geringfügigen Aufwand an Konzentration, der mich womöglich wieder wachgerüttelt und dazu gezwungen hätte, stundenlang mit offenen Augen in meinem Bett zu liegen und nachzudenken über Dinge, die sich im Dunkeln bedrohlich aufdrängen.

Meine Urgroßmutter, hieß es, sei auch so eine alte Schlampe gewesen. Man hatte sie nach der Flucht aus Polen irgendwo in der Lausitz aufgelesen, Oma Neldner mit dem Hinkebein, einem krummen, knollenartigen Daumen und einem Glasauge. Man fand sie vollkommen verwahrlost, abgemagert und zerlumpt vor, und sie ging hin und wieder bei Leuten putzen. Als ich sie kennenlernte, war sie bereits eine weißhaarige, alte Frau. Sie saß allein mit einem Goldfisch und einem Schwarm hektisch piepsender Zierfinken in einer kleinen Einzimmerwohnung in einem Hochhaus und vertrieb sich die Zeit mit verzwickten Patiencen und mit großflächigen Puzzles, deren einzelne Teile sie auf der Rückseite numerierte, bevor sie das erfolgreich zusammengesetzte Bild wieder auseinandernahm und Stück für Stück in die Schachtel zurücklegte, Ansichten von Schloß Neuschwanstein oder von Notre Dame, Sehenswürdigkeiten, die sie nie wirklich zu Gesicht bekommen hatte. Niemand hatte besondere Lust, sie zu besuchen, und schon gar nicht im Sommer, wenn sie einen Gang nach draußen machen wollte. Sie ging am Stock und kam nicht voran, und keiner hatte Geduld, im Schneckentempo neben ihr herzuschleichen unter der sengenden Sonne in den öden Straßen einer Neubausiedlung. Mit ihrer Freundin lag sie ständig im Streit, wer die Schönere von beiden war, Sophia Loren oder die Lollo. Früher, so hieß es, sei sie dauernd ins Kino gelaufen; später, als sie nicht mehr besonders gut zu Fuß war, las sie Kitschromane, die reinsten Pornos, auf der zweiten Seite waren schon die Klamotten weg. Sie trank ganz gern einen Schluck, abends Klosterfrau Melissengeist, manchmal auch schon tagsüber Spirituosen mit weniger gottgefälligen Namen, meistens süße Liköre, und alles in ihrer Wohnung war klebrig, weil sie wegen des Glasauges Schwierigkeiten mit dem Sehen hatte und immer wieder einen Schluck danebengoß. Die nervösen Zierfinken ließ sie manchmal fliegen, und die Federn, die sie dabei verloren, blieben auf der Tischplatte kleben. Weil sie nicht wollte, daß man ging, bot sie immer noch einen an, nehmt doch noch einen, sagte sie und schob einem das klebrige Glas entgegen. So hat sie ihren Kindern und Kindeskindern das Trinken beigebracht.

Zeitlebens galt sie als eine alte, verschrobene Schlampe und wurde von der ganzen Familie belächelt. Zutiefst bestürzt war sie über sich selber, als sie ihre Zierfinken auf grausame Weise ums Leben gebracht hatte. Sie hatte sich mit einer dunklen Sonnenbrille vor die Höhensonne gesetzt und dabei vergessen, den Vogelkäfig in die Küche zu stellen, bevor sie das Gerät anschaltete. Sie nahm ihr UV-Bad, und die sensiblen Hüpferchen verendeten derweil kläglich in ihrem weißen Vogelsand. Dieses Vorkommnis schien ihr selber den Rest gegeben zu haben. Sie war über sich selbst zutiefst und zu Tode erschrocken.

Sie starb im Sommer 1987, einem außergewöhnlich regnerischen Sommer. Daß es ein außergewöhnlich regnerischer Sommer war, daran erinnere ich mich gut, denn in jenen Wochen, in denen ich sie fast jeden Tag im Krankenhaus besuchte, schlossen und öffneten sich die Lamellenjalousien an der Fensterfront des Bürohochhauses gegenüber fortwährend. Sobald eine Wolke kam, funktionierte die Automatik wieder, und die Jalousien öffneten sich, bis der Schauer vorüber war, sie schlossen sich, aber nur ganz kurz, denn schon regnete es wieder. Nachdem sie am Ende jenes Sommers gestorben war, wurde ihre Wohnung aufgelöst, der aufgedunsene Goldfisch, den kein Mensch haben wollte, in den Tümpel im Stadtpark ausgesetzt, wo er sicher auch nicht lange überlebte, und die durchnumerierten Puzzles wurden an die Kinder aus dem Haus verschenkt. So hatte sie ein halbes Leben in der unwillkommenen Fremde verbracht, die Urgroßmutter mit ihren bohrenden Fragen, die selbst die zu hartnäckigen Missionierungsversuchen ausgezogenen Zeugen Jehovas zur Verzweiflung trieb, weil sie sich in der Bibel viel besser auskannte als die selbsternannten Experten, deren wohlfeile Heftchen mit den farbenfrohen Kitschbildchen überall in ihrer Wohnung herumlagen. In ihrer unermüdlichen Diskussionsfreude gingen ihr zwar manchmal die Argumente aus, aber dann klopfte sie einfach mit ihrem Gehstock auf den Boden, und ein paar verschüchterte Zeugen verließen, mit den Nerven am Ende und an ihrem Königreich zweifelnd, die Wohnung meiner Urgroßmutter.

Manchmal, wenn ich allein in meiner Wohnung war, abends, wenn ich mein Tagwerk beendet hatte und nichts Rechtes mit mir anzufangen wußte oder wenn ich gerade jemanden zum Bahnhof gebracht hatte und wieder alleine war, wenn das Telefon nicht klingelte, obwohl ich selbst nicht genau wußte, mit wem ich gerade hätte sprechen mögen, dann dachte ich, daß es gar nicht so abwegig war, so zu werden wie sie, und plötzlich hatte ich Respekt vor dieser schwierigen alten Frau, der die Lebensfreude bei ihrem einsamen Spiel mit den Patiencekarten nicht viel eher vergangen war.

Ich dachte lange Zeit, nur Kinder sind unordentlich, sie sind unordentlich bis zu einem bestimmten Alter, und wenn du eines schönen Tages ein erwachsener Mensch geworden bist, dann wirst du die Ordnung selbst sein, aber mit dem Mythos hatte ich bald aufgeräumt – und mit nichts sonst. Auf jedem Umzugsplan lag der Hoffnungsschimmer, diesmal, in neuer Umgebung, dieser ordentliche, erwachsene Mensch zu werden. Dann zog ich in eine neue Wohnung ein, die Dinge krabbelten aus den Kartons und stellten mich wieder vor die gleiche Situation wie schon so oft zuvor. Haufen von Dingen, Karawanen von Zeugen meiner alltäglichen Verrichtungen, sie zogen durch die Räume, und sie machten Rast hier und da, wo es ihnen gerade paßte, ohne mich zu fragen.

Es gibt in meiner Wohnung wichtige Dinge und weniger wichtige Dinge, und die weniger wichtigen bleiben immer irgendwo liegen. Es gibt kein Zurück mehr für sie in Schrankfächer und Schubladen, jedenfalls nicht sofort. Immer denke ich, ich entwickle mich noch, es ist sowieso nur ein Übergang hier, und dann finde ich wieder keine Ordnung für dies und für das. Ein Ordnungssystem ist wie ein Schlußstrich.

Wenn ich dann aber einmal ausmiste, holt mich die Unordnung wieder ein, und zwar direkt vor meiner Tür. Viel zu viele Kleidungsstücke hatten sich angesammelt, zum ganzen Ergötzen hungrigen Ungeziefers, Kleidungsstücke, gekauft auf Reisen, in einer fremden Stadt, als Souvenirs, oft aber sind es Fehlgriffe, was sich erst zu Hause vor dem Spiegel im eigenen Schlafzimmer herausstellt, wo man sich plötzlich nicht mehr wohl fühlt in diesem Kleid aus einem fremden Land. Unterwegs hatte der Traum von einer anderen Persönlichkeit, die man sein konnte, greifbare, käufliche Dimensionen angenommen. Hier, zurück zu Hause, saß das Gewand plötzlich nicht mehr, und das war keine Frage des Körpergewichts. Plötzlich kam ich mir vor wie verkleidet. Solche Kleidungsstücke, mit denen ich mich in der Fremde unter Gleichen hatte fühlen können, kamen bald in die Mottenkiste. Als ich einen blauen Sack mit Textilien wegbringen wollte, um sie karitativen Zwecken, einem Container zuführen wollte, kam mir zufällig die Nachbarin entgegen und zeigte sich interessiert.

»Such dir was raus«, sagte ich.

Die meisten von den Sachen waren noch ganz passabel, vieles davon war noch so gut wie neu. Die Nachbarin nahm den blauen Sack an sich.

Ein paar Tage darauf begegnete ich ihr auf der Straße. Ein gelbes Blümchenkleid umflatterte sie, und sofort dachte ich: Toscana. Es war das Kleid, das ich dort auf einem Markt entdeckt, anprobiert und sofort gekauft hatte, in Sommerstimmung und einer rustikal-romantischen Anwandlung unter südlicher Sonne. Das Kleid stand ihr gut, und das sagte ich ihr dann auch. Aber immer, wenn ich der Nachbarin jetzt begegnete und sie etwas aus dem blauen Sack trug, befiel mich ein Befremden. Ich hatte den Eindruck, einer Person zu begegnen, die ich einmal gewesen war und die nun ein fremdes Eigenleben führte. In einer vergangenen Zeit steckte ein fremder Körper. Die abgelegten Kleider waren um ihren Frieden gebracht worden, und ich wußte plötzlich, warum ich den vollgestopften blauen Sack so lange unberührt gelassen hatte.

So mache ich mein Leben lang Ordnung, und ich komme doch zu keinem Ende. Die unordentliche Vergangenheit holt mich immer wieder ein, und beim pausenlosen Ersinnen und Einrichten neuer Ordnungssysteme in meinen Akten, meinem Kleiderschrank, meinem Bücherregal, meinen Photokisten, habe ich das Gefühl, meine Wohnung damit nur immer wieder in neue Unordnung zu bringen. Nie sind die Sachen da, wo ich sie am sichersten wiederzufinden glaube. Ein wichtiger Vertrag, in einem Ordner abgeheftet, wo er bei logischem Nachdenken sofort zu finden sein müßte, ist dann garantiert unauffindbar. Es sind die Ordnungsbegriffe, die Dinge erst zum Verschwinden bringen. Da müssen die Dinge liegen, wo die Hand hingeht, oder dort, wo man sie sich denkt, sie ordnen sich nach den eigenen Vorlieben, durch die man ein Leben lang stapft, ohne sich zu fragen, warum man sie hat. Wenn ich einmal aufräume und Dinge dort hinlege, wo sie eigentlich sein müßten, dann sind sie einfach weg, unauffindbar. Und nach einem Umzug ist eine Wohnung niemals gleich bezogen. Die Dinge sammeln sich an in ihr mit der Zeit und finden darin zu ihrer eigenen Ordnung. Und es dauert eine Weile, bis man raus hat, daß etwa das Telefon links vom Schreibtisch stehen muß, weil man es dort sucht, und nicht rechts. Ich bin mit der Unordnung im Bunde.

Ordnungsfanatiker erweisen sich in der Regel als Unterbrecher, das kriegt man sofort spitz, wenn man mit ihnen nur einmal in eine Kneipe geht, alles ist prima und die Stimmung bestens, und plötzlich denken sie ans Geld oder sehen auf die Uhr, geizen mit sich und dem Trinkgeld, sagen, sie müssen nach Hause, noch aufräumen oder einen dringenden Telefonanruf tätigen. Ordnungsfanatikern unterstelle ich, daß sie Angst haben, Angst vor dem Unerwarteten oder einfach nur davor, daß das Leben hinter der nächsten Ecke tatsächlich weitergehen könnte.

Bei mir fällt der Dreck durch das Netzhautsieb. Ich kann keinen Dreck sehen, aber nicht so, wie Sie jetzt vielleicht denken. Sauberkeit ist eine Sehgewohnheit. Ich aber habe nie gelernt, Dreck zu sehen. Ich lese den Dreck, den ich sehe, nicht als Aufforderung, mich mit einem Lappen in der Hand in Bewegung zu setzen.

Als Kind wollte ich am liebsten Strumpfverkäuferin werden, wegen der typischen Handbewegung, die ich dann beim heiteren Beruferaten hätte machen dürfen: Die Hand der Strumpfverkäuferin fuhr nach vorne mit gespreizten Fingern, hinein in einen imaginären Nylonstrumpf, das dünne Material wurde vor den Augen der Kundinnen auseinandergezogen, ohne daß ein Fingernagel eine Laufmasche riß. Aus diesem Berufsziel war dann aber nichts geworden; ich riß mir regelmäßig schon beim Anziehen der Strümpfe Laufmaschen, aber die trug ich mit Würde. Statt dessen hatte ich in den Achtzigern flott mehrere Sprachen studiert und alle guten Ratschläge älterer Semester in den Wind geschossen, etwas Einträglicheres zu beginnen. Mit dem größten Idealismus hatte ich mich in Literaturwissenschaften eingeschrieben und ähnlichen schönen Blödsinn. Jetzt saß ich hier zwischen lauter lustigen Leuten und scharte Bundeswehrflüchtlinge um mich, aus denen Künstler und Lebenskünstler geworden waren. Berlin war einmal als ein Übergang gedacht, als ich meine Koffer packte, aber der gedachte Übergang ist in Berlin kein Zeitbegriff mehr – Berlin selbst ist der Übergang. In Berlin ordnet sich ständig alles um, und in einer Stadt, die beständig im Wandel ist, läßt sich gut bleiben. Man brauchte doch nur aus dem Fenster zu sehen, wo war denn Ordnung da draußen? Berlin selbst war die alte, saumselige Schlampe voller Schmuddelecken und Klecksereien, die ihre Hüften noch nach vorne wölbte, auf daß ihr Rauhputz mit noch ein paar Graffities mehr verziert würde, ganz ungeachtet der refrainartig wiederkehrenden Politikerrufe nach einem properen Berlin. Diese Stadt, in Refrains auch sie, raunte: »Bleib doch noch ein bißchen.«

Aneinandergereiht wurden Adresse an Adresse, Nachbar an Nachbar, Freundschaften wurden geschlossen und wieder aufgelöst, neue, haltbarere begonnen. Plötzlich war eine Reihe gar keine Reihe mehr, sondern das Koordinatensystem meines Lebens, lauter Anknüpfungspunkte. Eine Wissenschaftskarriere habe ich in den Wind geschossen, denn um ein guter Wissenschaftler zu sein, muß man sich dauernd in Bibliotheken aufhalten, aber um Bibliotheken zu mögen, muß man auch vorgegebene Ordnungssysteme mögen, was mir zwar in fremden Wohnungen, nicht aber bei den Begriffen gelingt. In der Staatsbibliothek habe ich lange Stunden verzweifelt an den Karteikästen verbracht, am Ungetüm des großen Berliner Gesamtkatalogs, der auf Knopfdruck rummst und ruckt, daß man ganz erschrocken ist und gar nicht mehr weiß, was man eigentlich finden wollte, man steht da, verschwitzt wie in einer Mangelstube, und am Ende der Exkursion durch einen Wald aus Kürzeln und Siglen sind garantiert immer alle Bücher ausgeliehen, die die unzähligen Verzeichnisse dieser öden Schädelstätte einem doch schwarz auf weiß versprochen hatten.

Vielleicht hätte ich Architektin werden sollen. Architekten sind die Ordnungspotentaten, die am Savignyplatz und in Mitte mit eminenten Papierrollen herumschwirren, sie hantieren in gut ausgeleuchteten Büros an großen Tischen mit Zirkeln und Linealen und machen sich eine ganze Stadt untertan, sie bohren sich mit Tiefgaragen und Untertunnelungen bis in die Mitte der Welt. Ich mag die Architekten, die in großzügigen Begriffen denken, Begriffen, die sich dann leider im Alltag verengen, so wie der Eingangsbereich der gelben Staatsbibliothek, wo im nachhinein Seile gespannt worden waren und wo sich jeder Bibliotheksbesucher mit seinem Bündel präsentieren und durch ein Drehkreuz zwängen muß.

Vor einiger Zeit war ich auf einer Feier einem Mann in die Arme gelaufen. Wir hatten uns erstaunlich lange und ganz nett unterhalten, und er war recht ansehnlich, auch wenn er so einen verdächtig verkniffenen Zug um den Mund hatte. Wir hatten uns einmal und dann noch ein zweites Mal verabredet, und beim dritten Mal fragte er mich, ob ich noch mitkommen wolle zu ihm. Der Wunsch, daß liebende Hingabe so einfach sein könne, war wieder einmal ganz groß, und so sagte ich ja. Wir fuhren bis hinunter nach Köpenick, wo er im obersten Stockwerk eines Hauses in einer Plattenbausiedlung wohnte. Doch schon in seinem Auto, und erst recht, als ich neben ihm im neonbestrahlten Fahrstuhlkasten stand, wußte ich, daß jegliche Hoffnung auf Erfüllung dieses Wunsches unten im Erdgeschoß geblieben war. Auf der Türschwelle bat mich der Mann, die Schuhe auszuziehen. Widerwillig stieg ich aus den Stiefeletten. Ich schrumpfte um acht Zentimeter und verlor dabei festen Boden unter den Füßen. Er bot mir klobige Gesundheitslatschen an. Solches Schuhwerk lehnte ich grundsätzlich ab. Barfuß tappte ich hinter ihm her in die Küche. Er entschuldigte sich für die Unordnung. Ich sah mich um. Der Schreibtisch war leergeräumt. Die ganze Wohnung wirkte wie eine Aufnahme aus einem Einrichtungskatalog, nur eine aufgeschlagene Fernsehzeitschrift trieb sich geradezu anarchisch auf einem Couchtisch herum. Mit verlegenem Interesse zog ich eine CD aus dem Regal, stellte sie wieder zurück, er schob sie nachträglich noch einen Millimeter nach hinten. Ich hatte den Eindruck, daß er auf Schritt und Tritt hinter mir herwischte, er benahm sich wie eine von diesen Verkäuferinnen im Kaufhaus, die auch noch den zerwühlten Grabbeltisch mit wichtiger Miene ordnen, aus dem man gerade zwei Schlüpfer rausgezogen hat, und hinterher sieht es doch immer noch genauso aus wie vorher. Alkohol hatte er nicht im Haus, nicht einmal zum Anbieten für Gäste – eine trockene Menschenseele. Während zwei Teesäckchen in blankpolierten Bechern baumelten und das Teewasser kochte, räumte er seine Spülmaschine aus, hielt die Gläser gegen das Licht, stellte ein Glas ums andere mit gerunzelter Stirn wieder zurück in die Maschine, sagte etwas von Flecken auf dem Tischtuch, die ich überhaupt nicht sah, und fast in einem Atemzug, ich könne ja auch bei ihm übernachten. Er wußte, was er wollte, aber ich auch, das heißt, ich wußte, was ich nicht wollte, das wußte ich ohnehin immer besser als das, was ich wollte. Wie stellte er sich das jetzt vor? Zwei Tassen Kräutertee, Zähne putzen und dann die Leidenschaft? Ich war empört. Nur der Rausch kann schwitzen, und wir sind jetzt in Innenräumen, wo aber ist jetzt der Rausch? Niemals würde ich die Freundin eines Mannes sein, der seine Gläser auf Kalkspuren hin untersuchte, während ich auf bloßen Füßen neben ihm stand und Eros zwischen uns im Raum. Ich sah mir alles an und wußte, was ich doch schon vorher gewußt hatte: Den liebst du nicht. Warum, um Himmels willen, saß ich hier? Seiner Wohnung fehlte der Humor, so wie dem, der sie bewohnte. Mit dem Ortstermin hatte er sich sein eigenes Grab geschaufelt: Es herrschte eine erschütternde Ordnung überall, Ordnung, so wie kaltschnäuzige Höflichkeiten, seiner Ordnung fehlte jegliche Phantasie. Ich sah hinaus aus dem Fenster auf die Müggelberge und die darüber hinziehenden Krähen. Wir tranken den Beuteltee, ich ordnete meine Sätze wie Zaunlatten um mich, um keine weiteren falschen Erwartungen aufkommen zu lassen, erzählte ihm lang und breit von meiner Unordnung, von den Lücken zwischen den Dielen, in denen Hausstaubmilben ihr Paradies gefunden hatten, von den Spinnweben unter der Decke, die er sich nicht einmal vorstellen konnte, von Handtüchern, die einem entgegenpurzelten, wenn man die Schranktür öffnete, von wilden Festen, die die Papiere auf meinem Schreibtisch feierten, an dem ich die Tage verbrachte, und dann war der Tee endlich alle. Ich schickte mich zum Gehen an. Er hielt mich nicht zurück, als ich dort stand auf dem Fußabtreter und meine Schuhe festzurrte wie eine rettende Schwimmweste. Korrekt, wie er war, fuhr er mich ungefragt durch die ganze Stadt nach Hause. Beim Abschied wurde wieder einmal dieser großstädtische Satz vom Telefonieren aufgesagt, der hieß: Das war's. Ich löste den Gurt und stieg aus. Mit dem Wohnungsschlüssel in der Hand wartete ich noch eine Weile, so lange, bis sein Auto in langsamer Fahrt hinter der nächsten Ecke verschwunden und ich seinen Blicken im Rückspiegel entzogen war, dann ließ ich meinen Wohnungsschlüssel in die Handtasche gleiten, machte auf dem Absatz kehrt und besorgte mir noch eine Flasche Weißwein und eine Schachtel Zigaretten von der nahen Tankstelle.

Endlich, nach diesem sorglosen Umweg durch die Nacht, war ich wieder bei mir. Das erste Glas Weißwein war noch warm – egal. Alle vorhandenen Gifte saugte ich gierig ein, trank entgegen allen guten Vorsätzen, die ich doch bereits bei der Kehrtwendung an der Eingangstür und auf dem Absatz in die Nacht geschickt hatte, die ganze Flasche Wein aus, rauchte die halbe Packung leer und hielt unter dem Baldachin aus in der Durchzugsbrise wehenden Spinnweben und mit aller Verliebtheit in meine Dreckecken eine einsame Messe ab: So willst du es!

Ich wachte erst spät am Morgen bettschwer, aber glücklich auf, inmitten meiner Unordnung. Doch gab es da einen Wermutstropfen in meinem glücklichen Entronnensein, denn plötzlich waren mir all diejenigen so nahe, die so liebenswert waren, wegen einer Macke, einer Unaufgeräumtheit, diejenigen, die ich in einem so ordentlichen wie schusseligen Moment, in dem ich übersehen hatte, in welchen Bahnen mein Leben tatsächlich verlief, verloren hatte.

Rettender Alltag

Das Anstrengende sind gar nicht die Ereignisse. Das Anstrengende sind die Pausen. Das war schon zu Schulzeiten so. Ich ermüdete zwischen den Unterrichtsstunden, wo das Klingeln zur Pause doch verkündete, daß man endlich die Butterbrote aus dem durchfetteten Pergamentpapier auswickeln und sich mit allerhand heiteren Spielen im Hof entspannen sollte. Andauernd stand ich alleine herum und trat ungeduldig von einem Fuß auf den anderen in diesen Schulpausen, die doch ohnehin zu kurz waren, um sich wirklich auf etwas einlassen zu können. Ich wollte wissen, wie es weiterging im Text. Solche Pausen erscheinen mir bedrohlich wie Lichtungen im Wald; aber im Wald, da, wo die Räuber sind, fürchte ich mich gar nicht. Erst, wenn ich seine Ränder sehe, muß ich an lauerndes Unheil denken.

Ich war wieder unsichtbar geworden. Ich versuchte zu arbeiten, was nicht recht klappen wollte, denn schreiben heißt, gut sitzen und alleine sein können. Da packte ich meine Sachen zusammen und ging unter Leute. Saß in einem Café vor einem Blatt Papier; mir fiel sogar etwas ein. Nach einer halben Stunde erschien mir das Sitzen im öffentlichen Raum aber schon wieder zermürbend, ich wollte wieder alleine sein, zahlte und ging – wollte keine weiteren Wartezeiten an solchen Kneipentischen aussitzen, auf jemanden wartend, der nicht kommt, wartend auf das pralle Leben oder einfach nur auf die Bedienung.

Zu Hause schaltete ich den Computer wieder an, aber während der Bildschirmschoner auf dem Monitor flakkernd nach Wörtern verlangte, führte ich stundenlange, teure Telefongespräche mit Leuten in aller Welt. Später fand ich mich dann doch in einem Café wieder und machte mich mit meinen Sachen auf dem Tisch breit. Ich legte Papiere und Stifte, Rauchwaren, Handschuhe und Schal aus, eine Bastion aus Requisiten, damit bloß keiner auf die Idee käme, sich bei mir dranzusetzen und den trügerischen Frieden zu stören.

Lange Sitzungen auf dem Zahnarztsessel verkürze ich mir, indem ich unter der grellen Lampe mit geschlossenen Augen andere biographische Momente memoriere und mich vom Schmerz ablenke. Im Dunkeln helfen die Wörter. Während der Zahnarzt und eine schlaflose Nacht ihren Drehbohrer an meinem Kopf ansetzen, ordne ich in alphabetischer Reihenfolge die Namen verflossener Liebhaber, die Namen ehemaliger Lehrer und Nachbarn, so, als könnte ich sie damit wieder in mein Leben zurückholen. Wenn ich so sitze und über nichts gründlich nachdenken kann, lenke ich mich ab wie ein Schlafloser von seiner langen Nacht. Sitze da mit einzelnen Wörtern, mit Listen, die immer länger werden, ich zähle darin Dinge auf, die mir so durch den Kopf kommen, in der Hoffnung, etwas ordnet sich dort wieder, im Kopf.

»Möchten Sie noch etwas trinken?« hörte ich die Bedienung sagen.

Seit bestimmt gut zwei Stunden schon saß ich vor einer leeren Kaffeetasse, draußen dämmerte es, und ich fand, daß es jetzt an der Zeit für einen kleinen Rotwein war.

Wenn eine Großstadt einen unbestrittenen Vorzug hat, so den, daß es Rückzugsorte gibt, daß du Beobachter sein kannst. Beobachter müssen nirgendwo mittun, sie dürfen beobachten. Doch ehe er sich's versieht, wird der Beobachter schon wieder beobachtet, und ich beobachtete, daß ich beobachtet wurde.

Ich schaute mich um. Da saßen um mich herum lauter Frauen vor einem Glas Rotwein, die auch schrieben, und in den Spiegeln saßen sie noch einmal, tranken, schrieben, lauter Frauen, die möglicherweise genau wie ich einmal den Wunsch gehabt hatten, im Leben so sitzen zu wollen. Die Spiegel multiplizierten diese Frauen an den runden Tischen vor ihren Rotweingläsern und dem Papier, und plötzlich hatte ich das ungute Gefühl, sie schrieben alle auch noch ein und dasselbe. Ich war nur ein Vogel in einer Voliere im Schaufenster einer Zoohandlung, wo alle Vögel gleicher Art und Gattung auf den trockenen, toten Ästen eines abgesägten Baumes hockten, den man in den Sand gesteckt hatte. Ich trank aus, klappte das Heft zu, zahlte und ging.

Wirklich was erleben kann man ohnehin am besten dort, wo man sonst nie hingeht. In eine der vielen Berliner Eckkneipen – eine Ecke ohne Eckkneipe ist gar keine Ecke in Berlin – bin ich nur ein einziges Mal gekommen. Ich wohnte mitten in Kreuzberg, am Kottbusser Damm, und ich hatte mich ausgesperrt eines Abends. Ich nahm meinen ganzen Mut zusammen und betrat die gutbesuchte Bierschwemme am Hermannplatz. Dann machte ich mich bei der Tresenkraft bemerkbar.

»Alle mal herhören«, rief die quer über die Tische. »Kann hier jemand Schlösser öffnen?«

»Hier«, rief ein Männerchor. Ungefähr fünfzehn Hände reckten sich nach oben.

Zehn Minuten später stand ich wieder in meiner Wohnung.

Das Buch, das ich vor Monaten begonnen, und dessen Anfang ich schon wieder vergessen hatte, lag noch neben meinem Bett. Als ich es öffnete, regnete es trockene Blüten. Selbst meine Perle war weitergerollt. Edgar hatte Ordnung in mein Leben gebracht, irgendwie. Ich klappte das Buch wieder zu und suchte Trost beim Scharfschützen. Wir gingen ins Kino.

»Noch ein Schuß ist drin«, kommentierte er die Szene.

»Ich dachte, du kennst den Film noch nicht«, sagte ich.

»Nein, nicht den Film, aber den Ballermann. So ein Magazin hat fünf Schuß, und vier hat er schon weg.«

Der Schuß krachte. Wieder daneben. Dann klickte die Pistole in den Händen des Schützen nur noch. Der Held war wehrlos geworden. Jetzt half nur noch jähe Flucht.

In Hitchcocks Film *Lifeboat* spielt Tallulah Bankhead eine Schriftstellerin, und vielleicht ist dies sogar ihre herausragendste Rolle. Das vollbesetzte Rettungsboot droht zu kentern, und sie muß sich kurzerhand entscheiden, ob sie sich von ihrer Schreibmaschine oder von ihren Juwelen trennen will. Sie wirft die Juwelen über Bord.

Ich saß wieder an meinem Schreibtisch, der schon in einigen Wohnungen gestanden hatte auf meiner Reise durch die Stadt. Unter hohen Decken mit Stuckrand saß ich, vor Kastenfenstern mit zum Lüften geöffneten Oberlichtern, und dachte, egal, wo du bist, allein oder zu zweit, glücklich oder unglücklich, dir ist, als hättest du ein ganzes Leben zugebracht in diesen Berliner Wohnungen mit Stuckdecken, Kastenfenstern und Messingklinken und mit Treppenhäusern, durch die ein altertümlicher Geruch weht.

Auf meinem Schreibtisch stehen zwei Postkarten. Zufällig fand ich sie am gleichen Tag im Briefkasten. Auf der einen ein Photo von Marlene Dietrich mit Zylinder, Smoking und Zigarette, auf der anderen eine Aufnahme von Louis Aragon als jungem Mann und darunter ein Zitat des älteren Louis Aragon: *Die Frau ist die Zukunft des Mannes.* Was hat es zu bedeuten, daß diese beiden Postkarten genau an dem Platz stehen, an dem ich so viel Zeit verbringe? Der grazile Poet aus Paris besingt die Frau als Zukunft des Mannes. Die androgyne Diva aus Berlin verkleidet sich als Mann. Heißt das: Die Frau in Männerkleidern ist die Zukunft des Mannes? Marlene im Smoking lächelt ironisch.

Als mein einstiger Nachbar Bernhard noch in vollem Saft

stand und zu seinen Geburtstagen die Puppen tanzen ließ, war ich meistens die einzige Frau unter seinen Gästen in schwarzem Leder, aber für einige seiner geladenen Freunde blieb ich unsichtbar. Sie verkehrten mit eiserner Konsequenz nur mit Männern. Zu einem dieser Geburtstage erschien ich in einem knappen, giftgrünen Seidenkleid. Da würdigten mich sogar die Nietenmänner eines Blickes. Der Blick galt jedoch nicht mir, sondern dem Kleid, in dem ich steckte. Das war der Fummel, den sie sich wünschten. Bernhard durfte ihn sich ausleihen, für den Tuntenball. Auf den Photos, die er mir später stolz zeigte, trug er das grüne Kleid. Wie auf seinen Leib geschmiedet sah es aus. Die Männer auf dem Ball hatten allesamt ihren Spaß gehabt, verkleidet als Frauen, nein, nicht als Frauen, sondern als Karikaturen von Frauen. Welchen Männern sollte ich denn nun die kalte Schulter zeigen? Denen, die Frauen begehrten und sich dabei oft benahmen wie die größten Tölpel, oder denen, die einen mit ihrem Begehren in Ruhe ließen und die man zu richtigen, loyalen Freunden erziehen konnte?

Im übrigen bin ich fest davon überzeugt, daß Aragons Gedichtzeile nicht richtig übersetzt ist: *Homme* bedeutet nicht nur *Mann*, sondern auch *Menschheit*. Die Frau ist die Zukunft des Mannes, das klingt genauso wie die Sprüche auf den Buttons, die sich die Feministinnen in den Achtzigern an den Busen hefteten und auf denen zu lesen stand, die Zukunft ist weiblich oder die Zukunft heißt Frau. Aber wenn ein Sozialist dichtet, meint er immer die ganze Menschheit. Das freilich macht die ganze Sache eher noch schwieriger.

Über Marlene kann man sagen, was man will. Böse Zungen plappern nur nach, was ihre Tochter über sie geschrieben hat, aber Marlene braucht doch nur den Mund aufzumachen und zu singen, und schon ist alles vergessen.

Im Deutschbuch, das ich in der Grundschule bekam, gab es

ein Kapitel, in dem vorneweg ein mehrstöckiges Wohnhaus abgebildet war. Diesem Haus fehlte eine Außenwand, so daß man in alle Zimmer hineinsehen konnte, vom Keller bis unters Dach. »Beschreibe die Leute in diesen Zimmern«, lautete die Übung. Die in den Aufriß hineingezeichneten Figuren gingen alle verschiedenen Tätigkeiten nach, wahrscheinlich ging es in der Lektion um die Verben: In der Küche stand eine Frau an einem Herd und rührte in einem Topf, im Kinderzimmer spielten ein Junge und ein Mädchen mit Teddy und Puppe, ein etwas größeres Mädchen blies auf einer Blockflöte, im Wohnzimmer saß ein Mann hinter einer aufgeschlagenen Zeitung, eine Oma strickte vor dem Fernseher, und im Dachgeschoß tippte ein junger Mann auf einer Schreibmaschine, möglicherweise ein Student zur Untermiete.

In meinem Haus ging es heute ganz anders zu, von unten bis oben, nichts entsprach der langweiligen, heilen Welt, die man uns da anhand witzig gezeichneter Figürchen hatte schmackhaft machen wollen: In meinem Haus gab es einen rotgesichtigen Mann, der im Kohlenkeller Holz spaltete, mit einer blanken Axt, in der Küche saß eine Runde vergnügter Frauen beim Champagner, im Schlafzimmer waren gerade zwei Männer zugange, beide splitterfasernackt, gleich nebenan, hinter einer dünnen Wand, starrten Kinder in einen leuchtenden Computermonitor, im Badezimmer hängte ein Schlaks Bettlaken auf eine Leine, auf einem langen Flur zielte ein Mann in Cowboystiefeln mit einem Luftgewehr auf Bierflaschen, daneben stand lässig ein Blonder, schaute sich das alles an und rollte sich eine Zigarette. Ganz oben unter den Dachsparren lebte ein alter Gelehrter in einem wimmelnden Taubenschlag, dem eine weißhaarige Frau etwas vorspielte auf dem Klavier, und eine Person, die beinahe so aussah wie ich, stand auf einem Balkon mit Blumenkästen und sah in die Ferne. Nein, ich wollte nicht mehr tauschen.

Wenn man bloß in räumlichen Kategorien denkt, dann ist es eigentlich ein Wahnsinn, mit wem man da so zusammenlebt unter einem Dach, auf Tuchfühlung sozusagen. Daß das Nebeneinander, das Über- und Untereinander in einem großen Mietshaus eigentlich ein Miteinander sind, ein menschliches Durcheinander, in dem keine Revolution ausbricht, ist nur der stillschweigenden Übereinkunft zu verdanken, daß jeder die Türschwelle des anderen respektiert. Im Treppenhaus entscheidet sich, wem man einmal Einlaß gewährt und wem nicht.

Der Hellhörige aus dem Stockwerk über mir kam immer prompt die Treppe runter, wenn ich zu durchaus christlicher Zeit und im Überschwang mal ein einziges Liedchen aufdrehte. Als aber die irakischen Männer aus dem Erdgeschoß bis spät in die Nacht in geselliger Runde unten im Hof saßen und kehlige, arabische Stimmen immer wieder anschwollen, mich aus dem Schlaf rissen, und auch der Hellhörige bekam offenbar kein Auge zu – ich konnte ihn über mir auf den Dielen seine schlaflosen Runden drehen hören –, da wartete ich bestimmt eine Viertelstunde lang darauf, daß er Manns genug wäre, unsere gemeinsamen Hausgenossen zum Schweigen zu bringen. Doch nichts dergleichen geschah. Ich weiß nicht, wem ich mehr zürnte – den Männern da unten oder dem Hellhörigen über mir, der jetzt nichts unternahm. Er wachte unruhig, aber er blieb stumm, die heitere Hofgesellschaft schickte stoßweise weitere Lachsalven durch die Nacht. Gut, die Iraker aus dem Erdgeschoß hatten mich schon mehrmals angesprochen, sie hatten mich herzlich eingeladen, mit ihnen an ihrem gutgedeckten Tisch zu sitzen und zu feiern. Ich hatte immer freundlich ja gesagt, vielleicht morgen, heute habe ich zu tun, und war dann nie gekommen. Oft hatte ich gar nicht soviel zu tun, und ich mochte das Geräusch, das von unten zu hören war, wenn sie mit kleinen Silberlöffeln in ihren dünnwandigen Teegläschen herumrührten, aber da unten mit lauter dunklen, unbekannten Männern mitzutrinken, das war doch eher ein befremdlicher Gedanke. Schließlich war ich es leid, mich ärgerlich in den Kissen herumzurollen und auf ein Ende der Nacht zu warten. Ich warf mir etwas über, trat hinaus auf den Balkon und machte mich zischelnd bemerkbar.

»Ich würde jetzt gern ein wenig schlafen«, rief ich leise, aber vernehmlich hinunter.

Die Stimmen erstarben. Etwa sieben glühende Augenpaare starrten nach oben. Keiner antwortete mir, und ich ging wieder hinein. Aber kaum lag ich wieder in meinem Bett, hörte ich hastiges Hantieren. Stühle wurden zusammengestellt, Geschirr wurde eingesammelt. Dann herrschte Stille im Hof. Jetzt hatte auch der Hellhörige wieder seine Ruhe. Wie das ging, hatte ich ja von ihm selbst gelernt. In den nächsten Tagen schienen mir die Iraker aus dem Erdgeschoß absichtlich aus dem Weg zu gehen. Als ich einen der Männer dann wieder einmal an den Briefkästen antraf, fragte er mich, ob ich denn gesehen hätte, wie schön er die Blätter im Hof zusammengeharkt hätte. Zum Schluß reichte er mir die Hand und wünschte mir einen angenehmen Tag. Das hatte er noch nie gemacht.

»Bei uns zu Hause im Irak«, schloß der Nachbar, der seine Heimat seit fast zwanzig Jahren nicht mehr gesehen hatte, »gilt eine Regel: Bis zum siebten Haus von dem eigenen entfernt ist einem die Gastfreundschaft gewiß.«

Nachbarn spielen eine bemerkenswerte Doppelrolle füreinander: Die Gunst eines Vermieters hat sie in ein und demselben Gemäuer zusammengeführt, durch diesen Zufall, die Unterschrift auf einem Mietvertrag, rücken sie sich darin dicht zu Leibe. Eine Nase ins Treppenhaus: Das durchdringende Rasierwasser steigt gerade hinauf in den vierten Stock. Ein Ohr über die Schwelle: Der chronische Katarrh ist wieder unterwegs. Nachbarschaft – ein sinnliches und unumgängliches Unterfangen in Mietskasernen.

Keine zwei Wochen, in denen ich von meinem Schreibtisch aus täglich in die erleuchteten, gardinenlosen Fenster der Leute auf der Hofseite gegenüber sehe, und ich könnte jeden Einbrecher fachmännisch beraten. Wenn eine Mutter irgendwo im Nachbarhaus ihren kleinen Sohn fortwährend anschreit, bringe ich Verständnis für Kinder auf, die zu Mördern werden. Genauso kann ich die Ausraster der Mutter verstehen, deren Sohn hörbar in der Trotzphase steckt. Ab und zu könnte ich ihn auch erwürgen. Im Sommer, wenn sich die Fenster wieder öffnen, staunt man, wie viele Kinder im Winter zur Welt kommen – hier und da ein Wimmern, das noch nicht da war im letzten Jahr. Noch ein neues Geräusch ist dazugekommen: Da pfeift irgendwo ein Meerschweinchen, wahrscheinlich ein Weihnachtsgeschenk, und mal wieder ist jemand dabei, mit schwerem Gerät einen Parkettboden abzuschleifen.

Man hat mit Nachbarn immer ein gemeinsames Thema, wenn man nur will: redet über die neueröffnete Buchhandlung in der Straße, über die verlegte Bushaltestelle, kann sich schnell gemein machen und im besten Einvernehmen miteinander zetern über den unzuverlässigen Postboten, über die völlig ungerechtfertigte Mieterhöhung, über die Einführung der braunen Biotonne, die den ganzen Hof verstänkert. Dann gellt ein Aufschrei durch die ganze Straße: An der Ecke soll ein Hochhaus errichtet werden. Eindringlinge drohen, Schlagschatten auf dem Spielplatz. Der Frieden ist gestört. Überall an Bäumen und Laternen hängen Aufrufe einer Bürgerinitiative, und obwohl mich diese Ruhestörung nun wirklich stört, gehe ich nicht zu der anberaumten Versammlung in einem Rathaussaal.

Nach einem Wohnungswechsel verlieren Nachbarn sich in der Regel aus den Augen; sie kommen um die freundliche, beiläufige Begegnung auf dem Treppenabsatz, den liebgewordenen Plausch, aus dem sich nur unter günstigsten Umständen eine Abendverabredung machen läßt. Mit einem Wohnungswechsel wird auch die ortsgebundene Prosa wieder ungültig. Das Flüchtige, es war so köstlich. Nie ein Ende gefunden im Durchzug auf dem Treppenabsatz, zwischen Tür und Angel, und dann, bei einem womöglich lange geplanten und endlich, nach vielen Telefonaten, zustande gekommenen gemütlichen Treffen, anstrengendem Aufwand außerhalb der Binnenräume, hat man sich plötzlich gar nichts mehr zu sagen.

Auf Partys im Freundeskreis entdeckt man hin und wieder ein unbekanntes Gesicht. Meist gehört es dann zu einem Nachbarn, mit dem der Gastgeber für die Umstehenden ganz Unergründliches austauscht. Sie sind Bewohner einer Hundertseelengemeinde, teilen das geheime Alltagswissen ihres schwatzhaften Heimatdorfes, der Freund und der Fremde, sie kennen die Codes ihrer räumlichen Beschränkung, es ist ein Großstadtphänomen, diese irreale Welt eines Wohnhauses.

Die Liste der Berliner Wohnungen, in denen ich innerhalb von zwei Jahrzehnten gelebt habe, verrät mir, daß meine Umzüge nie notwendig wurden, weil ich die Miete nicht mehr bezahlen konnte oder mir gekündigt wurde, weil es einen Wasserschaden gab oder mir die Wohnung einfach nicht mehr gefiel oder weil über mir ein Steptanzstudio eröffnete und unter mir eine Grillschwaden aussendende Imbißstube. Meine Umzüge hatten immer mit Menschen zu tun. Ihre Nachnamen, untereinander auf den Klingeln oder den Tafeln unten im Treppenhaus, sind die Besetzung eines Theaterstücks mit Hauptrollen und Nebenrollen. In so gut wie jedem Haus gibt es einen Nachbarn, dem man seinen Wohnungsschlüssel anvertraut, und es gibt Nachbarn, die man halt grüßt, im Vorübergehen. Es gibt Nachbarn mit Blumengießen und Nachbarn ohne Blumengießen. Als Mieter eines Hauses bilden sie eine Gemeinschaft, aber manchmal können sie sich buchstäblich nicht riechen. Ich hörte von jemandem, der aus einem Haus hinten am Schlesischen Tor ausgezogen war. Merkwürdige Geräusche waren zu hören gewesen, und ein abscheulicher Gestank machte sich breit. Unten in der Mülltonne lagen hin und wieder große, ausgekochte Knochen. Da wurden in einer der oberen Wohnungen doch tatsächlich ganze Tiere geschächtet. Kräftige Männer schleppten laut blökende Lämmer mit zusammengebundenen Beinen die Treppen hinauf.

Zwei meiner Freundinnen fürchten permanent um ihre Bleibe. Unter ihnen tappt eine von etlichen umnachteten Berliner Witwen in einer Zimmerflucht herum. Im Treppenhaus riecht es oft nach Angebranntem. Es grenzt geradezu an ein Wunder, daß es sowenig Feuersbrünste in Berliner Mietshäusern gibt, dabei wohnen doch so viele alte und unzurechnungsfähige Menschen in dieser Stadt, jede einzelne Wohnung ein gefährlicher Brandherd.

Hin und wieder wird im Lokalteil der Berliner Tageszeitungen der schwere Fall einer Frau aufgerollt, die in ihrer Wohnung in Pankow Müll in großen, blauen Plastiksäcken hortet. Die regelmäßigen Klagen der Hausverwaltung und die Beschwerden der Mitmieter, die nicht mehr ein noch aus wissen, weil ihnen allmählich Käfer in die Wohnung kriechen und Maden von der Decke tropfen, prallen indessen an einem gewievten Anwalt ab, und das Sozialamt sorgt für pünktliche Mietzahlungen. Bald wird diese Frau als einzige Mieterin in diesem Haus zurückbleiben, weil nach und nach alle Nachbarn die Flucht ergreifen. Brandstifter im Haus sind mir erspart geblieben, ebenso blutrünstige Szenen am Müll und Schauergeschichten, in denen Ungeziefer herumkrabbelt.

Wenn man aber gar keine Nachbarn mehr hat, dann lebt

man in einem Geisterhaus, in dem die Umgezogenen keine Ruhe zu finden scheinen. Jedes Geräusch ist verdächtig, wenn man es nicht zuordnen kann.

Die graue Mietskaserne in Kreuzberg, in der Johanna seit vielen Jahren wohnte, war in wenigen Monaten zu einem Geisterhaus geworden. Das Haus sollte von Grund auf saniert werden. Heizung rein und Luxusappartements rauf aufs Dach. Die Mieter, die nach und nach ihre Wohnungen verlassen hatten, harrten schon seit einiger Zeit in Umsetzwohnungen aus, sie blieben dort so lange, bis die Gerüste wieder abgebaut waren. Die einzige noch bewohnte Wohnung des Hauses war die Wohnung ganz oben, abgelegen im Seitenflügel. Johanna hatte sich noch nicht zu einer der von der Hausverwaltung angebotenen Ersatzwohnungen entschließen können, auch wenn es ihr manchmal etwas unheimlich war, so ganz ohne Nachbarn. Mit knarrenden Treppenstufen konnte nur sie gemeint sein.

Im Sommer verließ Johanna die Stadt und das entleerte Haus für sechs Wochen. Während sie in Indien herumreiste, an einem dieser Tage in der Gegend von Kalkutta, war es geschehen. Nach sechs Wochen stand sie mit ihren zwei Reisekoffern im vierten Stock ihres Hauses, vor ihrer mit einer Eisenkralle verschlossenen Wohnungstür.

Bevor jemand aus der Gegend auf die Gestalten im Hauseingang aufmerksam geworden war, hatten die Einbrecher reichlich Zeit gehabt, sich in Johannas Wohnung nach Herzenslust zu bedienen. Überall in den Regalen und in den Schränken klafften Lücken. Nicht nur ausgesprochene Wertsachen waren verschwunden, sondern auch unausgesprochene wie Modeschmuck, vergilbte Taschenbücher und Schallplatten mit Kratzern, abgetragene Kleidungsstücke, schnell umgemünzt am Kottbusser Tor, wo hinter der nächsten Ecke schon der Dealer mit dem Stoff wartete.

Aber das Unerträglichste kam ja noch: Johanna mußte an die Versicherung schreiben. Das hieß: sich erinnern.

Aber immer, wenn sie versuchte, sich zu erinnern, wurde sie von starken Kopfschmerzen befallen und zögerte das Schreiben an die Versicherung so lange hinaus, bis die Frist fast überschritten war. Ich durfte sie nicht einmal daran erinnern, daß sie sich erinnern sollte. Wenn ich das Thema ansprach, hielt sie sich die Hand vor die Augen und bat mich mit gereizter Stimme, nicht darüber zu sprechen. Eines Tages schrieb sie die Verlustliste dann doch.

Als Johanna mit suchendem Blick ihr Bücherregal abschritt, war sie dann doch überrascht, daß noch mehr vorhanden war, als sie zunächst geglaubt hatte, zum Beispiel das Filmlexikon befand sich mit allen Bänden vollzählig im Regal. Bei der unfreiwilligen Inventur stieß sie auch auf Dinge, an die sie schon seit Jahren nicht mehr gedacht hatte, und sie freute und wunderte sich, daß sie jetzt noch in ihrem Besitz waren.

Doch immer noch, so sagte Johanna, wenn sie an den Auslagen von Antiquitätengeschäften vorbeigehe oder über einen Trödelmarkt, habe sie diesen suchenden Blick. Immer noch fielen ihr nach und nach mehr und mehr Dinge ein, die fehlten und an die sie nicht gedacht hatte beim Schreiben an die Versicherung. Der Verlust nahm überhaupt kein Ende.

Sie besaß nur noch den Schmuck, den sie auf ihren Reisen getragen hatte, sie sprach nur noch über den Schmuck, den sie nicht mehr würde tragen können, und ihre Wohnung war nun voll mit lauter unsichtbaren Dingen. Am liebsten, so sagte sie zu mir, würde sie nicht nur vorübergehend eine andere nehmen, sondern gleich ganz umziehen, um all das Unsichtbare nicht mehr sehen zu müssen.

Bloßes Wohnen, soviel stand fest, war immer wieder ein spannendes Experiment.

Sehgewohnheiten

Der Potsdamer Platz wirkt, jetzt, wo er fertig ist, manchmal so irreal wie noch zu Mauerzeiten. Ich denke wieder an *Der Himmel über Berlin* von Wim Wenders und an einen alten Curt Bois, der die Leere ausschreitet und sich dabei immer wieder fragt: »Wo ist der Potsdamer Platz?«

Nach wie vor eine berechtigte Frage.

Die Friedrichstraße war lange Zeit ein einziger Rohbau und erinnerte an Bilder aus Beirut. Heute eben noch vorhandene Freiflächen zwischen Häusern würde es morgen nicht mehr geben, noch fielen die Lichter der Parallelstraßen durch die Baulücken und ließen die Stadt transparent erscheinen, doch schon entdeckte man überall Vermessungsspuren. Bolzplätze verschwanden zwischen den Häusern, bald war jede Lücke vollgebaut, keine Abkürzungswege mehr, keine Abendsonne mehr auf roten Ziegelmauern, kein Platz mehr zum Träumen. Nachts war der Potsdamer Platz eine Wolke aus weißem Licht. Und in der Uckermark, das hatten sie gerade im Radio durchgesagt, schalteten ganze Gemeinden die Straßenbeleuchtung ab, weil kein Geld mehr vorhanden war. Sie verdunkelten ganze Ortschaften, so als sei Krieg. Hier war der Himmel schwarz vor Kränen, es waren so viele, daß gar keine Zeit blieb, sie zu zählen, bevor die U-Bahn hinterm Gleisdreieck in die Erde stieß. Entlang der Trasse erhoben sich plötzlich Zementwerke, da waren Kiesberge aufgeschüttet worden, Wanderdünen aus Baustoffen, Wanderbaustellen überall. Froschmänner zogen sich glitschige, schwarze Gummihäute auf den Leib und verschwanden im dunkelbraunen Sumpf der Baugrube. Nach einer Weile kamen die Taucher wieder zum Vorschein und hängten ihre glänzenden Hüllen zum Trocknen auf eine Leine. Die Baustelle war so riesig und so in sich abgeschlossen, daß man vermuten konnte, die Menschen, die dort zu tun hatten, sprächen eine außerhalb des Bauzauns unverständliche Fremdsprache. Der Bauzaun ersetzte die Mauer. Sie gruben und wühlten in seinen Grenzen, und die Staatsbibliothek davor, in der die Wißbegierigen Karteikästen durchsuchten, war womöglich schon ein ins Grundwasser sinkendes Schiff auf einer Werft. Romantische Arbeitspausen mit einem Freund zwischen wilden Gräsern hinter der Staatsbibliothek, halb liegend im Gras der Brache, das war längst vorbei. An solche Ruhestunden zwischen den Lektürezeiten war an diesem Ort nicht im Traum mehr zu denken. Touristen aus aller Herren Länder pilgerten jetzt scharenweise zum Potsdamer Platz, der, wäre er erst einmal fertiggestellt, kaum mehr jenen Reiz haben würde, den er als Baustelle einmal hatte, das war jetzt schon so gut wie ausgemacht.

Alles, was auf diesen Riesenbaustellen passierte, ging so schnell, daß ich mir einen Streik wünschte, damit wieder menschliches Maß Einzug hielt. Eine Woche fort aus der Stadt, nach einer Woche wieder in Berlin, und schon hinkten selbst die treffendsten Vergleiche für die Straßen der Stadt hinterher, um die sich die Chronisten bemühten. Wie sich das hier entwickeln würde, welches Leben den Platz füllen würde, ob er als Herz der Stadt schlagen würde oder nicht und wenn ja, wie lange, mußte sich erst weisen. Nur eins stand fest: Egal, was hier in den Häusern passierte, der Potsdamer Platz war schon jetzt ein Denkmal der Unwiederbringlichkeit des einmal Untergegangenen und zeigte, daß nichts, aber auch gar nichts, für die Ewigkeit gemacht war.

Auch der hoch aufgeschossene Revolutionär am Friedrichshain wurde bald abgerissen und in einzelnen Brocken abtransportiert. Hätte mich jemand nach meiner Meinung gefragt, so wäre ich in jenen fernen Tagen, als noch darüber diskutiert wurde, wo es mit Wladimir Iljitsch denn nun hingehen sollte, für den Vorschlag eines Künstlers eingetreten, der den Lenin mit Efeu umrankt sehen wollte. Jetzt ist der Platz frei und sieht noch trostloser aus als vorher. Wie ein Ausstellungsstück steht der vermutlich letzte Lenin Berlins huldvoll grüßend hinter einem Maschendraht zwischen lauter roten Bulldozern, im Fuhrpark eines Abrißunternehmens am Mariendorfer Damm, das sich in den frühen neunziger Jahren wahrscheinlich buchstäblich gesundgestoßen hat mit der Abrißbirne.

Wenn ich hin und wieder auf dem Fahrrad von Kreuzberg nach Charlottenburg und wieder zurückfuhr, konnte ich den Potsdamer Platz nicht mehr sehen. Gerade hatte man sich ortskundig gemacht, da gab es schon wieder lauter neue Wege, und alle Wege trugen den Namen: Umleitung. Provisorisch aufgestellte und an schweren Kabeln aufgehängte Ampeln zeigten meistens Rot an Baustellenausfahrten und gaben einem Laster Vorfahrt, der viel Zementstaub aufwirbelte und der mir in die Augen rieselte. Ich konnte ihn nicht mehr sehen, den Potsdamer Platz, weil ich an den Straßenrand heranfahren und blind absteigen mußte, weil es in den Augen brannte und ich mir die Augen reiben mußte, bevor ich meinen Weg zwischen hohen Bauzäunen fortsetzen konnte. Eine ganze Weile mied ich den Weg durch die Staubwolke und suchte mir bequemere Routen.

Aber erst, was jetzt benannt worden war, wurde auch sichtbar. Was doch immer an ein und demselben Platz gestanden hatte, tauchte aus einem Augennebel auf, so als wäre die Mauer himmelhoch gewesen. Berlin wurde zur Stadt der verrückten Aussichtspunkte.

Auf der Monumentenbrücke, die Schöneberg und Kreuzberg miteinander verbindet, stieg ich manchmal vom Fahrrad ab, um mich für einen Augenblick ans Brückengeländer zu lehnen wie an eine Reling. Am Horizont der Fernsehturm auf dem Alexanderplatz, den hatte man nie übersehen können, er zeigte sich am Ende jeder Straße, so als führten alle Wege auf ihn zu, aber erst jetzt schob sich die massige, grüne Kuppel des Berliner Doms ins Bild. Ein anderes Wahrzeichen hatte sich den Westberlinern in den Vordergrund gedrängt: das Hochhaus des Postgiroamtes mit springenden Leuchtbuchstaben an der schwarz verglasten Fassade. Oft überquerte ich die breite Ost-West-Achse, die eigens für Aufmärsche gemacht worden war. Im Osten, neben der Siegessäule, steht nun noch ein Gebäude, mit einem viereckigen Turm: das Rote Rathaus. Eine halbe Stadt hatte sich für Jahrzehnte den Augen verschlossen.

Das neue, große Berlin sorgte für die Rückkehr eines altbekannten Gefühls, dem der optischen Täuschung: Was gab es bloß nicht alles zu sehen als Kind! Wir verbrachten die Ferien oft am Strand, in Travemünde. Meine Mutter zeigte mir ein Schiff am Horizont. Ich richtete den Blick aufs Wasser und sah das Schiff tatsächlich, ein Schiff mit acht Segeln, ein Schiff wie aus einem Bilderbuch mit Piraten und Leichtmatrosen, die an den Masten hochkletterten. Ich starrte.

»Da doch nicht«, fuhr die Stimme meiner Mutter in das schöne Bild. »Dort ist das Schiff doch, da drüben, ganz rechts.«

Ich riß den Kopf herum. Am Ende ihres ausgestreckten Armes aber gab es überhaupt nichts zu sehen, bloß ein einziges Blau, Himmel und Wasser als monochrome Fläche, und auch das Piratenschiff war urplötzlich verschwunden. Ich sah Schiffe, wo gar keine waren.

Der Sehtest vor der Einschulung brachte auch kein Licht ins Dunkel. Einige Meter vor mir hing eine Tafel voll mit Bildchen. Jemand im weißen Kittel fuhr mit einem Zeigestock fragend darauf herum. Brav sagte ich alles auf, was ich sah: Auto, Baum, Haus – Grundbegriffe. Meine Mutter bekam einen Schrieb. Eingeschult wurde ich noch nicht. Die Stunde der Wahrheit schlug erst drei Jahre später. Wir schrieben die erste Klassenarbeit in Rechnen. Die Lehrerin hatte Blöcke zu je vier Aufgaben an die Tafel geschrieben, einfache Additionen und Subtraktionen, bei denen jeweils eine Zahl zu ergänzen war. Ich saß in der letzten Reihe. An einer grünen Tafel waren weiße Kringel erkennbar, ich kniff die Augen zusammen und schrieb brav die Zahlen ab, die ich sah, denn um Zahlen mußte es sich handeln, soviel stand fest. Ich gab mein Heft als erste ab. Einige Tage später kamen die Arbeiten zurück. Ich hatte eine Sechs. Alle meine Aufgaben waren falsch, das heißt, alle meine Ergebnisse waren einwandfrei, nur hatte ich leider Zahlenreihen abgeschrieben, die niemals auf der Tafel gestanden hatten. Zu Hause klingelte das Telefon; die Lehrerin klang betreten. Sie sprach mit meiner Mutter. Auch die klang betreten. Ich hätte versucht, die Lehrerin dreist hinters Licht zu führen, und geglaubt, sie würde nicht merken, daß ich einen Zettel mit durchweg erfundenen Aufgaben vorbereitet hätte. Aber meine Mutter begriff allmählich. Ihr fielen die Schiffe auf dem Meer wieder ein. Mein mieser Trick war eine ganz gewöhnliche, wenn auch ziemlich starke Kurzsichtigkeit. Warum war meine Mutter eigentlich nicht eher darauf gekommen? Sie war noch sehr jung, wohl zu beschäftigt mit sich selbst, und hatte darum selber nichts gesehen.

Mein Verhältnis zur Welt änderte sich mit dem Tag, an dem ich mit einer Brille auf der Nase einen Optikerladen verließ. Gleißende Lichterkränze verwandelten sich in Laternen. Die Straßen waren plötzlich sehr schmutzig. Menschen bekamen Gesichter, und aus manchen von ihnen schwand ein Lächeln. Am liebsten wollte ich die Brille gleich wieder loswerden.

Als hätte ich mein Leben bis dahin in einer Flut von

Traumbildern verbracht, verschwanden die Piratenschiffe, die Karawanen vorbeiziehender Kamele mit schlingernden Höckern, die Wände ohne Risse, die Gesichter ohne Abgründe.

Berlin wurde wieder zum Dschungel der Kurzsichtigen, diese Stadt, in der man nicht in einem Hauptbahnhof ankam, sondern in einem Garten, einem zoologischen, wo so viele ausstiegen, um zu bleiben, obwohl es da so häßlich ist am Bahnhof Zoo.

Die Dromedare hinter den Gleisen waren wie vom bloßen Auge dort hingestellt worden. Wenn ich mich auf dem Weg vorbei am Zoo an den Maschendraht stellte, konnte ich sehen, wie sich zwei Huftiere liebevoll aneinander schubberten und sich dann anschickten, sich zur guten Nacht ins Heu zu wälzen, während in meinem Rücken die Lautsprecheransage vom Bahnhof Zoo ertönte und den Nachtexpreß nach Budapest ankündigte. Gerade das aber, was sich dort in der Dämmerung verband, war keine Fata Morgana. Es war die Großstadt. Immer noch riecht es dort, wo die Dromedare mitten im Großstadtverkehr stehen, nach dem feuchten Fell des Anfangs.

Ich wartete auf den Bus, im Herzen der Stadt, das sich zusammenzog und sich doch immer wieder ausdehnte. Ich wartete dort, in diesem Herzen und in einem Augenblick, da mir noch das Gaukelspiel von Computeranimationen auf der Netzhaut flackerte und die wirklichen Häuser sich erst noch als begehbare erweisen mußten, zu einem Zeitpunkt, als die virtuellen Menschlein, die in einer perfekten Welt auf blitzblanken Trottoirs herumschlenderten, sich noch nicht in Menschenseelen verwandelt hatten und die Gestalten, die mir hier auf dem Platz entgegenkamen, noch dem Großbildschirm auf dem Schreibtisch eines Architekten entstiegen zu sein schienen. Also war es gleich doppelt sonderbar, daß plötzlich jemand mit einer tiefen, zutiefst menschlichen Stimme eine wenig alltägliche Frage an mich richtete, wo man doch schon so selten etwas gefragt wird von Leuten, die man nicht kennt, es sei denn nach der Uhrzeit oder nach dem Weg.

»Finden Sie nicht auch«, sagte also ein Mann in einem langen, dunkelgrauen Wollmantel und mit einer Aktenmappe unterm Arm plötzlich zu mir, »finden Sie nicht auch, daß es hier immer noch aussieht wie in einem Museum?«

Wir standen nebeneinander an der Bushaltestelle, dieser Mann und ich, vor einem Haus aus dunkelroten Ziegelsteinen, das zeitlos wirkte, nicht alt und nicht neu. Die letzten Abendsonnenstrahlen fielen waagerecht auf die Ziegelsteine und tauchten den ganzen Platz in ein warmes Licht.

»Ich weiß nicht, darüber habe ich noch nie nachgedacht«, gab ich zurück, »aber es ist seltsam, denn immer, wenn ich vor diesem Haus stehe, fühle ich mich wie in den Straßen von New York, irgendwo da am Wasser«, hörte ich mich sagen zu dem Mann im dunkelgrauen Mantel, der den Blick an der rotbraunen Backsteinfassade hochschickte, genauso wie ich, und den ich eben noch für genauso unwirklich gehalten hatte wie den neu entstandenen Platz.

»Ein wirklich bemerkenswertes Haus«, sagte der Mann. »Hat so etwas von früher, die Zwanziger. Aber warum vergleicht man eine Stadt eigentlich immer mit einer anderen?«

Noch bevor ich ihm antworten konnte, gab er sich darauf gleich selbst die Antwort: »Weil die Menschen dumm sind und immer dort sein wollen, wo sie gerade nicht sind. Da haben sie es einmal behaglich, und schon haben sie nichts Besseres zu tun, als wieder aufzubrechen und ihrer Sehnsucht hinterherzulaufen.«

Dann kam der Bus. Wir hatten den gleichen Weg. Ich stieg

noch vor dem Unbekannten ein, wedelte mit der Fahrkarte vor der Nase des Busfahrers herum, der sie aber gar nicht sehen wollte. Ich stieg die Treppe nach oben, und tatsächlich, der dunkelgraue Mantel kam hinter mir her und warf sich, ohne zu fragen, auf den freien Platz neben mir. Während wir auf dem Oberdeck des Busses, wieder nebeneinander und schaukelnd wie bei schwerer See, auf einem Bänkchen saßen und ich den Griff meiner Handtasche fest umklammert hielt, wir beide mit einer Mappe auf den Knien, fragte ich ihn, wie er das gerade gemeint hätte mit dem Museum.

»Ich habe hier in dieser Stadt eigentlich immer den Eindruck, etwas zu besichtigen, wenn ich auf die Straße trete«, sagte mein Sitznachbar und erzählte mir, daß er zwar schon seit ein paar Jahren hier sei, aber immer noch so wie ein Zugereister durch die Stadt laufe und auf den Tag warte, wo er einmal nicht mehr der Besichtiger wäre, auf ein Ereignis, das ebenso stark wäre wie dieses starke Gefühl der Melancholie, das ihn beim Gedanken an Vergangenes immer überwältigen würde.

Etwas in der Art sagte er, und heute verfluchte ich den schaukelnden Bus, der durch den dichten Feierabendverkehr nur stockend vorankam, nicht. Die roten Ampeln und das Gedränge dort unten schenkten mir Zeit. Der Mensch an meiner Seite erschien mir interessant. Es war einer dieser langen Winternachmittage, die Stunde, in der alle Lichter, Laternen und Leuchtreklamen von unsichtbarer Hand angeschaltet wurden. Als der Bus eine Weile vor einer Buchhandlung zum Stehen kam, die sich auf Landkarten und Stadtpläne spezialisiert hatte und in deren Schaufenstern sich drehende Leuchtgloben verschiedenen Umfangs versammelten, da wurde das Oberdeck des schaukelnden Busses für einen kurzen Augenblick zu einem Himmelsgefährt. Ich bemerkte mit einem Seitenblick, wie auch der fremde Mensch mit einem Lächeln auf den Lippen in diese

Schaufenster sah, ganz aufmerksam, und diese Aufmerksamkeit gefiel mir an ihm.

Noch am gleichen Abend saß ich mit dem Spaziergänger im dunkelgrauen Mantel auch an einem Tisch.

Alle zwei Jahre, wenn wieder neue Telefonbücher ausgegeben wurden, nahm ich sie mir vor und fahndete darin nach den Namen meiner ehemaligen Nachbarn, sofern ich mich noch an sie erinnern konnte.

Der Name Herbert Brandt war bald nicht mehr verzeichnet. Vielleicht war er längst gestorben, oder sein Telefon wurde vom Amt abgemeldet, weil er die Rechnung nicht mehr bezahlen konnte. Womöglich hat er ja eine Frau gefunden, bei der er jetzt wohnt, und ist endlich etwas ausgeglichener.

Constanze stand im Telefonbuch, mit neuer Adresse. Emily war inzwischen ausgezogen. Wurde auch Zeit, hatte Constanze gesagt, bevor sich unsere Liebhaber in die Quere kommen.

An Bernhard muß ich immer wieder denken, wenn ich Licht hinter den Fenstern seiner alten Wohnung sehe, und Wolfgang fand man groß im Internet, mit Briefkasten für sich und einem für seine Frau und seine drei Kinder. Da war sie, die unendliche Freiheit, die er sich im Netz erträumt hatte.

Frau Lindner hatte noch immer nichts veröffentlicht. Junge Frauen gingen bei ihr aus und ein wie eh und je, und wie alt sie inzwischen war, das wußte nur der Himmel.

Der Scharfschütze steht drin, unter seiner alten Adresse. Wer sich so schwer bewaffnet hat wie er, der kann auch getrost in Neukölln wohnen bleiben. Einen Schuß hat er doch immer noch. Mit dem Scharfschützen fühlte ich mich damals, bei jenem Umzug, wie sonst nur im Kino.

Vom Seemann keine Spur. Der See aber ist ein stehendes Gewässer und brütet jedes Jahr neue Schwäne aus.

Edgar hatte nie einen eigenen Telefonanschluß. Wahrscheinlich ist er jetzt wieder untergeschlüpft, bei jemandem, dessen Namen ich nicht kenne. Oder er ist immer noch mit seinem Seesack unterwegs. Ich vermisse ihn, wüßte gern, wie es ihm geht. Vielleicht hat er die Liebe gefunden und muß nicht mehr dienen.

Meinen Namen findet man auch nicht im Telefonbuch. Jedesmal versäume ich den Termin, zu dem man einen neuen Eintrag machen kann. Immer vergesse ich, auf der Post nach dem entsprechenden Formular zu fragen, und dann erscheinen schon wieder neue Telefonbücher. Aber wer will, der findet mich schon.

Professor Stepan ging mir vielleicht am meisten nach von allen. Der Satz des bemerkenswerten Toten wollte mir nicht aus dem Kopf: Was hieß das eigentlich: Die Literatur will gelebt werden? Was hatte er mit diesen Worten gemeint, mit diesem Satz, der sich so leicht nachplappern ließ, weil Verheißungsvolles in ihm mitschwang oder weil er einfach so schön klang? Hatte der alte Humanist versucht, ein Leben zu leben, wie es im Buche steht, ein Leben, das er sich so dicht wünschte wie einen guten Text, ein Leben voller Höhepunkte und Tiefgänge, erzählenswert wie das in Worten dingfest gemachte Leben der Protagonisten, mit denen er schreibend und nachdenklich sein ganzes Erdendasein verbracht hatte? Ein Leben mit Punkten und Kommata in ganzen Sätzen, die immer wieder von vorne anhoben nach einem Punkt, einem Innehalten? Vielleicht hatte der am Ende lebensmüde Professor sich auch danach gesehnt, eines Tages einem Menschen zu begegnen, der eine leserliche, eine lesbare Geschichte hatte, die sich nicht gleich wieder verwischte, wenn er ausatmete nach einer Pause, einen Menschen, dessen Gesellschaft besser war als die eines Buches, besser, weil dieser Mensch aus Fleisch und Blut an seiner Seite ging, jemand, von dem er wissen wollte, wie es weiterging im Text. Aber oft verhielt es sich doch auch genau umgekehrt: Nicht die Literatur mußte zu Leben werden, sondern das Leben wollte zu Literatur werden. Ich dachte daran, wie oft für mich erst etwas zur Wirklichkeit zu werden schien, wenn es in Worte gefaßt worden war. Und wie oft ließ sich ein Erlebnis, eine Erfahrung nur aushalten, weil es diese fabelhafte Möglichkeit gab, im nachhinein Worte dafür zu finden, die es in ein Licht mit dem Großen und Ganzen stellten. Wahrscheinlich war es beides zugleich, je nachdem, aus welcher Richtung man schaute.

Da gab es mit einem Mal wieder jemanden, der mich beschäftigte, unversehens war da ein Mensch aufgetaucht, der das Wort Sehnsucht schwungvoll von der Mauer strich, in die mein Blick sich eingefressen hatte wie ein rostiger Nagel. Mit vager Wehmut schaute ich noch einmal hinauf zu leuchtenden, goldenen Rechtecken an der Wand, dachte, du bist die Sehnsucht selbst, du selbst bist dieser lange Blick in die Nacht, und dann wartete ich nicht mehr, bis das Licht hinter fremden Fenstern verlöschte. Ich wartete heute auch auf kein Klingeln an der Tür und auf keinen Anruf mehr, weder den von Constanze noch den des Scharfschützen. Heute schrieb ich keine Listen. Ich drückte die brennende Zigarette nach der Hälfte in der feuchten Erde eines Blumenkastens aus, ging hinein in meine Wohnung und schloß die Balkontür. Ich sah auf die Uhr, und ich hatte es plötzlich sehr eilig. Ich wollte mich nicht verspäten für den Spaziergänger, der so neu für mich war wie der Ort, an dem ich ihm zufällig begegnet war, und der, ganz wie dieser Ort, doch gleichzeitig etwas ausstrahlte, was eine ausführliche Geschichte erahnen ließ. Während ich mir schon den Mantel anzog, warf ich noch einen letzten, prüfenden Blick in meine Wohnung. Ich hatte keine Zeit mehr zu verlieren. Da leuchtete wieder etwas im Dunkel. Ich wurde erwartet.

Inhalt

Sabine Neumann

Streit

Drei Erzählungen
st 3119. 172 Seiten

Angefangen hat der Streit mit der leidigen Putzfrage. Als sie den hartnäckig vor sich hin putzenden Freund fragt, ob er auch einem Kaffee will, ist für ihn schon alles zu spät. Am späten Abend, nach einem gemeinsamen Konzertbesuch, kommt es zum Eklat. Unausweichlich, wie eine Naturkatastrophe, nimmt der Streit seinen Lauf. Und wieder einmal gelangen die beiden an einen Punkt der Auseinandersetzung, wo sie nur noch gewalttätig reagieren können. Wo sich nur noch die Frage stellt: Opfer oder Täter?
»Ich möchte weggehen, dahin, wo mich niemand kennt, ich möchte mich völlig neu erfinden«, sagt eine junge Frau und rettet sich aus einer Beziehung, die aus dem Lot geraten ist. Verliebt in eine Schülerin hat sich eine andere Erzählerin. Sie wählt das Reisen, um ihre »harmlose erotische Verwirrung leichten Herzens hinter sich« zu lassen.
In ihrem Debüt treibt Sabine Neumann ein raffiniertes Spiel mit den Geschlechterrollen, erzählt vom Verliebtsein, von der Liebe, die zum Haß wird, von Ausbruchsversuchen und Versöhnungen.

Sabine Neumann, geboren 1961 in Regensburg, lebt zur Zeit in Malmö, Schweden.

NF 260/1/9.00

Katharina Hacker

Der Bademeister

Roman
207 Seiten. Gebunden

Ein Schwimmbad mitten in Prenzlauer Berg ist geschlossen worden. Es verrottet langsam, aber durch seine Gänge streift noch jemand ruhelos, der dort sein ganzes Berufsleben verbracht hat: ein ehemaliger Bademeister. Arbeitslos geworden, mag er nicht begreifen, daß die vielen Gäste einfach von einem Tag auf den anderen wegbleiben, daß mit der Schließung alles zu Ende und dem Verfall preisgegeben sein soll. Immer seltener verläßt er das Bad, bald nicht einmal mehr, um zu Hause zu übernachten. Assoziationsreich spricht er mit sich selbst oder imaginierten Zuhörern. In Bruchstücken, die sich erst nach und nach zu einem Bild fügen, erfährt man so die Lebensgeschichte des Bademeisters. Daß ihm etwa ein Studium verwehrt blieb, hat auf eine dunkle Weise mit Verfehlungen des Vaters zu tun. Immer neu nimmt der Erzähler Anlauf, um sich seiner selbst zu vergewissern, unter die Oberfläche der sichtbaren Dinge zu gelangen und endlich nach einer Schuld zu fragen, vor der zur rechten Zeit die Augen verschlossen wurden.

Katharina Hacker, geboren 1967 in Frankfurt, studierte Philosophie, Geschichte und Judaistik in Freiburg und Jerusalem, heute lebt sie in Berlin.

NF 262/1/9.00

Anne Weber

Im Anfang war

216 Seiten. Gebunden

Was wäre passiert, hätte Eva zuerst vom Baum des Lebens gekostet und dann erst vom Baum der Erkenntnis? »Eva wäre unsterblich gewesen, und statt Adam als Sklavin zu dienen, hätte sie seine Göttin sein können. Die Chance ist verpaßt. Denken wir nicht mehr daran.« Anne Weber hat sich die Bücher des Alten Testaments vorgenommen und erzählt sie auf ihre ganz eigene Weise neu, nicht vollständig und all ihren Sinngebungen nachspürend, dafür immer überraschend und pointiert.
Der Blick, den sie einnimmt, ist scharfsichtig, realitätssüchtig und unerbittlich. Und als Gott Noah befahl, von jeder Art zwei Tiere an Bord seiner Arche zu nehmen – hatte er da die Fische nur vergessen, oder wollte er sie schonen? Mit leichter Hand rückt die Autorin das Allbekannte in ein neues Licht und macht uns wundern über das, was wir für die natürliche Ordnung der Dinge halten.

Anne Weber wurde 1964 in Offenbach geboren, seit 1983 lebt sie in Paris.

NF 261/1/9.00

Fattaneh Haj Seyed Javadi

Der Morgen der Trunkenheit

Roman
Aus dem Persischen von Susanne Baghestani
416 Seiten. Gebunden

Teheran Anfang der dreißiger Jahre. Nachdem die selbstbewußte Mahbube mit ihren fünfzehn Jahren den Sohn einer Prinzessin abgelehnt hat, weist sie auch ihren Cousin zurück, der in sie verliebt ist. Warum? Das Mädchen hat sich in einen jungen Schreiner verguckt, und sie besteht auf ihrer Wahl. Wider Willen ringt der Vater sich dazu durch, ihr nachzugeben. Die Tochter erhält zur Hochzeit ein Häuschen und monatlich Kostgeld, aber das Elternhaus darf sie nicht mehr betreten. Die persische Autorin zeigt, daß Mahbubes Leidenschaft den Bedingungen dieser Ehe nicht gewachsen ist. Die junge Frau findet sich mit Ärmlichkeit und verletzenden Umgangsformen nicht ab. Nachdem ihr Sohn im Alter von fünf Jahren ertrunken ist, hält sie nichts mehr zurück – sie flieht zurück zu den Eltern und wird die Nebenfrau ausgerechnet des abgewiesenen Cousins.

»Einen Gabriel García Márquez oder eine Isabel Allende gab es aus dem Orient noch nicht zu vermelden. Das könnte sich jetzt ändern … Der Roman ist ein Glücksfall für die orientalische Literatur. Er ist ein Glück für seine Leser.« *Stephan Weidner, Berliner Zeitung*

Fattaneh Haj Seyed Javadi, geboren 1945 in Schiraz, lebt in Isfahan.

NF 264/1/9.00

Elsa Osorio

Mein Name ist Luz

Roman
Aus dem Spanischen von
Christiane Barckhausen-Canale
425 Seiten. Gebunden

Zunächst ist es nur ein unbestimmtes Gefühl, dann verdichten sich erste Indizien und weitere Nachforschungen zu einer erschütternden Gewißheit: Luz ist nicht die Tochter ihrer vermeintlichen Eltern. Sie ist die Tochter einer politisch Verfolgten, einer »Verschwundenen«. Luz weiß nicht, wer sie ist, bis sie eines Tages in Madrid ihrem wirklichen Vater gegenübersitzt.
Ihm, der die schlimme Vergangenheit begraben wollte, erzählt sie, was sie aus eigenem Antrieb herausgefunden hat, durch ihn erfährt sie die ganze Geschichte. Hinter ihrer scheinbar normalen Kindheit in der Familie eines hohen Militärs verbirgt sich ein Drama, das all die Menschen, die sie kennt, und die sie liebt, auf immer verknüpft. Nicht nur die Täter legten eine Decke des Schweigens über das nahezu Unfaßbare, auch die Familien der Opfer verharrten jahrelang in Angst, Scham und Sprachlosigkeit.

»... liest sich – durch den ständigen Wechsel von Erzählperspektiven und Zeitebenen – streckenweise fast wie das Drehbuch eines Films.« *Geri Krebs, Der kleine Bund*

Elsa Osorio, geboren 1952 in Buenos Aires, lebt heute vorwiegend in Madrid und arbeitet als Journalistin, Dozentin und Drehbuchautorin.

NF 263/1/9.00